AF747615

www.ingramcontent.com/pod-product-compliance
Lightning Source LLC
LaVergne TN
LVHW050900051026
849532LV00006BA/2316
9789369083008

افسانے غیر مسلم ادیبوں کے

(افسانے)

مرتبہ:

سید حیدر آبادی

Afsane Ghair-Muslim AdeeboN ke (Anthology)

by: Syed Hyderabadi

Edition: June '2025

Publisher :

Taemeer Publications LLC (Michigan, USA / Hyderabad, India)

ISBN 978-93-6908-300-8

کتاب	:	**افسانے غیر مسلم ادیبوں کے**
مرتب	:	**سید حیدرآبادی**
صنف	:	فکشن
ناشر	:	تعمیر پبلی کیشنز (حیدرآباد، انڈیا)
سالِ اشاعت	:	۲۰۲۵ء
صفحات	:	۱۸۲
سرورق ڈیزائن	:	تعمیر ویب ڈیزائن

فہرست

ڈپٹی کلکٹری

امرکانت

شکل دیپ بابو لگ بھگ ایک گھنٹے بعد واپس لوٹے۔ گھر میں داخل ہونے سے پہلے انہوں نے بیٹھک میں جھانکا۔ کوئی مؤکل نہیں تھا اور محرر صاحب بھی غائب تھے۔ وہ اپنے کمرے کے سامنے بیٹھک میں کھڑے ہوکر بندر کی طرح آنکھیں مٹکا مٹکا کر دیکھنے لگے۔ ان کی بیوی جمنا چوکے کے پاس پیڑھی پر بیٹھی ہونٹ پر ہونٹ دبائے ترکاری کاٹ رہی تھی۔ وہ دھیمے دھیمے مسکراتے ہوئے اپنی بیوی کے پاس چلے گئے۔ ان کے چہرے پر ایک غیر معمولی اطمینان، اعتماد اور ایک قسم کے جوش کے آثار غالب تھے۔ گھنٹہ بھر پہلے ایسی بات نہیں تھی۔

بات اس طرح شروع ہوئی۔ صبح شکل دیپ بابو دتون کلی کر کے اپنے کمرے میں بیٹھے ہی تھے کہ جمنا نے ایک طشتری میں دو جلیبیاں ناشتے کے لیے لاکر رکھ دیں۔ وہ بغیر کچھ بولے ناشتہ کرنے لگے۔ جمنا پہلے تو ایک آدھ منٹ چپ رہی، پھر شوہر کی طرف اچٹتی نظر سے دیکھتے ہوئے اس نے بات چھیڑی، "دو تین دن سے بوا بہت اداس رہتے ہیں۔"

"کیا؟" سر اٹھا کر شکل دیپ بابو نے پوچھا اور ان کی بھنویں تن گئیں۔ جمنا نے پھیکی سی مسکراہٹ کے ساتھ جواب دیا، "کل بولے اس سال ڈپٹی کلکٹری کی بہت سی جگہیں ہیں، مگر بابو جی سے کہتے ڈر لگ رہا ہے۔ کہہ رہے تھے دو چار دن میں فیس بھیجنے کی تاریخ

نکل جائے گی۔"

شکل دیپ بابو کا بڑا لڑکا نارائن گھر میں ببوا کے نام سے پکارا جاتا تھا۔ اس کی عمر لگ بھگ چوبیس سال تھی۔ پچھلے تین چار سال سے بہت سے امتحانوں میں بیٹھنے، ایم ایل اے لوگوں کے دروازوں کے چکر لگانے اور اَور بھی الٹے سیدھے فن استعمال کرنے کے باوجود اس کو اب تک کوئی نوکری نہیں ملی تھی۔ دو مرتبہ ڈپٹی کلکٹری کے امتحان میں بھی وہ بیٹھ چکا تھا، پر بد قسمتی! اب ایک موقع اسے اور ملنا تھا، جس کو وہ گنوانا نہیں چاہتا تھا اور اسے یقین تھا کہ چوں کہ جگہیں کافی ہیں اور اس مرتبہ وہ جی جان لگا کر محنت کرے گا، اس لیے بہت ممکن ہے کہ وہ لے لیا جائے۔

شکل دیپ بابو مختار تھے لیکن ادھر ڈیڑھ دو سال سے مختاری کی گاڑی ان سے چلائے نہیں چل رہی تھی۔ بڑھاپے کی وجہ سے نہ ان کی آواز میں وہ زور رہا تھا نہ جسم میں وہ طاقت اور نہ چال میں وہ اکڑ، اس لیے مؤکل ان کے یہاں کم ہی پہنچتے تھے۔ کچھ تو آ کر بھڑک جاتے تھے۔ اس حالت میں وہ رام کا نام لے کر کچہری جاتے، کبھی کبھار کچھ پا جاتے جس سے دو وقت کی روٹی چل جاتی۔

جمنا کی بات سن کر وہ ایک دم بگڑ گئے۔ غصے سے ان کا منھ بن گیا اور وہ سر کو جھٹکتے ہوئے، کٹکھنے کتے کی طرح بولے، "تو میں کیا کروں؟ میں حیران ہو گیا ہوں۔ تم لوگ میری جان لینے پر تلے ہوئے ہو۔ صاف صاف سن لو۔ میں تین بار کہتا ہوں، مجھ سے نہیں ہو گا، مجھ سے نہیں ہو گا، مجھ سے نہیں ہو گا!!"

جمنا کچھ نہ بولی، کیوں کہ وہ جانتی تھی کہ شوہر کا غصے میں آنا قدرتی بات ہے۔

شکل دیپ بابو ایک دو لمحے خاموش رہے، پھر داہنے ہاتھ کو اوپر نیچے نچاتے ہوئے بولے، "پھر اس کی گارنٹی کیا ہے کہ بابو صاحب اس مرتبہ لے ہی لیے جائیں گے؟

معمولی اے جی آفس کی کلرکی میں تو پوچھے نہیں گئے، ڈپٹی کلکٹری میں کون پوچھے گا؟ آپ میں کیا خوبی ہے صاحب، کہ آپ ڈپٹی کلکٹر ہو ہی جائیں گے؟ تھرڈ کلاس بی اے آپ ہیں، چوبیس گھنٹے مٹر گشتی آپ کرتے ہیں، دن رات سگریٹ آپ پھونکتے ہیں۔ آپ میں کون سے سرخاب کے پر لگے ہیں؟ بڑے بڑے بہے جائیں، گڈریا پوچھے کتنی تھاہ! پھر مقدر مقدر کی بات ہوتی ہے۔ بھائی سمجھ لو تمہارے مقدر میں نوکری لکھی ہی نہیں۔ ارے ہاں، اگر کتے کاشی جانے لگے تو ہانڈیاں کون چاٹے گا؟ ڈپٹی کلکٹری، ڈپٹی کلکٹری! سچ پوچھو تو ڈپٹی کلکٹری کے نام سے مجھے نفرت ہو گئی ہے۔" اور ہونٹ لٹک گئے۔

جمنا نے اب دھیمے لہجے میں ان کی بات رد کی، "ایسی بدفال منھ سے نہیں نکالتے ہیں۔ ہمارے لڑکے میں کون سی ایسی خرابی ہے؟ لاکھوں میں ایک ہے۔ صبر کی سو دھار! میرا تو دل کہتا ہے ببوا ضرور لے لیے جائیں گے۔ پھر پہلے ہی بھوک پیاس میں پلا ہے۔ ماں باپ کا سکھ تو اس نے جانا ہی نہیں۔ اگر یہ بھی نہ ہوا تو اس کا دل ٹوٹ جائے گا۔ یوں ہی نہ معلوم کیوں اداس رہتا ہے۔ ٹھیک سے کھاتا پیتا نہیں، ٹھیک سے بولتا نہیں۔ پہلے کی طرح گاتا گنگناتا بھی نہیں۔ نہ معلوم میرے لڑکے کو کیا ہو گیا ہے!" وہ دوسری طرف منہ کر کے آنکھوں میں آئے آنسوؤں کو پینے کی کوشش کرنے لگی۔

جمنا کو روتا ہوا دیکھ کر شکل دیپ بابو آپے سے باہر ہو گئے۔ غصے اور طنز سے منہ چڑاتے ہوئے بولے، "لڑکا ہے تو لے کر چاٹو! ساری خرافات کی جڑ تم ہی ہو اور کوئی نہیں! تم مجھے زندہ رہنے دینا نہیں چاہتیں۔ جس دن میری جان نکلے گی اسی دن تمہارا کلیجا ٹھنڈا ہو گا۔" وہ ہانپنے لگے۔

انہوں نے اتنی بے رحمی سے جمنا پر جو الزام لگایا اسے وہ سہہ نہ سکی۔ روتی ہوئی بولی، "اچھا ٹھیک ہے، اگر میں ساری خرافات کی جڑ ہوں تو میں کمینی کی بچی جو آج سے کوئی

بات۔۔۔"رونے کی وجہ سے وہ آگے نہ بول سکی اور تیزی سے کمرے سے باہر نکل گئی۔

شکل دیپ بابو کچھ نہیں بولے۔ وہیں بیٹھے رہے۔ منھ ان کا تنا ہوا تھا اور گردن ٹیڑھی ہوگئی تھی۔ ایک آدھ منٹ تک اسی طرح بیٹھے رہنے کے بعد وہ زمین پر سے اخبار کے ایک پھٹے پرانے ٹکڑے کو اٹھاکر اس محویت سے پڑھنے لگے جیسے کچھ ہوا ہی نہ ہو۔ کوئی پندرہ بیس منٹ تک وہ ایسے ہی پڑھتے رہے۔ پھر اچانک اٹھ کھڑے ہوئے۔ انہوں نے لنگی کی طرح لپٹی دھوتی کو کھول کر ٹھیک سے پہن لیا اور اوپر سے اپنا پارسی کوٹ ڈال لیا جو کچھ میلا ہوگیا تھا اور جس میں دو پیوند بھی لگے تھے اور پرانا پمپ شو پہن، ہاتھ چھڑی لے، ایک دوبار کھانس کر باہر نکل گئے۔

شوہر کی باتوں سے جمنا کے دل کو گہری چوٹ پہنچی تھی۔ شکل دیپ بابو کو باہر جاتے اس نے دیکھا، پر کچھ نہ بولی۔ وہ منھ پھلائے گھر کے الٹے سیدھے کام کرتی رہی اور ایک گھنٹے بعد جب شکل دیپ بابو باہر سے لوٹ کر اس کے پاس آکھڑے ہوئے، تب بھی وہ کچھ نہ بولی، چپ چاپ ترکاری کاٹتی رہی۔

شکل دیپ بابو نے کھانس کر کہا، "سنتی ہو، یہ ڈیڑھ سو روپے رکھ لو۔ قریب سو روپے ببوا کی فیس میں لگیں گے اور پچاس روپے الگ رکھ دینا، شاید کوئی اور کام آ پڑے۔" جمنا نے ہاتھ بڑھاکر روپے تو ضرور لے لیے، پر اب بھی وہ کچھ نہیں بولی۔

لیکن شکل دیپ بابو بہت خوش تھے اور انہوں نے جوشیلی آواز میں کہا، "سو روپے ببوا کو دے دینا۔ آج ہی فیس بھیج دیں۔ ہوں گے، ضرور ہوں گے۔ ببوا ڈپٹی کلکٹر ضرور ہوں گے۔ کوئی وجہ نہیں کہ وہ نہ لیے جائیں۔ لڑکے کے ذہن میں کوئی خرابی تھوڑے ہی ہے۔ رام رام! کوئی فکر کی بات نہیں ہے۔ نارائن جی اس بار بھگوان کی کرپا سے ڈپٹی کلکٹر ضرور بنیں گے۔"

جمنا اب بھی چپ رہی اور روپوں کو ٹرنک میں رکھنے اپنے کمرے میں چلی گئی۔ شکل دیپ بابو اپنے کمرے کی طرف لوٹ پڑے مگر کچھ دور جا کر پھر پلٹے اور جس کمرے میں جمنا گئی تھی، اس کے دروازے کے سامنے آ کر کھڑے ہو گئے اور جمنا کو ٹرنک میں روپے رکھتے دیکھتے رہے۔ پھر بولے، "غلطی کسی کی نہیں، سارا دوش تو میرا ہے۔ دیکھو نا، میں باپ ہو کر کہتا ہوں کہ بیٹا نکما ہے! نہیں نہیں، ساری خرافات کی جڑ میں ہی ہوں اور کوئی نہیں۔" ایک دو پل وہ کھڑے رہے لیکن پھر بھی جمنا نے کوئی جواب نہیں دیا تو کمرے میں جا کر کپڑے بدلنے لگے۔

نارائن نے اسی دن ڈپٹی کلکٹری کی فیس اور فارم بھیج دیے۔

دوسرے دن عادت کے خلاف صبح صبح شکل دیپ بابو کی نیند اچٹ گئی۔ وہ ہڑبڑا کر آنکھیں ملتے ہوئے اٹھ کھڑے ہوئے اور باہر آ کر چاروں طرف دیکھنے لگے۔ گھر کے سبھی لوگ نیند میں ڈوبے تھے۔ سوئے ہوئے لوگوں کی سانسوں کی آواز اور مچھروں کی بھن بھن سنائی دے رہی تھی۔ ابھی چاروں طرف اندھیرا تھا لیکن باہر کے کمرے سے دھیمی روشنی آ رہی تھی۔ شکل دیپ بابو چونک پڑے اور دبے پیروں کمرے کی طرف بڑھنے لگے۔

ان کی عمر پچاس سے اوپر ہو گی۔ گورے، ناٹے اور دبلے پتلے آدمی تھے۔ ان کے چہرے پر ان گنت جھریوں کا جال بچھا ہوا تھا اور بانہوں اور گردن کی کھال جھول گئی تھی۔ دروازے کے پاس پہنچ کر انہوں نے پنجوں کے بل کھڑے ہو کر، ہونٹ دبا کر، کمرے کے اندر جھانکا۔ ان کا لڑکا نارائن میز پر رکھی لالٹین کے سامنے سر جھکائے پڑھنے میں محو تھا۔ شکل دیپ بابو کچھ دیر تک حیرانی سے اپنے بیٹے کو دیکھتے رہے جیسے کوئی خوش کن راز انہوں نے اچانک پا لیا ہو۔ پھر وہ چپ چاپ، دھیرے سے پیچھے ہٹ گئے۔ وہ وہیں

کھڑے ہو کر ذرا مسکرائے، پھر دبے پاؤں دھیرے دھیرے واپس لوٹے اور اپنے کمرے کے سامنے، کنارے کھڑے ہو کر خوشی سے آسمان کو دیکھنے لگے۔

ان کی عادت چھ ساڑھے چھ بجے سے پہلے اٹھنے کی نہیں تھی لیکن آج اٹھ گئے تھے تو دل اندر سے ناخوش نہیں تھا۔ آسمان پر تارے اب بھی چمکے ہوئے تھے اور باہر کے پیڑوں کو چھوتی ہوئی، آنگن میں نہ معلوم کس طرف سے آتی ہوئی ہوا فرحت بخش لگ رہی تھی۔ وہ دوبارہ مسکرا پڑے اور دھیرے سے پھسپھسائے، "چلو، اچھا ہی ہے۔"

اور اچانک ان میں نہ معلوم کہاں کا جوش بھر گیا۔ انہوں نے اسی وقت منہ ہاتھ دھویا۔ اس سے فارغ ہونے کے بعد بھی اندھیرا ہی رہا تو بالٹی میں پانی بھر کر غسل خانے لے جا کر نہانے لگے۔ نہا کر جب وہ باہر نکلے تو ان کے جسم میں ایک عجیب سی چستی اور ایک ناقابل بیان، اندر سے پیدا ہونے والا جوش تھا۔

اگرچہ انہوں نے اپنے سبھی کام چپ چاپ کرنے کی کوشش کی تھی، پھر بھی تھوڑی جسمانی کمزوری کی وجہ سے کچھ کھٹ پٹ ہو ہی گئی، جس سے ان کی بیوی کی آنکھ کھل گئی۔ جمنا کو پہلے تو چور وور کا شک ہوا لیکن اس نے جھٹ پٹ جب آ کر دیکھا تو اسے تعجب ہوا۔ شکل دیپ بابو آنگن میں کھڑے آسمان کو تاک رہے تھے۔ جمنا نے فکر مندی کے لہجے میں کہا، "اتنی جلدی نہانے کی کیا ضرورت تھی؟ اتنے سویرے تو کبھی نہیں اٹھا جاتا تھا۔ کچھ ہو گیا تو؟"

شکل دیپ بابو جھینپ گئے۔ جھوٹی ہنسی ہنستے ہوئے بولے، "دھیرے دھیرے بولو بھئی، بوا پڑھ رہے ہیں۔" جمنا بگڑ گئی، "دھیرے دھیرے کیوں بولوں؟ اسی لچھن سے پچھلے سال بیمار پڑ جایا گیا تھا۔" شکل دیپ بابو کو گمان ہوا کہ اس طرح بات چیت جاری رکھنے سے تکرار بڑھ جائے گی، شور شرابا ہو گا، اس لیے انہوں نے بیوی کی بات کا کوئی

جواب نہیں دیا۔ وہ پیچھے گھوم گئے اور چپ چاپ اپنے کمرے میں آکر رامائن کا پاٹھ کرنے لگے۔

پوجا ختم کر کے جب وہ اٹھے تو اجالا ہو گیا تھا۔ وہ کمرے سے باہر نکل آئے۔ گھر کے بڑے لوگ تو جاگ گئے تھے، پر بچے ابھی تک سوئے ہوئے تھے۔ جمنا رسوئی میں کچھ کھڑ پڑ کر رہی تھی۔ شکل دیپ بابو تاڑ گئے۔ وہ رسوئی کے دروازے کے پاس آکر کھڑے ہو گئے اور کمر پر دونوں ہاتھ رکھ کر بیوی کو تسلے میں چاول نکالتے ہوئے دیکھتے رہے۔ کچھ دیر بعد انہوں نے سوال کیا، "نارائن کی ماں، آج کل تمہارا پوجا پاٹھ نہیں ہوتا کیا؟" اور جھینپ کر مسکرائے۔

شکل دیپ بابو پریاگ میں بسنے والے ایک سادھو بابا سے، جو ایک بار گھومتے گھامتے یہاں آپہنچے تھے، مرید ہو گئے تھے۔ امید ان کو یہ تھی کہ گھر کی عورتیں بھی انہیں کی مرید ہو جائیں گی، لیکن جیسا کہا جاتا ہے، عورت ذات کا کوئی بھروسا نہیں، انہوں نے دور کے رشتے کی ایک بوڑھی چاچی کے کہنے سے متاثر ہو کر چپکے سے رادھا سوامی دھرم کی چاکری قبول کر لی۔

شکل دیپ بابو اس سے پہلے رادھا سوامی دھرمیوں سے نہ صرف خفا رہتے تھے بلکہ ان پر وقت بے وقت تنقید بھی کرتے رہتے تھے۔ ان باتوں پر عورتیں کبھی کبھی واویلا بھی کرتی تھیں۔ اس لیے آج جب شکل دیپ بابو نے پوجا پاٹھ کی بات کی تو جمنا نے خیال کیا کہ وہ طنز کر رہے ہیں۔ اس نے بھی جواباً کہا، "ہم لوگوں کو پوجا پاٹھ سے کیا مطلب، ہم کو تو نرک میں جانا ہے۔ جن کو سورگ میں جانا ہو وہ کریں!"

"لو بگڑ گئیں۔" شکل دیپ بابو دھیمے دھیمے مسکراتے ہوئے جھٹ سے بولے، "ارے، میں مذاق تھوڑے ہی کر رہا تھا۔ میں بڑی غلطی پر تھا۔ رادھا سوامی تو بڑے پہنچے

ہوئے دیوتا ہیں۔" جمنا کو رادھا سوامی کو دیوتا کہا جانا بہت برا لگا اور وہ تنک کر بولی، "رادھا سوامی کو دیوتا کہتے ہیں؟ وہ تو پرم پتا پر میشور ہیں۔ ان کا لوک سب سے اوپر ہے، اس سے نیچے ہی برہما، وشنو اور مہیش کے لوک ہیں۔"

"ٹھیک ہے، ٹھیک ہے، لیکن کچھ پوجا پاٹھ بھی کرو گی؟ سنتے ہیں سچے دل سے رادھا سوامی کی پوجا کرنے سے سبھی دعائیں پوری ہوتی ہیں۔" شکل دیپ بابو جواب دے کر کانپتے ہونٹوں سے مسکرانے لگے۔ جمنا نے دوبارہ ان کو ٹوکا، "اس میں دکھاوا تھوڑے ہی ہوتا ہے۔ دل میں نام لے لیا جاتا ہے، سبھی کام بن جاتے ہیں اور مرنے کے بعد آتما پرم پتا سے جا ملتی ہے۔ پھر چوراسی نہیں بھگتنا پڑتا۔"

شکل دیپ بابو نے بڑے جوش سے کہا، "ٹھیک ہے۔ بہت اچھی بات ہے۔ ذرا اور سویرے اٹھ کر نام لے لیا کرو۔ صبح نہانے سے طبیعت دن بھر صاف رہتی ہے۔ کل سے تم بھی شروع کر دو۔ میں تو بد قسمت تھا، میری آنکھیں آج تک بند رہیں۔ خیر کوئی بات نہیں، اب بھی کچھ نہیں بگڑا ہے۔ کل سے تم بھی صبح چار بجے اٹھ جانا۔"

ان کو ڈر تھا کہ جمنا کہیں ان کی تجویز کی مخالفت نہ کرے، اس لیے اتنا کہنے کے بعد وہ مڑے اور وہاں سے چل دیے لیکن اچانک کچھ یاد کر کے وہ لوٹ پڑے۔ پاس آکر انہوں نے بیوی سے مسکراتے ہوئے پوچھا، "بوا کے لیے ناشتے کا کیا انتظام کرو گی؟"

"جو روز ہوتا ہے وہی ہو گا اور کیا ہو گا!" جمنا نے انتہائی مایوس کن انداز میں جواب دیا۔

"ٹھیک ہے، لیکن آج حلوہ کیوں نہیں بنا لیتیں؟ گھر کا بنا سامان اچھا ہوتا ہے اور کچھ میوے منگا لو۔"

"حلوے کے لیے گھی نہیں ہے۔ پھر اتنے پیسے کہاں ہیں؟" جمنا نے مجبوری ظاہر

کی۔

"وہ پچاس روپے تو بچے ہیں نا؟ اسی میں سے خرچ کرو۔ یہ اَن پانی کا جنم! لڑکے کو پینے کھانے کو نہیں ملے گا تو وہ امتحان کیا دے گا؟ روپے کی فکر مت کرو۔ ابھی میں زندہ ہوں!" اتنا کہہ کر شکل دیپ بابو قہقہہ لگا کر ہنس پڑے۔ وہاں سے ہٹتے ہوئے وہ بیوی کو یہ بھی ہدایت کرتے گئے، "ایک بات اور کرو، تم لڑکے لوگوں کو ڈانٹ کر کہہ دینا کہ باہر کے کمرے میں بازار نہ لگائیں، نہیں تو مار پڑے گی۔ ہاں، پڑھنے میں حرج ہو گا۔ دوسری بات یہ کہ ببوا سے کہہ دینا، وہ باہر کے کمرے میں بیٹھ کر اطمینان سے پڑھیں۔ میں باہر صحن میں بیٹھا کروں گا۔" شکل دیپ بابو سویرے ایک ڈیڑھ گھنٹے باہر کے کمرے میں بیٹھتے تھے۔ وہاں وہ موٗکلوں کا انتظار کرتے اور انہیں سمجھاتے بجھاتے۔

اس دن سے وہ سچ مچ ہی مکان کے باہر پیپل کے پیڑ کے نیچے، جہاں کافی سایہ رہتا تھا، ایک میز اور کرسیاں لگا کر بیٹھ گئے۔ جان پہچان کے لوگ وہاں سے گزرے تو انہیں وہاں دیکھ کر حیران ہوئے۔ جب سڑک سے گزرتے ہوئے ببن لال پیش کار نے ان سے پوچھا، "بھائی صاحب، آج کیا بات ہے؟" تو انہوں نے زور سے چلا کر کہا، "بھئی اندر بڑی گرمی ہے۔" انہوں نے جوکر کی طرح اپنا منہ بنالیا اور آخر میں قہقہہ مار کر ہنس پڑے جیسے کوئی بڑا مذاق کیا ہو۔

شام کو جہاں روز وہ پہلے ہی سے کچہری سے آجاتے تھے، اس دن دیر سے لوٹے۔ انہوں نے بیوی کے ہاتھ میں چار روپے تو دیے ہی، ساتھ دو سیب اور پانچ قینچی سگریٹ کے پیکٹ بھی بڑھا دیے۔

"سگریٹ کیا ہو گی؟" جمنا نے تعجب سے پوچھا۔

"تمہارے لیے ہیں۔" شکل دیپ بابو نے دھیرے سے کہا اور دوسری طرف دیکھ

کر مسکرانے لگے لیکن ان کا چہرہ شرم سے کچھ تمتما گیا۔ جمنا نے ماتھے پر کی ساڑی کو نیچے کھینچتے ہوئے کہا، "کبھی سگریٹ پی بھی ہے کہ آج ہی پیوں گی؟ اس عمر میں مذاق کرتے شرم نہیں آتی؟"

شکل دیپ بابو کچھ بولے نہیں اور تھوڑا مسکرا کر ادھر ادھر دیکھنے لگے۔ پھر کچھ سنجیدہ ہو کر دوسری طرف دیکھتے ہوئے کہا، "بوا کو دے دینا۔" اور فوراً وہاں سے چلتے بنے۔ جمنا بھونچکی ہو کر کچھ دیر ان کو دیکھتی رہی، کیوں کہ آج سے پہلے تو وہ یہی دیکھتی آ رہی تھی کہ نارائن کی سگریٹ نوشی کے وہ سخت خلاف رہے ہیں اور اس معاملے پر اسے کئی بار ڈانٹ پھٹکار بھی چکے ہیں۔ اس کی سمجھ میں کچھ نہ آیا تو وہ یہ کہہ کر مسکرا دی کہ "عقل ماری گئی ہے۔"

نارائن دن بھر پڑھنے لکھنے کے بعد ٹہلنے گیا ہوا تھا۔

شکل دیپ بابو جلدی سے کپڑے بدل کر، ہاتھ میں جھاڑو لے، باہر کے کمرے میں جا پہنچے۔ انہوں نے جلدی جلدی اچھی طرح کمرے کو جھاڑا بہارا، اس کے بعد نارائن کی میز کو صاف کیا اور میز پوش کو زور زور سے کئی بار جھاڑ کر صفائی کے ساتھ اس پر بچھا دیا۔ آخر میں نارائن کی چارپائی پر پڑے بستر کو کھول کر اس کی ایک ایک چیز کو ٹھیک سے تہہ کر کے رکھنے لگے۔ اتنے میں جمنا نے آکر دیکھا تو دھیمے لہجے میں بولی، "کچہری سے آنے پر یہی کام رہ گیا ہے کیا؟ بچھونا روز بچھ ہی جاتا ہے اور کمرے کی صفائی بھی مہرن کر ہی دیتی ہے۔"

"اچھا ٹھیک ہے۔ میں اپنی خوشی سے کر رہا ہوں۔ کوئی زبردستی تھوڑے ہی ہے۔" شکل دیپ بابو کے چہرے پر ہلکی سی جھینپ کے آثار ابھر آئے اور وہ اپنی بیوی کی طرف دیکھتے ہوئے ایسی آواز میں بولے جیسے انہوں نے اچانک ہی یہ کام شروع کر دیا تھا اور

جب اتنا کر ہی لیا ہے تو بیچ میں چھوڑنے سے کیا فائدہ، پورا ہی کر لیں۔

کچہری سے واپسی پر ان کا یہ معمول تھا کہ تھوڑا بہت کچھ کھا پی کر پلنگ پر لیٹ جاتے تھے۔ اکثر ان کو نیند آجاتی تھی اور وہ تقریباً آٹھ بجے تک سوتے رہتے تھے۔ اگر نیند نہ آتی تو بھی وہ اسی طرح چپ چاپ پڑے رہتے تھے۔

"ناشتہ تیار ہے۔" یہ کہہ کر جمنا وہاں سے چلی گئی۔

شکل دیپ بابو کمرے کو چماچم کرنے، بچھونے لگانے اور کرسیوں کو ترتیب سے سجانے کے بعد آنگن میں آکر کھڑے ہو گئے اور بلاوجہ ہنستے ہوئے بولے، "اپنا کام سدا اپنے ہاتھ سے کرنا چاہیے۔ نوکروں کا کیا ٹھیک۔" لیکن ان کی بات کا نہ تو کسی نے کوئی نوٹس لیا اور نہ کسی نے کوئی جواب دیا۔

دھیرے دھیرے دن بیتتے گئے اور نارائن سخت محنت کرتا رہا۔

کچھ دنوں سے شکل دیپ بابو روز شام کو گھر سے کوئی ایک میل دور شوجی کے مندر بھی جانے لگے تھے۔ وہ بہت چلتا ہوا مندر تھا۔ اس میں عقیدت مندوں کی بہت بھیڑ ہوتی تھی۔ کچہری سے لوٹنے کے بعد وہ نارائن کے کمرے کو جھاڑتے بہارتے، آخر میں ناشتہ کرکے مندر کے لیے روانہ ہو جاتے۔ مندر میں ایک ڈیڑھ گھنٹہ رہتے اور تقریباً دس بجے گھر لوٹتے۔

ایک دن جب وہ مندر سے لوٹے تو ساڑھے دس بج گئے تھے۔ انہوں نے دبے پاؤں نارائن کے کمرے میں جھانک کر دیکھا اور اسے پڑھتے دیکھ کر دبی دبی مسکراہٹ ان کے لبوں پر پھیل گئی۔ پھر وہ اندر اپنے کمرے میں آکر، چھڑی دیوار سے ٹکا، ہاتھ منھ دھو، چوکے میں کھانے کے لیے جاکر بیٹھ گئے۔ بیوی نے کھانا سامنے دھر دیا۔ شکل دیپ بابو نے نوالہ چباتے ہوئے پوچھا، "بوا کو میوے دے دیے تھے؟"

وہ آج شام جب کچہری سے لوٹے تھے تو میوے لیتے آئے تھے۔ انہوں نے میوے کو بیوی کے حوالے کرتے ہوئے کہا تھا کہ اسے صرف نارائن ہی کو دینا اور کسی کو نہیں۔ جمنا کو جھپکی آرہی تھی مگر اس نے شوہر کی بات سن کر، چونک کر بولی، "کہاں! میوہ ٹرنک میں رکھ دیا تھا کہ ببوا گھوم کر آئیں گے تو دے دوں گی۔ پر لڑکے تو بھوت بنے ہوئے ہیں، کونا کونا، آتر آتر، سبھی جگہ پہنچ جاتے ہیں۔ ٹن ٹن نے کہیں سے دیکھ لیا اور اس نے سارا کا سارا کھا ڈالا۔" ٹن ٹن شکل دیپ بابو کا سب سے چھوٹا، لگ بھگ بارہ تیرہ سال کا، بے حد شریر لڑکا تھا۔

"کیوں؟" شکل دیپ بابو چلا پڑے۔ ان کا منھ کھل گیا تھا اور زبان پر روٹی کا ایک چھوٹا سا ٹکڑا نظر آرہا تھا۔ جمنا کچھ نہ بولی۔ اب شکل دیپ بابو نے غصے سے بیوی کا منھ چڑاتے ہوئے کہا، "کھا گیا! تم کو کیوں نہیں کھا گیا؟ تم لوگوں کے کھانے کے لیے لایا تھا کیا؟ کھا گیا! کھا گیا!"

جمنا بھی تنک اٹھی، "تو کیا ہو گیا؟ کبھی پھل پھول، میوہ مصری تو ان کو نصیب ہوتی نہیں ہے۔ بچارے بھوسا چونی جو کچھ بھی انہیں میسر ہے، اسی پر صبر کرتے ہیں۔ اپنے ہاتھ سے خرید کر کبھی کچھ دیا بھی تو نہیں گیا۔ بچہ ہی تو ہے، دل مچل گیا ہو گا سو کھا لیا۔ پھر میں نے اسے بہت مارا بھی۔ اب جان تو نہیں لے لیں گے۔"

"اچھا تو کھاؤ تم اور تمہارے لڑکے! خوب مزے میں کھاؤ! ایسے کھانے پر لعنت!" وہ غصے سے تھر تھر کانپتے ہوئے چلا پڑے اور پھر چوکے سے اٹھ کر کمرے میں چلے گئے۔

جمنا خوف، غصے اور ذلت سے رونے لگی۔ اس نے کھانا بھی نہیں کھایا اور چارپائی پر منھ ڈھانپ کر پڑ رہی۔

دوسرے دن صبح بھی شکل دیپ بابو کا غصہ ٹھنڈا نہیں ہوا اور انہوں نے نہانے

دھونے اور پوجا کرنے کے بعد سب سے پہلا کام یہ کیا کہ جب ٹن ٹن جاگا تو اسے اپنے پاس بلایا اور اس سے پوچھا کہ اس نے میوہ کیوں کھایا؟ جب اس کو کوئی جواب نہ سوجھا اور سہم کر اپنے باپ کی طرف دیکھنے لگا تو شکل دیپ بابو نے کئی طمانچے اسے جڑ دیے۔

ڈپٹی کلکٹری کا امتحان الہ آباد میں ہونے والا تھا اور وہاں روانہ ہونے کے دن آ گئے تھے۔ اس بیچ نارائن نے اتنی کڑی محنت کی تھی کہ سبھی لوگ حیران تھے۔ وہ اٹھارہ انیس گھنٹے تک پڑھتا رہتا۔ اس کی پڑھائی میں کوئی رکاوٹ حائل نہیں ہونے پائی۔ اسے بس پڑھنا تھا۔ اس کو کمرہ صاف ملتا، بچھونا بچھا ملتا، دونوں وقت گاؤں کے اصلی گھی کے ساتھ دال بھات، سبزی روٹی ملتی۔ جسم کی طاقت اور دماغ کی تازگی کو بنائے رکھنے کے لیے ناشتے میں سویرے حلوہ، دودھ اور شام کو میوے یا پھل اور تو اور لڑکے کی طبیعت اچاٹ نہ ہو، اس لیے سگریٹ کا بھی اچھا بھلا انتظام۔ جب سگریٹ کے پیکٹ ختم ہوتے تو جمنا اس کے پاس اور پیکٹ رکھ جاتی۔

جس دن نارائن کو الہ آباد جانا تھا، شکل دیپ بابو کی چھٹی تھی اور وہ سویرے ہی گھومنے نکل گئے۔ وہ کچھ دیر تک کمپنی باغ میں گھومتے رہے، پھر وہاں طبیعت نہ لگی تو ندی کے کنارے پہنچ گئے۔ وہاں بھی دل نہ لگا تو اپنے قریبی دوست کیلاش بہاری، مختار، کے گھر چلے گئے۔ وہاں بہت دیر تک ٹپس لڑاتے رہے اور جب گاڑی کا وقت قریب آیا تو جلدی جلدی گھر کی طرف چل دیے۔

گاڑی نو بجے نکلتی تھی۔ جمنا اور نارائن کی بیوی نے تڑکے اٹھ کر کھانا پکا لیا تھا۔ نارائن نے کھانا کھایا اور سب کو پرنام کر کے اسٹیشن کے لیے چل پڑا۔ شکل دیپ بابو بھی ساتھ گئے۔ نارائن کو رخصت کرنے کے لیے اس کے چار پانچ دوست بھی اسٹیشن پہنچے تھے۔ جب تک گاڑی نہیں آئی، نارائن پلیٹ فارم پر ان دوستوں سے باتیں کرتا رہا۔ شکل دیپ

بابو الگ کھڑے ادھر ادھر اس طرح دیکھتے رہے، جیسے نارائن سے ان کا تعارف ہی نہ ہو اور جب گاڑی آئی اور نارائن اپنے دوستوں اور باپ کی مدد سے سامان کے ساتھ گاڑی پر چڑھ گیا تو شکل دیپ بابو وہاں سے دھیرے دھیرے کھسک گئے اور وہیلر کے بک اسٹال پر جا کر کھڑے ہو گئے۔

بک اسٹال کا آدمی جان پہچان کا تھا۔ اس نے سلام کر کے پوچھا، "کہیے مختار صاحب، آج کیسے آنا ہوا؟" شکل دیپ بابو نے اطمینان سے مسکراتے ہوئے جواب دیا، "لڑکا الہ آباد جا رہا ہے ڈپٹی کلکٹری کا امتحان دینے۔ شام تک پہنچ جائے گا۔ ڈیوڑھے درجے کے پاس جو ڈبا ہے نا، اسی میں ہے۔ نیچے جو چار پانچ لڑکے کھڑے ہیں وہ اس کے دوست ہیں۔ سوچا، بھئی ہم لوگ بوڑھے ٹھہرے، لڑکے امتحان و متحان کی بات کر رہے ہوں گے، اس لیے ادھر چلا آیا۔" ان کی آنکھیں خوشی اور ایک عجیب مزاحیہ انداز سے سکڑ گئیں۔

وہاں وہ تھوڑی دیر تک رہے۔ اس کے بعد جا کر گھڑی میں وقت دیکھا، کچھ دیر تار گھر کے باہر تار بابو کو کھٹر پٹر کرتے دیکھتے رہے اور پھر وہاں سے ہٹ کر ریل گاڑیوں کے آنے جانے کا ٹائم ٹیبل پڑھنے لگے لیکن ان کا دھیان گاڑی ہی کی طرف لگا ہوا تھا، کیوں کہ جب ٹرین چھوٹنے کی گھنٹی بجی تو وہ وہاں سے بھاگ کر نارائن کے دوستوں کے پیچھے کھڑے ہو گئے۔ نارائن نے جب ان کو دیکھا تو اس نے جھٹ پٹ نیچے اتر کر ان کے پیر چھوئے۔

"خوش رہو بیٹا، بھگوان تمہیں کامیاب کرے!" انہوں نے لڑکے سے بدبداکر کہا اور دوسری طرف دیکھنے لگے۔

نارائن بیٹھ گیا اور اب گاڑی چلنے ہی والی تھی۔ اچانک شکل دیپ بابو کا داہنا ہاتھ اپنے کوٹ کی جیب میں گیا۔ انہوں نے جیب سے کوئی چیز باہر نکال لی اور وہ کچھ آگے بھی

بڑھے لیکن پھر نہ معلوم کیا سوچ کر رک گئے۔ ان کا چہرہ کچھ تمتما سا گیا اور گھبراہٹ میں وہ ادھر ادھر دیکھنے لگے۔ گاڑی نے آخری سیٹی دی تو شکل دیپ بابو چونک پڑے۔ انہوں نے جیب سے وہ چیز نکال کر مٹھی میں باندھ لی اور اسے نارائن کو دینے دوڑ پڑے۔

وہ کمزور اور بوڑھے آدمی تھے، اس لیے ان سے تیز تو کیا دوڑا جاتا، وہ پیروں میں پھرتی لانے کے لیے اپنے ہاتھوں کو اس طرح بھینچ رہے تھے جیسے کوئی روگی، مریل لڑکا اپنے ساتھیوں کے بیچ کھیل کود کے دوران کوئی ہلکی پھلکی شرارت کرنے کے بعد تیزی سے دوڑنے کے لیے گردن جھکا کر ہاتھوں کو چکر دیتا ہوا بھاگ رہا ہو۔ ان کے پیر تھپ تھپ کی آواز کے ساتھ پلیٹ فارم پر گر رہے تھے اور ان کی ان حرکات کا ان کے چہرے پر کوئی خاص قسم کا اثر نہیں تھا، بس یہی معلوم ہوتا تھا کہ وہ کچھ پریشان ہیں۔ پلیٹ فارم پر جمع لوگوں کی توجہ ان کی طرف ہوئی۔ کچھ لوگوں نے موج میں آکر زور سے للکارا، کچھ لوگوں نے کلکاریاں ماریں اور کچھ نے ان کے اس مضحکہ خیز انداز کو دیکھ کر زور زور سے ہنسنا شروع کر دیا۔ لیکن ان کی خوش قسمتی ہی کہی جائے کہ گاڑی ابھی چلی ہی تھی اور زیادہ اسپیڈ میں نہیں آئی تھی۔ وہ اپنی اس مضحکہ خیز کوشش میں کامیاب ہو گئے اور انہوں نے ڈبے کے سامنے پہنچ کر بے چینی اور فکر مندی کے آثار لیے ہوئے ڈبے سے سر نکال کر جھانکتے ہوئے نارائن کے ہاتھ میں ایک پڑیا دیتے ہوئے کہا، "بیٹا، اسے عقیدت کے ساتھ کھالینا۔ بھگوان شنکر کا پرساد ہے۔"

پڑیا میں کچھ بتاشے تھے جو انہوں نے کل شام کو شیو جی کو چڑھائے تھے اور اسے پتا نہیں کیوں نارائن کو دینا بھول گئے تھے۔ نارائن کے دوست یہ منظر دیکھ کر مسکرانے لگے اور جب وہ قریب آئے تو ایک لڑکے نے پوچھا، "بابو جی، کیا بات تھی؟ ہم سے کہہ دیتے۔" شکل دیپ بابو یہ کہہ کر کہ "کوئی بات نہیں۔ کچھ روپے تھے، سوچا میں خود ہی

دے دوں۔۔۔" تیزی سے آگے بڑھ گئے۔

امتحان ختم ہونے کے بعد نارائن گھر واپس آگیا۔ اس نے سچ مچ پرچے اچھے کیے تھے اور اس نے گھر والوں سے صاف صاف کہہ دیا کہ اگر کوئی بے ایمانی نہیں ہوئی تو وہ انٹرویو میں ضرور بلایا جائے گا۔ گھر والوں کی بات تو خیر دوسری تھی، لیکن جب محلے اور شہر کے لوگوں نے یہ بات سنی تو انہوں نے یقین نہیں کیا۔ لوگ طنزاً کہنے لگے، "ہر سال تو یہی کہتے ہیں بچو! وہ کوئی دوسرے ہوتے ہیں جو انٹرویو میں بلائے جاتے ہیں!"

لیکن بات نارائن نے جھوٹ نہیں کہی تھی، کیوں کہ ایک دن اس کو خبر ملی کہ پبلک سروس کمیشن الہ آباد کے سامنے اسے انٹرویو کے لیے حاضر ہونا ہے۔ یہ خبر سارے شہر میں بجلی کی طرح پھیل گئی۔ بہت برسوں بعد کوئی لڑکا اس شہر سے ڈپٹی کلکٹری کے لیے بلایا گیا تھا۔ لوگوں کے تعجب کا ٹھکانا نہ رہا۔

شام کچہری سے واپسی پر شکل دیپ بابو سیدھے آنگن میں جاکر کھڑے ہو گئے اور زور سے قہقہہ مار کر ہنس پڑے۔ پھر کمرے میں جاکر کپڑے بدلنے لگے۔ شکل دیپ بابو نے کوٹ کھونٹی پر ٹانگتے ہوئے، لپک کر آتی ہوئی جمنا سے کہا، "اب کرو ناراج! ہمیشہ شور مچائے رہتی ہیں کہ یہ نہیں ہے وہ نہیں ہے۔ یہ معمولی بات نہیں ہے کہ ببوا انٹرویو میں بلائے گئے ہیں۔ بس آیا ہی سمجھو!"

"جب آجائیں تبھی نا!" جمنا نے کنجوسی سے مسکراتے ہوئے کہا۔

شکل دیپ بابو تھوڑا ہنستے ہوئے بولے، "تم کو اب بھی شک ہے؟ لو میں کہتا ہوں کہ ببوا ضرور آئیں گے، ضرور آئیں گے! نہیں تو میں اپنی مونچھ مونڈ دوں گا اور کوئی کہے نہ کہے، میں تو اس بات کو پہلے ہی سے جانتا ہوں۔ ارے میں کیا، سارا شہر یہی کہتا ہے! امبیکا بابو وکیل مجھے بدھائی دیتے ہوئے بولے، انٹرویو میں بلائے جانے کا مطلب ہے کہ اگر

انٹرویو تھوڑا بھی اچھا ہو گیا تو انتخاب یقینی ہے۔ میرا ناک میں دم تھا۔ جو بھی سنتا، بدھائی دینے چلا آتا۔"

"محلے کے لڑکے مجھے بھی بدھائی دے گئے ہیں۔ جانکی، کمل اور گوری تو ابھی ابھی گئے ہیں۔" جمنا نے خواب ناک آنکھوں سے اپنے شوہر کی طرف دیکھتے ہوئے خبر دی۔

"تو تمہاری کوئی معمولی ہستی ہے! ارے تم ڈپٹی کلکٹر کی ماں ہونا، جی!" اتنا کہہ کر وہ قہقہہ لگا کر ہنس پڑے۔ جمنا کچھ نہیں بولی بلکہ اس نے دبی دبی مسکراہٹ کے ساتھ ساڑی کا پلو سر تک کھینچ لیا اور منہ ٹیڑھا کر لیا۔ شکل دیپ بابو نے جوتے اتار کر چارپائی پر بیٹھتے ہوئے کہا، "ارے بھائی، ہم کو تم کو کیا لینا، ایک کونے میں پڑ کر رام رام جپا کریں گے۔ لیکن میں تو ابھی یہ سوچ رہا ہوں، کچھ سال اور مختاری کروں گا۔ نہیں، یہی ٹھیک رہے گا!" انہوں نے گال پھلا کر دو ایک مرتبہ مونچھوں پر تاؤ دیا۔ جمنا نے ان کی بات کا جواب دیتے ہوئے کہا، "لڑکا مانے گا تھوڑے ہی۔ کھینچ لے جائے گا۔ ہمیشہ یہ دیکھ کر اس کا دل دکھتا ہے کہ بابو جی اتنی محنت کرتے ہیں اور وہ کچھ بھی مدد نہیں کر پاتا۔"

"کچھ کہہ رہا تھا کیا؟" شکل دیپ بابو نے دھیرے سے پوچھا اور بیوی کی طرف دیکھ کر دروازے کے باہر دیکھنے لگے۔ جمنا نے یقین کے ساتھ کہا، "میں جانتی نہیں کیا؟ اس کا چہرہ بتاتا ہے۔ باپ کو اتنا کام کرتے دیکھ کر اس کو کوئی اچھا تھوڑے ہی لگتا ہے۔" آخر میں اس نے ناک سڑک لی۔

نارائن پندرہ دن بعد انٹرویو دینے گیا اور اس نے انٹرویو بھی کافی اچھا کیا۔ وہ گھر واپس آیا تو اس کا دل جوش اور ولولے سے بھرا ہوا تھا۔۔ اور جب اس نے یہ بتایا کہ جہاں اور لڑکوں کا انٹرویو پندرہ منٹ کا ہوا وہاں اس کا پورے پچاس منٹ تک انٹرویو ہوتا رہا اور اس نے سبھی سوالوں کے جواب کافی اطمینان بخش دیے، تو اب یہ سبھی نے مان

لیا کہ نارائن کا لیا جانا یقینی ہے۔

دوسرے دن کچہری میں پھر وکیلوں اور مختاروں نے شکل دیپ بابو کو مبارک باد دی اور یہ یقین ظاہر کیا کہ نارائن ضرور لیا جائے گا۔ شکل دیپ بابو مسکرا مسکرا کر لوگوں کی مبارک باد کا شکریہ ادا کرتے اور لگے ہاتھوں نارائن کی ذاتی زندگی کی دو ایک باتیں سنا دیتے اور آخر میں سر جھکا کر سرگوشی میں دل کا راز ظاہر کرتے، "آپ سے کہتا ہوں، پہلے مجھے بھی شک تھا، سولہ آنے شک تھا، لیکن آپ لوگوں کی دعا سے اب وہ دور ہو گیا ہے۔"

جب وہ گھر لوٹے تو نارائن، گوری اور کمل دروازے پر کھڑے باتیں کر رہے تھے۔ نارائن انٹرویو کے بارے میں کچھ بتا رہا تھا۔ وہ اپنے باپ کو آتا دیکھ کر دھیرے دھیرے بولنے لگا۔ شکل دیپ بابو چپ چاپ وہاں سے گزر گئے لیکن دو تین ہی گز آگے گئے ہوں گے کہ گوری کی آواز ان کو سنائی پڑی، "ارے تمہارا ہو گیا، اب تم موج کرو!"

اتنا سنتے ہی شکل دیپ بابو گھوم پڑے اور لڑکوں کے پاس آکر انہوں نے پوچھا، "کیا؟" ان کی آنکھیں سکڑ گئیں اور چہرے پر ایسے آثار دکھائی دیے جیسے وہ کسی محفل میں زبردستی گھس آئے ہوں۔ لڑکے ایک دوسرے کو دیکھ کر بڑے مہذب انداز میں مسکرائے۔ پھر گوری نے جو کہا تھا اسے اور واضح انداز میں کہا، "میں کہہ رہا تھا کہ نارائن کا لیا جانا یقینی ہے۔"

شکل دیپ بابو نے سڑک سے گزرتی ہوئی ایک موٹر کو غور سے دیکھنے کے بعد دھیرے دھیرے کہا، "ہاں، دیکھیے نا! جہاں ایک سے ایک دھرندھر لڑکے پہنچتے ہیں، وہاں سب سے تو بیس منٹ ہی کا انٹرویو ہوتا ہے، پر ان سے پورے پچاس منٹ کا! اگر نہیں لینا ہوتا تو پچاس منٹ تک تنگ کرنے کی کیا ضرورت تھی، پانچ دس منٹ پوچھ تاچھ کرکے۔۔۔"

گوری نے سر ہلا کر ان کی بات کی تائید کی اور کمل نے کہا، "پہلے کا زمانہ ہوتا تو کہا بھی نہیں جا سکتا تھا، لیکن اب تو بے ایمانی اتنی نہیں ہوتی ہوگی۔" شکل دیپ بابو نے آنکھیں جھپکاتے ہوئے دھیمی آواز میں پوچھا، "بے ایمانی تو نہیں ہوتی ہے نا؟"

"ہاں، اب اتنی نہیں ہوتی۔ پہلے بات دوسری تھی۔ وہ زمانہ اب لد گیا۔" گوری نے جواب دیا۔

شکل دیپ بابو اچانک اپنی آواز پر زور دیتے ہوئے بولے، "ارے اب کیسی بے ایمانی صاحب؟ گولی ماریے، اگر بے ایمانی ہی کرنی ہوتی تو اتنی دیر تک ان کا انٹرویو ہوتا؟ انٹرویو میں بلایا ہی نہیں ہوتا اور بلاتے بھی تو پانچ دس منٹ پوچھ تاچھ کر کے رخصت کر دیتے۔"

اس کا کسی نے جواب نہیں دیا تو وہ مسکراتے ہوئے مڑ کر گھر میں چلے گئے۔

گھر پہنچنے پر جمنا سے بولے، "بوا ابھی سے کسی افسر کی طرح لگتے ہیں۔ دروازے پر بوا، گوری اور کمل باتیں کر رہے تھے۔ میں نے دور ہی سے غور کیا، جب نارائن بابو بولتے ہیں اور ہاتھ ہلاتے ہیں تو ان کے بولنے اور ہاتھ ہلانے سے ایک عجیب سی شان ٹپکتی ہے۔ ان کے دوستوں میں وہ بات کہاں!"

"آج دوپہر میں مجھ سے کہہ رہے تھے کہ تجھے موٹر میں گھماؤں گا۔" جمنا نے خوش خبری سنائی۔ شکل دیپ بابو خوش ہو کر ناک سڑکتے ہوئے بولے، "ارے تو اس کو موٹر کی کمی ہوگی؟ گھومنا نا، جتنا چاہنا!" وہ اچانک چپ ہو گئے اور کھوئے کھوئے اس طرح مسکرانے لگے جیسے کوئی لذیذ چیز کھانے کے بعد اس کے مزے سے لطف اندوز ہو رہے ہوں۔ کچھ دیر بعد انہوں نے بیوی سے سوال کیا، "کیا کہہ رہا تھا؟ موٹر میں گھماؤں گا؟" جمنا نے پھر وہی بات دہرا دی۔ شکل دیپ بابو نے دھیرے سے دونوں ہاتھوں سے تالی

بجاتے ہوئے مسکرا کر کہا، "چلو اچھا ہے۔" ان کے چہرے پر گہرے اطمینان کے آثار نمایاں تھے۔

سات آٹھ دن بعد نتیجہ نکلنے کا اندازہ تھا۔ سبھی کو یقین ہو گیا تھا کہ نارائن لے لیا جائے گا اور سبھی بے چینی سے نتیجے کا انتظار کر رہے تھے۔

اب شکل دیپ بابو اور بھی مصروف ہو گئے۔ پوجا پاٹھ کا ان کا معمول یوں ہی جاری رہا پہلے کی طرح۔ لوگوں سے بات چیت کرنے میں ان کو مزہ آنے لگا اور وہ بات چیت کے دوران ایسے حالات پیدا کر دیتے کہ لوگوں کو کہنا پڑتا کہ نارائن ضرور لے لیا جائے گا۔ وہ اپنے گھر پر جمع نارائن اور اس کے دوستوں کی باتیں چھپ چھپ کر سنتے اور کبھی کبھی اچانک ان کے جھنڈ میں گھس کر زبردستی بات کرنے لگتے۔ کبھی نارائن کو یہ بات بری بھی لگتی اور وہ غصے میں دوسری طرف دیکھنے لگتا۔ رات میں شکل دیپ بابو چونک کر اٹھ بیٹھتے اور باہر آکر کمرے میں سوتے ہوئے نارائن کو دیکھنے لگتے یا کبھی آنگن میں آکر آسمان کو تکا کرتے۔

ایک دن انہوں نے سویرے ہی سب کو سنانے والے انداز میں زور سے کہا، "نارائن کی ماں، میں نے آج سپنا دیکھا ہے کہ نارائن بابو ڈپٹی کلکٹر ہو گئے۔"

جمنا رسوئی کے برآمدے میں بیٹھی چاول چن رہی تھی اور اسی کے پاس نارائن کی بیوی نرملا گھونگھٹ کاڑھے دال بین رہی تھی۔ جمنا نے سر اٹھا کر اپنے شوہر کی طرف دیکھتے ہوئے سوال کیا، "سپنا سویرے دکھائی پڑا تھا کیا؟"

"سویرے کے نہیں تو کیا شام کے سپنے کے بارے میں تم سے کہنے آؤں گا؟ ارے، ایک دم برہم مہورت میں دیکھا تھا! دیکھتا ہوں کہ اخبار میں نتیجہ نکل گیا ہے اور اس میں نارائن بابو کا بھی نام ہے۔ ابھی یاد نہیں کہ کون نمبر تھا، پر اتنا کہہ سکتا ہوں کہ نام کافی اوپر

تھا۔"

"اماں جی، سویرے کا سپنا تو بالکل سچا ہوتا ہے نا؟" نارائن کی بیوی نرملا نے دھیرے سے جمنا سے پوچھا۔ معلوم ہوتا ہے نرملا کی آواز شکل دیپ بابو نے سن لی، کیوں کہ انہوں نے ہنس کر سوال کیا، "کون بول رہا ہے؟ ڈپٹیائن ہیں کیا؟" آخر میں وہ قہقہہ مار کر ہنس پڑے۔

"ہاں، کہہ رہی ہیں کہ سویرے کا سپنا سچا ہوتا ہے! سچا تو ہوتا ہی ہے!" جمنا نے مسکرا کر کہا۔ نرملا شرم سے سمٹ گئی۔ اس نے اپنے بدن کو سکوڑ لیا اور پیٹھ کو نیچے جھکا کر اپنا منھ اپنے دونوں گھٹنوں کے بیچ چھپا لیا۔

اگلے دن بھی صبح شکل دیپ بابو نے اپنے گھر والوں کو خبر دی کہ انہوں نے ہو بہو وہی خواب دیکھا ہے۔ جمنا نے کہا، "سویرے کا خواب تو ہمیشہ ہی سچا ہوتا ہے۔ جب بھو کو لڑکا ہونے والا تھا، میں نے سویرے سویرے سپنا دیکھا کہ کوئی سورگ کی دیوی ہاتھ میں لڑکا لیے آسمان سے ہمارے آنگن میں اتر رہی ہے۔ بس میں نے سمجھ لیا کہ لڑکا ہی ہے۔۔۔ اور لڑکا ہی ہوا۔" شکل دیپ بابو نے جوش میں آکر کہا، "اور مان لو کہ جھوٹ ہے تو یہ خواب ایک ہی دن دکھائی پڑتا، دوسرے دن بھی ہو بہو ویسا ہی سپنا کیوں دکھائی دیتا اور وہ بھی برھم مہورت میں؟"

"بھو نے بھی آج ویسا ہی سپنا سویرے دیکھا ہے!"

"ڈپٹیائن نے بھی؟" شکل دیپ بابو نے مسکراتے ہوئے کہا۔

"ہاں، ڈپٹیائن نے ہی! ٹھیک سویرے۔ انہوں نے دیکھا کہ ایک بنگلے میں ہم لوگ رہ رہے ہیں اور ہمارے دروازے پر موٹر کھڑی ہے۔" جمنا نے جواب دیا۔ شکل دیپ بابو کھوئے کھوئے مسکراتے رہے، پھر بولے، "اچھی بات ہے! اچھی بات ہے!"

ایک دن رات کو تقریباً ایک بجے شکل دیپ بابو نے اٹھ کر بیوی کو جگایا اور اس کو

الگ لے جاتے ہوئے بے شرم مہابر ہمن کی طرح ہنستے ہوئے پوچھا، "کہو بھئی، کچھ کھانے کو ہو گا؟ بہت دیر سے نیند نہیں آرہی ہے، جیسے پیٹ کچھ مانگ رہا ہے۔ پہلے میں نے سوچا، جانے بھی دو، یہ کوئی کھانے کا وقت ہے، پر اس سے کام بنتے نہیں دیکھا تو تمہیں جگایا۔ شام کو کھایا تھا، سب ہضم ہو گیا۔"

جمنا حیرت سے آنکھیں پھاڑ پھاڑ کر اپنے شوہر کو دیکھتی رہی۔ شادی شدہ زندگی کے اتنے لمبے عرصے میں کبھی بھی، یہاں تک کہ شادی کے شروع کے دنوں میں بھی، انہوں نے رات کو یوں جگا کر کچھ کھانے کو نہیں مانگا تھا۔ وہ جھنجھلا پڑی اور بولی، "ایسا پیٹ تو کبھی نہیں تھا۔ نہ معلوم اس وقت رسوئی میں کچھ ہے کہ نہیں۔"

شکل دیپ بابو جھینپ کر مسکرانے لگے۔ ایک دو لمحے بعد جمنا نے آنکھیں ملتے ہوئے پوچھا، "بوا کے میوے میں سے تھوڑا سا دوں کیا؟" شکل دیپ بابو جھٹ سے بولے، "ارے رام رام! میوہ تو تم جانتی ہو مجھے بالکل پسند نہیں۔ جاؤ تم سوؤ۔ بھوک ووک تھوڑے ہی ہے، مذاق کیا تھا۔" یہ کہہ کر وہ دھیرے سے اپنے کمرے میں چلے گئے لیکن وہ لیٹے ہی تھے کہ جمنا کمرے میں ایک ڈھکنی میں ایک روٹی اور گڑ لے کر آئی۔ شکل دیپ بابو ہنستے ہوئے اٹھ بیٹھے۔

شکل دیپ بابو پوجا پاٹھ کرتے، کچہری جاتے، دنیا بھر کے لوگوں سے دنیا بھر کی باتیں کرتے اور جب خالی رہتے تو کچھ نہ کچھ کھانے کو مانگ بیٹھتے۔ وہ چٹورے ہو گئے اور ان کو جب دیکھو تب بھوک لگ آتی۔ اس طرح کبھی روٹی گڑ کھا لیتے، کبھی آلو بھنوا کر کھا لیتے اور کبھی ہاتھ پر چینی ہی لے کر پھانک جاتے۔ کھانے میں بھی تبدیلی چاہنے لگے۔ کبھی کھچڑی کی فرمائش کر دیتے، کبھی ستو پیاز کی، کبھی صرف روٹی دال کی اور کبھی صرف دال چاول کی۔ ان کا وقت کٹتا ہی نہ تھا اور وہ وقت کاٹنا چاہتے تھے۔

اس بد پرہیزی اور ذہنی تناؤ کا نتیجہ یہ ہوا کہ وہ بیمار پڑ گئے۔ انہیں بخار رہنے لگا، دست بھی آنے لگے۔ ان کی بیماری سے گھر کے لوگوں کو بڑی فکر لاحق ہوئی۔ جمنا نے روہانسی آواز میں کہا، "بار بار کہتی تھی، اتنی محنت نہ کیجیے، پر سنتا ہی کون ہے! اب بھگتنا پڑا نا؟" پر شکل دیپ بابو پر اس کا کچھ اثر نہ ہوا۔ انہوں نے بات مذاق میں اڑا دی، "ارے میں تو کچہری جانے والا تھا، پر یہ سوچ کر رک گیا کہ اب مختاری تو چھوڑنی ہے، تھوڑا آرام کر لیا جائے۔"

"مختاری جب چھوڑنی ہو گی، ہو گی۔ اس وقت تو دو وقت کی دال روٹی کا انتظام کرنا ہے۔" جمنا نے فکر مند ہوتے ہوئے کہا۔

"ارے تم کیسی باتیں کرتی ہو! بیماری دکھی تو سب کو لگی رہتی ہے۔ میں مٹی کا ڈھیلا تو ہوں نہیں کہ گل جاؤں گا۔ بس ایک آدھ دن کی بات ہے۔ اگر بیماری سخت ہوتی تو میں اس قدر ٹناٹن بولتا؟" شکل دیپ بابو نے سمجھایا اور آخر میں ان کے ہونٹوں پر ایک کمزور مسکراہٹ پھیل گئی۔ وہ دن بھر بے چین رہے۔ کبھی ٹہلتے، کبھی بیٹھتے اور کبھی باہر نکل کر ٹہلنے لگتے۔ لیکن کمزور اس قدر ہو گئے تھے کہ پانچ دس قدم ہی چل کر تھک جاتے اور دن بھر کمرے میں آ کر لیٹ رہتے۔

کرتے کرتے شام ہوئی اور جب شکل دیپ بابو کو یہ بتایا گیا کہ کیلاش بہاری مختار ان کی خیریت پوچھنے کے لیے آئے ہیں تو وہ اٹھ بیٹھے اور جھٹ پٹ چادر اوڑھ، ہاتھ میں چھڑی لے، بیوی کے لاکھ منع کرنے پر بھی باہر نکل گئے۔ دست تو بند ہو گئے تھے، پر بخار ابھی تھا اور اس عرصے میں یہ بھی ہوا کہ وہ انتہائی چڑچڑے ہو گئے تھے۔ کیلاش بہاری نے انہیں دیکھتے ہی فکر مندی سے کہا، "ارے تم کہاں باہر آ گئے؟ مجھے اندر بلوا لیا ہوتا۔"

شکل دیپ بابو چارپائی پر بیٹھ گئے اور کمزور ہنسی ہنستے ہوئے بولے، "ارے مجھے کچھ

ہوا تھوڑے ہی ہے۔ سوچا آرام کرنے کی عادت ہی ڈالوں۔" یہ کہہ کر وہ بہت معنی خیز نظر سے اپنے دوست کی طرف دیکھتے ہوئے مسکرائے۔

سب حال چال پوچھنے کے بعد کیلاش بہاری نے سوال کیا، "نارائن بابو کہیں دکھائی نہیں دے رہے ہیں، کہیں گھومنے گئے ہیں کیا؟" شکل دیپ بابو نے بناوٹی مایوسی کے انداز میں کہا، "ہاں، گئے ہوں گے کہیں۔ لڑکے ان کو چھوڑتے بھی تو نہیں ہیں۔ آکر لے جاتے ہیں کہیں نہ کہیں۔"

کیلاش بہاری نے تعریف کرتے ہوئے کہا، "خوب ہوا صاحب! میں بھی جب اس لڑکے کو دیکھتا تھا، سوچتا تھا کہ یہ لڑکا آگے چل کر کچھ نہ کچھ ضرور بنے گا۔ وہ تو صاحب، دیکھنے ہی سے پتا چل جاتا ہے۔ چال میں اور بولنے چالنے کے طریقے میں کچھ ایسا ہی ہے کہ چلیے، ہم سب اس معنی میں بہت خوش قسمت ہیں۔"

شکل دیپ بابو ادھر ادھر دیکھنے کے بعد سر کو آگے بڑھا کر صلاح مشورے کی آواز میں بولے، "ارے بھائی صاحب، کہاں تک بتاؤں! اپنے منہ سے کیا کہنا، پر ایسا سیدھا سادہ لڑکا تو میں نے دیکھا نہیں۔ پڑھنے لکھنے کا اتنا شوق کہ چوبیس گھنٹے لکھتا پڑھتا رہتا ہے۔ منہ کھول کر کسی سے کوئی بھی چیز مانگتا نہیں۔" کیلاش بہاری نے بھی اپنے لڑکے کی تعریف میں کچھ باتیں پیش کر دیں، "لڑکے تو میرے بھی سیدھے ہیں، پر منجھلا لڑکا وشوناتھ جتنا گؤ ہے اتنا کوئی نہیں۔ ٹھیک نارائن بابو کی طرح ہے۔"

"نارائن تو اس یگ کا کوئی رشی منی دکھائی پڑتا ہے۔" شکل دیپ بابو نے گمبھیرتا سے کہا، "بس اس کی ایک ہی عادت ہے۔ میں اس کی ماں کو میوہ دے دیتا ہوں اور نارائن رات کو اپنی ماں کو جگا کر کھاتا ہے۔ بھلی بری بس اس کی یہی ایک عادت ہے۔ ارے بھیا، تم سے بتاتا ہوں، بچپن میں ہم نے اس کا نام پنالال رکھا تھا۔ پر ایک دن ایک مہاتما گھومتے

ہوئے ہمارے گھر آئے۔ انہوں نے نارائن کا ہاتھ دیکھا اور بولے، اس کا نام پنالال سنالال رکھنے کی ضرورت نہیں، بس آج سے اسے نارائن کہا کرو، اس کے کرم میں راجا ہونا لکھا ہے۔ پہلے زمانے کی بات دوسری تھی لیکن آج کل راجا کا طلب کیا ہے؟ ڈپٹی کلکٹر تو ایک معنی میں راجا ہی ہوا!" آخر میں آنکھیں مٹکا کر انہوں نے مسکرانے کی کوشش کی مگر ہانپنے لگے۔ دونوں دوست بہت دیر تک بات چیت کرتے رہے اور زیادہ تر وقت دونوں اپنے اپنے لڑکوں کا گن گان گانے میں لگے رہے۔

شکل دیپ بابو کی بڑھتی ہوئی بیماری سب کے لیے فکر مندی کا باعث بنی رہی، جسے وہ ہنسی ہنسی میں ٹال جاتے، "ارے کسی معمولی وید کی سستی دوا کھا کر ٹھیک ہو جائیں گے!" دو ایک دن بعد وہ کچھ ٹھیک بھی ہو جاتے لیکن جسم لاغر ہوتا چلا گیا۔

جس دن ڈپٹی کلکٹری کا نتیجہ نکلا، اتوار کا دن تھا۔ شکل دیپ بابو صبح رامائن کا پاٹھ کرنے اور ناشتہ کرنے کے بعد مندر چلے گئے۔ چھٹی کے دن وہ مندر جلدی چلے جاتے اور وہاں دو تین گھنٹے بتانا ان کا معمول بن گیا تھا اور کبھی کبھی تو چار پانچ گھنٹے بھی ہو جاتے۔

وہ آٹھ بجے مندر پہنچ گئے۔ جس گاڑی سے نتیجہ آنے والا تھا، وہ دس بجے آتی تھی۔ شکل دیپ بابو پہلے تو مندر کی سیڑھی پر بہت دیر ستاتے رہے۔ وہاں سے اٹھ کر اوپر آئے تو نندلال پانڈے نے، جو چندن ماتھے پر رگڑ رہا تھا، نارائن کے رزلٹ کے بارے میں پوچھ تاچھ کی۔ شکل دیپ بابو وہاں کھڑے ہو کر غیر معمولی تفصیل کے ساتھ سب کچھ بتانے لگے۔ وہاں سے جب ان کو چھٹی ملی تو دھوپ کافی بڑھ چکی تھی۔ انہوں نے مندر کے اندر جا کر بھگوان شیو کے سامنے اپنا ماتھا ٹیک دیا۔ کافی دیر تک وہ اسی طرح پڑے رہے، پھر اٹھ کر، چاروں طرف گھوم کر، انہوں نے مندر کے گھنٹے بجاتے ہوئے منتر پڑھا اور شنکھ بجایا۔ آخر میں بھگوان کے سامنے دوبارہ جھک کر نکلے ہی تھے کہ جنگ

بہادر سنگھ ماسٹر مندر میں داخل ہوئے اور شکل دیپ بابو کو مندر میں دیکھ کر انہیں تعجب ہوا، "ارے مختار صاحب! گھر نہیں گئے؟ ڈپٹی کلکٹری کا نتیجہ تو نکل آیا۔"

شکل دیپ بابو کا دل دھک دھک کر رہا تھا۔ انہوں نے اپنے سوکھے ہونٹوں کو زبان سے تر کیا، ان کے ہونٹ کانپنے لگے اور انہوں نے بڑی مشکل سے مسکرا کر پوچھا، "اچھا، کب آیا؟" جنگ بہادر نے بتایا، "ارے دس بجے کی گاڑی سے آیا۔ نارائن بابو کا نام تو ضرور ہے لیکن۔۔۔" وہ کچھ آگے نہ بول سکے۔

شکل دیپ بابو کا دل زور زور سے دھڑکنے لگا۔ خشک ہونٹوں پر زبان پھیرتے ہوئے انہوں نے پوچھا، "کیا کوئی خاص بات ہے؟"

"کوئی خاص بات نہیں۔ ان کا نام تو ہے ہی۔ یہ ہے کہ ذرا نیچے ہے۔ دس لڑکے لیے جائیں گے لیکن میرا خیال ہے کہ ان کا نام سولہواں سترہواں پڑے گا۔ لیکن کوئی فکر کی بات نہیں۔ کچھ لڑکے تو کلکٹری میں چلے جاتے ہیں، کچھ میڈیکل ہی میں نہیں آتے اور اس طرح پوری پوری امید ہے کہ نارائن بابو لے لیے جائیں گے۔"

شکل دیپ بابو کا چہرہ فق ہو گیا۔ ان کے پیروں میں زور نہیں تھا اور ایسا لگ رہا تھا وہ گر جائیں گے۔ جنگ بہادر سنگھ تو مندر سے چلے گئے لیکن وہ کچھ دیر سر جھکائے یوں کھڑے رہے جیسے کوئی بھولی بات یاد کر رہے ہوں۔ پھر وہ چونک پڑے اور اچانک انہوں نے تیزی سے چلنا شروع کر دیا۔ ان کے منہ سے دھیمی آواز میں جلدی جلدی "شو! شو!" نکل رہا تھا۔ آٹھ دس گز آگے بڑھنے پر انہوں نے چال اور تیز کر دی، پر جلدی ہی وہ تھک گئے اور ایک نیم کے پیڑ کے نیچے کھڑے ہو کر ہانپنے لگے۔

چار پانچ منٹ سستانے کے بعد انہوں نے پھر چلنا شروع کیا۔ وہ چھڑی کو اٹھاتے گراتے، سینے پر سر لٹکائے، شو شو کا وظیفہ پڑھتے، ہوا کے ہلکے جھونکے سے، دھیرے

دھیرے، ٹیڑھے ترچھے، اڑنے والے سوکھے پتے کی طرح ڈگ مگ ڈگ مگ چلے جارہے تھے۔ کچھ لوگوں نے ان کو نمستے کیا تو انہوں نے دیکھا نہیں اور کچھ لوگوں نے ان کو دیکھ کر مسکرا کر آپس میں سرگوشیاں شروع کر دیں تب بھی انہوں نے کچھ نہیں دیکھا۔ لوگوں نے اطمینان سے، افسوس سے اور ہم دردی سے دیکھا، پر انہوں نے کوئی دھیان نہیں دیا۔ ان کو بس ایک ہی دھن تھی کہ وہ کسی طرح گھر پہنچ جائیں۔

گھر پہنچ کر وہ اپنی چارپائی پر دھم سے بیٹھ گئے۔ ان کے منھ سے صرف اتنا ہی نکلا، "نارائن کی اماں!"

سارے گھر میں مردنی چھائی ہوئی تھی۔ چھوٹے سے آنگن میں گندا پانی، مٹی، باہر سے آئے ہوئے سوکھے پتے اور گندے کاغذ پڑے تھے اور نابدان سے بدبو آرہی تھی۔ آنگن میں پڑے پرانے بنس کتھے پر بہت سے میلے کپڑے پڑے تھے اور رسوئی سے اس وقت بھی دھواں اٹھ کر سارے گھر کی سانس کو گھونٹ رہا تھا۔ کہیں کوئی کھٹر پٹر نہیں ہو رہی تھی اور ایسا لگ رہا تھا کہ گھر میں کوئی ہے ہی نہیں۔ جلد ہی جمنا نہ معلوم کدھر سے نکل کر کمرے میں آئی اور شوہر کو دیکھ کر گھبرا کر اس نے پوچھا، "طبیعت تو ٹھیک ہے ؟"

شکل دیپ بابو نے جھنجھلا کر کہا، "مجھے کیا ہوا جی ؟ پہلے یہ بتاؤ، نارائن بابو کہاں ہیں ؟"

جمنا نے باہر کے کمرے کی طرف اشارہ کرتے ہوئے بتایا، "اسی میں پڑے ہیں۔ نہ کچھ بولتے ہیں نہ ہنستے ہیں۔ میں پاس گئی تو گم سم پڑے رہے۔ میں تو ڈر گئی ہوں۔"

شکل دیپ بابو نے مسکراتے ہوئے دلاسا دیا، "ارے کچھ نہیں! سب اچھا ہو گا۔ فکر کی کوئی بات نہیں۔ پہلے یہ بتاؤ، ببوا کو تم نے کبھی یہ تو نہیں بتایا تھا کہ ان کی فیس اور کھانے پینے کے لیے چھ سو روپے میں نے قرض لیے تھے۔ میں نے تم کو منع کر دیا تھا کہ ایسا کسی صورت میں بھی نہ کرنا۔"

جمنا نے کہا، "میں ایسی بے وقوف تھوڑے ہی ہوں۔ لڑکے نے دو ایک بار کرید کرید کر پوچھا بھی تھا کہ اتنے روپے آتے کہاں سے ہیں۔ ایک بار تو اس نے یہاں تک کہا تھا کہ یہ پھل میوہ دودھ بند کر دو، بابو.جی فضول میں اتنا خرچ بڑھا رہے ہیں۔ پر میں نے کہہ دیا کہ تمہیں فکر کرنے کی ضرورت نہیں، تم بے فکر ہو کر محنت کرو۔ بابو.جی کو ادھر بہت مقدمے مل رہے ہیں۔"

شکل دیپ بابو بچے کی طرح خوش ہوتے ہوئے بولے، "بہت اچھا! کوئی فکر کی بات نہیں۔ بھگوان سب ٹھیک کریں گے۔ ببوا کمرے ہی میں ہیں نا؟" جمنا نے اثبات میں سر ہلا دیا۔

شکل دیپ بابو مسکراتے ہوئے اٹھے۔ ان کا چہرہ پیلا پڑ گیا تھا، آنکھیں دھنس گئی تھیں اور منھ پر مونچھیں جھاڑو کی طرح پھڑک رہی تھیں۔ جمنا سے یہ کہہ کر کہ "تم اپنا کام دیکھو، میں ابھی آیا!" دبے قدموں سے باہر کے کمرے کی طرف بڑھے۔ ان کے پیر کانپ رہے تھے، سارا جسم کانپ رہا تھا اور سانس گلے میں اٹکی جا رہی تھی۔

انہوں نے پہلے بر آمدے کی کھڑکی ہی سے کمرے کے اندر جھانکا۔ باہر والا دروازہ اور کھڑکیاں بند تھیں، جس کی وجہ سے کمرے میں اندھیرا تھا۔ پہلے تو کچھ نہ دکھائی دیا، ان کا دل زور زور سے دھڑکنے لگا لیکن انہوں نے تھوڑا اور آگے بڑھ کر غور سے دیکھا تو پلنگ پر کوئی شخص سینے پر ہاتھ باندھے چت پڑا تھا۔ وہ نارائن ہی تھا۔

وہ دھیرے سے چور کی طرح بنا چاپ کیے کمرے کے اندر داخل ہوئے۔ ان کے چہرے پر غیر معمولی اور کسی یقین سے بھری مسکراہٹ تھرک رہی تھی۔ وہ میز کے پاس پہنچ کر چپ چاپ کھڑے ہوئے اور اندھیرے ہی میں ایک کتاب الٹنے پلٹنے لگے۔ کوئی ڈیڑھ دو منٹ وہ وہیں، اسی طرح، کھڑے رہنے کے بعد بڑی پھرتی سے گھوم کر نیچے بیٹھ گئے اور کھسک کر چارپائی کے پاس چلے گئے اور چارپائی کے نیچے جھانک کر دیکھنے

لگے جیسے کوئی چیز کھوج رہے ہوں۔ اس کے بعد پاس میں رکھی ہوئی نارائن کی چپل کو اٹھا لیا اور ایک دو پل اس کو بھی الٹنے پلٹنے کے بعد دھیرے سے وہیں رکھ دیا۔ آخر وہ سانس روک کر اس طرح اٹھنے لگے، جیسے وہ کوئی چیز ڈھونڈھنے آئے تھے اور وہ اس میں کامیاب ہو کر چپ چاپ واپس لوٹ رہے ہوں۔

کھڑے ہوتے وقت وہ اپنا سر نارائن کے منھ کے پاس لے گئے اور انہوں نے نارائن کو آنکھیں پھاڑ پھاڑ کر دیکھا۔ اس کی آنکھیں بند تھیں اور وہ چپ چاپ پڑا ہوا تھا، لیکن کسی طرح کی کوئی آہٹ، کوئی آواز سنائی نہیں دے رہی تھی۔ شکل دیپ بابو ڈر گئے اور انہوں نے سہمے اور دھڑکتے دل سے اپنا بایاں کان نارائن کے منھ کے بالکل نزدیک کر دیا۔۔ اور اس وقت ان کی خوشی کا کوئی ٹھکانا نہ رہا جب انہوں نے اپنے لڑکے کی سانس کو باقاعدگی سے چلتے پایا۔

وہ چپ چاپ جس طرح آئے تھے اسی طرح باہر نکل گئے۔ پتا نہیں کب سے جمنا فکر مند، دروازے سے لگی کھڑی اندر جھانک رہی تھی۔ اس نے شوہر کا منھ دیکھا اور گھبرا کر پوچھا، "کیا بات ہے، آپ ایسا کیوں کر رہے ہیں؟ مجھے بڑا ڈر لگ رہا ہے۔" شکل دیپ بابو نے اشارے سے اسے بولنے سے منع کیا اور پھر اشارے ہی سے اس کو بلاتے ہوئے اپنے کمرے میں چلے گئے۔ جمنا نے کمرے میں پہنچ کر شوہر کو بے چینی اور فکر مندی کی نظر سے دیکھا۔ شکل دیپ بابو نے بے تحاشا خوشی بھرے لہجے میں کہا، "ببوا سو رہے ہیں!"

وہ آگے کچھ نہ بول سکے۔ ان کی آنکھیں بھر آئی تھیں۔ وہ دوسری طرف دیکھنے لگے۔

***

آدی واس

آنند یادو

شانتا میری چچیری بہن ہے۔ عمر میں مجھ سے دس بارہ سال بڑی ہوگی۔ پہلی بچی کے پیدا ہوتے ہی بے چاری بیوہ ہو گئی تھی۔ اس کی اکلوتی بیٹی کا نام لکشمی ہے جو حال ہی میں قریب کے پاٹے گاؤں میں بیاہی جا چکی ہے۔ شانتا وڈنیرلی میں رہتی ہے جو پاٹے گاؤں کے پاس ہی ہے۔ بیٹی کو قریب بیاہنے میں شانتا کا یہی مقصد تھا کہ جب بھی اس کا جی چاہے وہ آسانی سے بیٹی کو اپنے گھر بلا سکے۔ شانتا کے والدین تو عرصہ ہوا سورگباس ہو چکے تھے۔ اس کا کوئی سگا بھائی بھی نہیں تھا۔ چچا کے دیہانت کے بعد گھر کے پاس کافی جگہ خالی پڑی ہوئی ہے۔

شانتا اکثر کہتی، "تم ہی اب اس پر ایک چھپڑ ڈال لو۔ آخر کو تم میرے چچیرے بھائی ہو۔ گھر میں چراغ بتی جلتی رہے تو بابا کی یاد تازہ رہے گی۔ بس کبھی کبھی آ کر میری خیر خبر پوچھ لینا۔ بھائی کے ناطے کبھی بھاؤ بیج پر آکر آرتی اتار لینا۔ کبھی تیج تہوار پر نون نمک بھی چکھ لینا۔ بس اسی حسرت میں جی رہی ہوں۔"

میرے دونوں بھائی آبائی گاؤں میں کھیتی باڑی کرتے ہیں۔ میں ملازمت کے لیے گاؤں سے دور ایک بڑے قصبے میں رہتا ہوں۔ میرے بھائیوں سے شانتا بیچ بیچ میں ملتی رہتی ہے۔ البتہ مجھ سے شاذونادر ہی ملاقات ہوتی ہے۔ تین تین چار چار برس گزر جاتے

ہیں میں شانتا سے نہیں مل پاتا۔ کبھی کبھی میں اپنے آبائی گاؤں دو تین روز کے لیے ضرور چلا جاتا ہوں مگر وہاں سے شانتا کے گاؤں جانا سچ پوچھئے تو بڑا جان پر آتا ہے۔

شانتا کا گاؤں ہمارے گاؤں سے پانچ ایک میل کے فاصلے پر ہو گا۔ دیش کو آزاد ہوئے کتنے برس گزر چکے ہیں۔ کتنے پنچ سالہ منصوبے بنے، گاؤ سدھار اور سڑک اسکیمیں بنیں۔ مگر شانتا کے گاؤں جانے کے لیے جو ایک پرانی، قدیم، کچی سڑک ہے سو آج بھی ویسی ہی ہے۔ اس میں کوئی سدھار نہیں ہوا۔

ہمارے آبائی گاؤں میں کافی تبدیلیاں ہوئی ہیں۔ کئی سوسائٹیاں بن چکی ہیں۔ ڈیری فارم اور ہائی اسکول بھی بن گیا ہے۔ زراعت میں ترقی ہوئی ہے۔ زراعت کے لیے نئے اوزار نئے بیج بھی دستیاب ہیں۔ نئی نئی دکانیں، بجلی اور ریڈیو، پھر مجھ جیسے نوجوان تعلیم حاصل کرنے کے بعد آس پاس کے شہروں اور قصبوں میں نوکریاں کرنے لگے اور ہم جیسے بابوؤں کے ذریعے گاؤں میں شہروں اور قصبوں کی تہذیب بھی داخل ہوئی اور اب ایسا لگتا ہے جیسے گاؤں بھی 'صاحب' بن گیا ہے۔

مگر یہ کتنے تعجب کی بات ہے کہ شانتا کا گاؤں ہمارے گاؤں سے صرف پانچ میل کے فاصلے پر واقع ہے تاہم اسے کسی بھی قسم کی تبدیلی چھو تک نہیں گئی۔ البتہ کسی نہ کسی طرح بیل گاڑی وہاں تک ضرور جاتی ہے۔ مگر اس کا بھی کوئی ٹھیک نہیں۔ اس کے گاؤں جاتے ہوئے اکثر میں نے ایک آدھ بیل گاڑی کو کسی گڈھے میں چاروں شانے چت پڑے دیکھا ہے۔ اس کے گاؤں جانے کے لیے یا تو بیل گاڑی کی سواری ہے یا پھر پیدل مارچ۔

مجھے اب پیدل چلنے کی عادت نہیں رہی۔ اس لیے شانتا کے گاؤں پیدل جانا اور پیدل واپس آنا میرے لیے ایک دشوار مرحلہ ہے اس لیے میں جب بھی شانتا کے گاؤں

جانے کا قصد کرتا ہوں تو ایک مضبوط سائیکل کا انتظام کر لیتا ہوں۔ اس طرح سفر کم تکلیف دہ ہو جاتا ہے۔ کسی پتلی سی نہر کی بالو میں سائیکل اگر رپٹ بھی گئی تو کوئی خاص چوٹ نہیں لگتی۔ کپڑے جھاڑ کر اٹھے اور مزے سے دوبارہ سوار ہو گئے۔ دھیرے دھیرے پیڈل مارتے ہوا کھاتے آگے بڑھتے چلے گئے۔ ڈھلان پر سائیکل خود بخود چلنے لگتی ہے۔ چڑھائی پر سائیکل سے اتر گئے اور کشاں کشاں سائیکل ہاتھ میں پکڑے پیدل چل پڑے۔ اس کے بعد بھی اگر بدقسمتی سے کسی پگڈنڈی پر کوئی کانٹا پہیے کو پنکچر کر بھی دے تو سائیکل ہاتھ میں پکڑے پیدل چلتے ہوئے آپ کو کون دیکھنے آتا ہے۔ انہیں سب جھنجھٹوں کے سبب شانت کے گاؤں برسوں جانا نہیں ہوتا۔

ویسے شانتا مجھے مانتی ہے۔ اسے اس بات پر بڑا فخر ہے کہ اس کا بھائی پڑھ لکھ کر 'صاحب' بن گیا ہے۔ وہ جی جان سے چاہتی ہے کہ میں اس کے گاؤں جاؤں۔ اس سے ملوں، اس کا مہمان بنوں اور اسے 'بھاؤ بیج' کا نذرانہ دوں۔ آرتی اترواؤں۔ اس کی اسی بے لوث چاہت اور بار بار کے اصرار پر میں تقریباً چار برس کے بعد اس کے گاؤں جارہا تھا۔ 'بھاؤ بیج' سے ایک روز پہلے میں دوپہر کو روانہ ہوا۔ دن ڈوبتے ڈوبتے اس کے گاؤں پہنچ گیا۔ سائیکل نے کہیں دغا نہیں کی اس لیے سفر آرام سے کٹ گیا۔

گاؤں برسوں پہلے جیسا تھا اب بھی ویسا ہی دکھائی دے رہا تھا۔ سرخ مٹی اور کچی اینٹوں کے نیم پختہ مکانات۔ ٹیڑھے میڑھے کھمبوں پر ٹکی چھتیں۔ اسی لکڑی کی شہتیریں اور ان پر ہاتھوں سے بنائے ہوئے کھپریل، وہاں نیا مکان بھی اسی شان سے بنتا جس میں زندگی بھر ٹوٹ پھوٹ اور مرمت ہوتی رہتی۔ بارش کی بوچھاروں سے ڈھنے والی کچی دیواروں کی لیپا پوتی، ان کی حفاظت کے لیے گنے اور کڑبے کے پتوں کی جھاپ۔

شانتا کا گھر بھی تقریباً ایسا ہی تھا۔ سامنے پیڑ کے نیچے شانتا کا بوڑھا اکلوتا بیل بندھا

ہوا تھا جس کے جسم پر اب صرف ہڈیاں رہ گئی تھیں۔ پتا نہیں شانتا نے اسے کس مقصد کے تحت رکھ چھوڑا ہے۔ سامنے گھاس کے تنکے پڑے تھے۔ چند تنکے اس کے پیروں میں بھی بکھرے ہوئے تھے۔

لکشمی دہلیز میں بیٹھی برتن مانجھ رہی تھی۔ برتن کا پانی کافی گدلا ہو گیا تھا۔ وہ بار بار اسی پانی میں برتنوں کو کھنگال رہی تھی۔ مجھ پر اور میری سائیکل پر نظر پڑتے ہی وہ اسی کالے گدلے پانی میں اپنے ہاتھ ڈبوتی ہوئی اٹھ کر اندر بھاگ گئی۔

چند لمحوں بعد ہی شانتا دروازے میں دکھائی دی۔ وہ غالباً چولہے کے پاس سے اٹھ کر سیدھی باہر کو دوڑ آئی تھی۔ بدن پر بھورے رنگ کی ایک میلی سی تنگ دھوتی جو گھٹنوں تک چڑھی ہوتی۔ کمر کے گرد مضبوط کسا ہوا کاشٹا جس سے رانوں کا بیشتر حصہ کھل گیا تھا۔ سر پر بنا تیل کے کھچڑی بال جو سر پر اوڑھے پھٹے پلو کے چھیدوں میں سے باہر نکلے پڑ رہے تھے۔ چہرہ آگ کی تمازت سے تپا ہوا۔ جسم کے بعض کھلے حصوں پر آگ سے جلنے کے داغ، پنڈلیوں پر جھاڑ جھنکاڑ، گھاس پھوس کی خراشوں کے لمبے لمبے نشان، جیسے گرگٹ کی پیٹھ پر ہوتے ہیں۔ وہ ببول کی ٹہنیوں جیسے خشک ہاتھوں کو اپنی کمر پر رکھے دروازے میں کھڑی تھی۔ مجھ پر نظر پڑتے ہی اس کے سوکھے چہرے پر رونق آ گئی۔ تپاک سے بولی،

"آجا آجا میں سمجھی پتا نہیں اس سال بھی آتا ہے کہ نہیں، گھر سے کب چلا تھا؟"

"اس سال تو آنا ہی تھا۔ چار سال سے ناغہ ہو رہا تھا۔"

"ہاں چار سال ہو گئے تجھے دیکھے ہوئے۔ سوچ رہی تھی کہیں اس سال بھی کوئی بہانہ نہ کر دے۔" میں مسکرا دیا۔ ہاتھ پاؤں دھونے کے لیے دروازے میں آیا۔ کچی مٹی کے مکانات ٹیکریوں کی طرح ادھر ادھر بکھرے ہوئے تھے۔ انہیں دیکھ کر خیال ہوا۔ چیونٹی کے بھٹوں جیسے ان مکانوں میں لوگ چیونٹیوں ہی کی طرح بستے ہوں گے

بے چارے۔

منہ ہاتھ دھو کر میں اندر گیا۔ ورانڈے سے دہلیز پار کر کے جوں ہی اندر قدم رکھا 'کھٹ' سے دہلیز کی چوکھٹ کا اوپری حصہ ماتھے سے ٹکرایا اور میرا سر جھن جھنا کر رہ گیا۔

"جھک کر، وسنتا جھک کر۔ دروازے میں یوں گردن اٹھا کر داخل نہیں ہوتے۔"

عرصہ ہوا میں گاؤں کے مکانوں میں داخل ہونے کا دستور بھول چکا تھا کہ ان کھڑکی نما دروازوں میں گردن جھکا کر ہی داخل ہوا جاتا ہے۔ ماتھے کو رگڑتے ہوئے میں نے اپنے جھولے سے تولیہ نکالا اور منہ ہاتھ پونچھنے لگا۔ پونچھتے پونچھتے جب میں نے ذرا سا گردن گھما کر اس دروازے کو دیکھا تو مجھے دروازہ مندر کے اندرونی دروازے کی طرح ایک دم پست اور چھوٹا لگا۔ دہلیز کی چوکھٹ کے لیے یہاں اونچی لکڑیاں تک دستیاب نہیں۔ اسکیمو لوگوں کے مکانوں کی طرح چھوٹے چھوٹے پستہ قد دروازے۔ یہ بھی کوئی زندگی ہے۔ پتا نہیں کیوں کر جی لیتے ہیں یہ لوگ۔

سر میں اب بھی جھنجھناہٹ ہو رہی تھی۔ لکشمی بنیے کی دکان سے شکر اور چائے کی پتی لے آئی۔ شانتا نے چولہے پر ایک پرانی دیگچی میں پانی رکھا اور چولہا سلگانے لگی۔ سوکھے ڈنٹھلوں اور اپلوں کے دو بڑے ٹکڑوں سے وہ چولہے میں آگ دینے کی کوشش کر رہی تھی۔ پتا نہیں ان میں سے کس چیز میں نمی تھی کہ پورا اور انڈا دھوئیں سے بھر گیا۔

ورانڈے کے دروازے کے پاس ہی کمبل بچھا کر میرے لیے بیٹھک بنا دی گئی تھی۔

میں اسی گہرائے دھوئیں میں وہاں بیٹھ گیا۔ شانتا نے کپ، ساسر نکالی۔ چار برس پہلے بھی یہی کپ اور ساسر تھی۔ اب ان کا رنگ مٹ میلا ہو گیا تھا۔ ساسر کی کھپچی اڑ گئی تھی۔ برسہا برس پہلے کبھی دھوئے ہوئے کالے کلوٹے کپڑے سے شانتا نے چائے چھانی اور اس کپڑے کو اسی طرح دوبارہ برتن میں ڈال دیا۔ اسی چائے کی پتی کو بار بار کھولا کر

چائے بنانے کی اس کی پرانی عادت غالباً اب بھی قائم تھی۔ چائے سے کپ چھلک چکا تھا اور ساسر بھی لبالب بھر گئی تھی۔

"لے چا، پی۔" اس نے دونوں ہاتھوں سے کپ ساسر کو تھاما اور میرے سامنے لا کر رکھ دیا۔

"اتنی چائے؟ میں صرف ساسر کی چائے پیوں گا بس لکشمی تو کپ کی چائے پی لے۔"

میں نے پاس خاموش بیٹھی لکشمی سے کہا، وہ شرما کر چھوئی موئی ہو گئی۔

"نئیں مجھے نئیں چاہیے میں چا نئیں پیتی۔"

اس نے پلو منہ میں ٹھونستے ہوئے کہا۔ پتا نہیں لکشمی کیوں شرما رہی تھی۔ مگر مجھے اس کا شرمانا اچھا لگا۔ مجھے لگا جیسے ان سیدھی سادی عورتوں کے نزدیک خاطر داری کا یہ بھی ایک جز ہو۔

"شانتا! کپ کی چائے تو پی لے۔"

"ارے! پی لے چھپکلی کے کان جتنا تو کپ ہے۔ کیا اتی چا بھی نہیں پیئے گا۔"

"نہیں شانتا، یہ بہت زیادہ ہے۔"

"چار چھ برس کے بعد ایک بار تو آتا ہے۔ تس پر اتی چا نہیں پیئے گا۔ چا اور بھی ہے۔ تو پوری پی لے۔"

شانتا سمجھ رہی تھی میں اس کی غریبی کا خیال کرتے ہوئے کم چائے پی رہا ہوں۔ اس کا خیال تھا جیسے ناشتہ، کھانا پیٹ بھر کر کھایا جاتا ہے ویسے چائے بھی جی چھک کر پینا چاہیے۔

"چائے پینے کے بعد میں لکشمی سے ادھر ادھر کی باتیں کرتا رہا۔ وہ ہر سوال کا

جواب صرف 'ہوں' 'ہاں' میں دیتی اور چپ ہو جاتی۔ وہ بار بار بلاوجہ شرما رہی تھی۔ بیچ بیچ میں شانتا سے بھی باتیں ہوتی رہیں۔ گھنٹے بھر بعد دونوں رسوئی گھر میں چلی گئیں اور شام کے کھانے کی تیاری میں جٹ گئیں۔

"آج شنی وار ہے کھانا تیار ہونے تک ذرا مندر کا چکر لگا آ۔" شانتا کی آواز آئی۔

میں نے سوچا، چلو اس بہانے اس گپھا سے باہر نکلنے کا موقع مل گیا۔ میں فوراً تیار ہو کر باہر نکل آیا۔

گاؤں میں بجلی آ گئی تھی۔ دور سڑک کے نکڑ پر ایک بجلی کا کھمبا دکھائی دے رہا تھا جس میں لگا ہوا گدلا بلب مریضانہ قسم کی روشنی پھینک رہا تھا مگر بیشتر گھروں میں مٹی کے تیل کے دیے ہی جل رہے تھے۔ بعض مکان تو اب بھی اندھیرے میں غرق تھے۔ بجلی گاؤں میں تو آ گئی تھی مگر گھروں میں بجلی لینے کے لیے لوگوں کے پاس روپیہ نہیں تھا۔ گاؤں اور گاؤں والوں کی حالت دیکھ کر لگتا تھا اس گاؤں میں ابھی سکے کا رواج شروع ہی نہیں ہوا ہے۔ سوکھے سوکھے چہرے، جھلسے ہوئے ہاتھ پاؤں، کونی نین نقش کے لوگ اپنے اپنے گھروں کے دروازوں ورانڈوں میں کھوئے کھوئے سے چپ چاپ بیٹھے دکھائی دے رہے تھے۔

چوتڑوں میں پھنسی لنگوٹیاں باندھے مرد، بہتی ناکوں والے ننگ دھڑنگ غلیظ بچے، سردی کے دن تھے مگر ان کے ننگے جسموں پر موسم کا کوئی اثر ہی نہیں تھا۔ سؤروں کے پلوں کی طرح ادھر سے ادھر بھاگتے ہوئے کوئی کھیل کھیل رہے تھے۔ ماروتی کا مندر شانت تھا۔ مندر کے قریب پیپل کے پاس ایک بجلی کا بلب جل رہا تھا۔ وہیں گھٹنے سینوں میں سکوڑے کچھ لوگ بندروں کی طرح بیٹھے ہوئے تھے۔ بیچ بیچ میں چلم بھی چل رہی تھی۔ دن بھر کی تلخی اور منہ کی کڑواہٹ کو زائل کرنے کے لیے چلم کے کش لگا رہے تھے

جس سے منہ مزید بدمزہ ہو رہا تھا۔ میں خاموشی سے مندر میں داخل ہوا۔ ماروتی کو نمسکار کیا اور بھاری قدموں کے ساتھ واپس آ گیا۔

لگتا تھا گاؤں کی آبادی چار برس پہلے جتنی تھی آج بھی اتنی ہی ہے بھکمری اور فاقوں نے عورت اور مرد کی قوت افزائش کو بھی متاثر کیا ہے۔ عورتوں کو تین تین چار چار برسوں میں بچے ہوتے اور جو ہوتے وہ بھی ناقص نگہداشت کے سبب کسی نہ کسی بیماری سے مر جاتے ہیں۔ نہ پیٹ میں روٹی نہ تن پر کپڑا۔ وقت پڑنے پر مناسب دوا دارو بھی نہیں۔ ایسی صورت میں ان کے زندہ رہنے کا سوال ہی کہاں پیدا ہوتا ہے۔

میں اندھیرا گہرا ہونے سے پہلے مندر سے لوٹ آیا۔ ہاتھ پاؤں دھو کر کھانے کے لیے بیٹھا۔ ایک ٹمٹماتی ڈھبری پرانے ماپ کو الٹا کر کے اس پر رکھ دی گئی تھی۔ شانتا نے کھانا پروسا۔ ماپ تقریباً چالیس برس پرانا رہا ہو گا جس کا چلن عرصہ ہوا ختم ہو چکا تھا مگر شانتا کے گھر میں وہ اب بھی آثار قدیمہ کی کسی نایاب شے کی طرح نہ صرف رکھا ہوا تھا بلکہ اس کا استعمال بھی ہو رہا تھا۔ گویا اس گاؤں کے گھر گھر پھیلے اندھیرے کو ناپنے کا وہ ایک مخصوص پیمانہ ہو۔

تھالی جس میں کھانا پروسا گیا تھا بیسیوں جگہ سے دبی پچکی ہوئی تھی۔ شانتا روٹیاں موڑ کر اس نے تھالی میں ایک طرف کو رکھ دی تھیں۔ تھالی کے بڑے خانے میں تور کی دال کی سرخ مرچوں والی آمٹی تھی اور باقی تھالی بھات سے بھری ہوئی تھی۔ عام طور پر اتنا کھانا میرے لیے دو تین روز کے لیے کافی ہو سکتا تھا۔ چھانچھ کا لبالب بھرا ہوا ایک گلاس بھی اس نے لا کر رکھ دیا۔ میں اس کی ایک ایک حرکت نہار رہا تھا۔ جب سب چیزیں پروس چکی تو بولی، "دوپہر سے تھکا ماندہ آیا ہے۔ پیٹ بھر کر کھانا کھا۔"

وہ اپنی عادت کے مطابق جی جان سے میری خاطر کر رہی تھی شانتا میری بھوک کا

موازنہ اس کسان کی بھوک سے کر رہی تھی جو دن بھر کھیت میں سخت محنت کرنے کے بعد کسی وجہ سے دوپہر کے کھانے سے محروم رہ جائے اور شام کو بے اختیارانہ روٹیوں پر ٹوٹ پڑے۔ میں نے پرسکون لہجے میں کہا، "شانتا ایک آدھ خالی تھالی ہو تو دے ذرا۔"

"اب خالی تھالی کس لیے۔ دوپہر سے بھوکا ہے۔ تکلف مت کر پیٹ بھر کر کھا۔ اس گھر میں آدھا پیٹ کھانے کا رواج نہیں ہے۔"

"یہ بات نہیں ہے شانتا! یہ کھانا تو میری تین چار دن کی خوراک ہے۔ تیرے گھر میں کیسا تکلف۔ مگر میں اس کا ایک چوتھائی بھی کھا نہیں پاؤں گا۔ شہر گاؤں میں رہتے میری بھوک ہی ختم ہو گئی ہے۔"

میں نے اسے سمجھاتے ہوئے کہا۔ لکشمی بھی اصرار کرتی رہی۔ مگر میرے بہت کہنے سننے پر آخر دونوں مان گئیں۔

مگر ان کے گھر میں مزید تھالی کہاں تھی۔ تھالی کے نام پر مٹی کی دو سینیاں بڑھا دی گئیں۔ میں نے انہیں میں بھات اور روٹیاں نکال کر رکھ دیں۔

"اب تم لوگ بھی کھانا کھالو۔"

"نہیں رے بابا! برسوں بعد اس گھر میں کسی مردوے کو کھانا پروسنے کا سوبھاگیہ ملا ہے۔ تیرا ہاتھ دھلانے کے بعد ہی ہم کور توڑیں گے۔ تو پہلے کھالے۔"

مجبوراً میں نے کھانا شروع کیا۔ روٹی کا پہلا نوالہ توڑ کر آمٹی میں ڈبویا اور جوں ہی اسے منہ میں رکھا ایسا لگا جیسے منہ میں چنگاریاں سی بھر گئی ہوں۔ آمٹی بے حد تیکھی تھی۔ پہلے لقمے کے ساتھ ہی ہچکی آ گئی، ہچکی آئی اور پھر آتی ہی چلی گئی، پانی پیا۔۔۔ پانی پینے کے بعد بھی کمبخت رکنے کا نام نہیں لے رہی تھی۔

"شانتا! تھوڑا سا گڑ دے ہچ۔۔۔"

"کیوں رے! آمٹی تیکھی ہے کیا؟"

"نہیں آمٹی تیکھی نہیں ہے۔ دراصل تیکھا کھانے کی میری عادت چھوٹ گئی ہے نا۔۔۔" میں نے بات بناتے ہوئے کہا۔

"وسنتا! یہ سب شہر گاؤں کا اثر ہے اتنی نزاکت سے جی کر کیسا چلے گا رے۔"

میں نے کوئی جواب نہیں دیا۔ اس نے گڑ کی ڈلی دی۔ میں نے اسے منہ میں ڈالا اور چاچھ کے ساتھ آمٹی اور بھات حلق سے اتارنے لگا۔ تھالی کا کھانا بچ جاتا تو شانتا اور بھی خفا ہوتی۔ میں نے پانی کے گھونٹ لے لے کر تھالی کا سارا بھات ختم کر دیا۔ البتہ آمٹی خاصی بچ گئی۔

رات میں نیند بھی ٹھیک سے نہیں آئی۔ ویسے شانتا نے اپنے حسابوں میرے بستر کو کافی آرام دہ بنانے کی کوشش کی تھی۔ نیچے ایک دری بچھا کر اس پر ایک نرم گدڑی ڈال دی گئی تھی۔ اوڑھنے کے لیے ایک دوسری گدڑی پائینتی پڑی تھی۔ دونوں ماں بیٹی ایک پھٹی پرانی چادر بچھا کر ایک طرف کو لڑھک گئی تھیں۔ گھنٹے بھر میں ان کے دھیمے دھیمے خراٹے بھی گونجنے لگے۔ وہ تو گہری نیند سو چکی تھیں مگر مجھے نیند نہیں آرہی تھی۔ بستر میں کوئی شے کلبلا رہی تھی۔ شانتا نے بازو کے غسل خانے میں دو تین مرغیاں چھاپ کے نیچے ڈھانک رکھی تھیں غالباً ان کی جوئیں اور پسو اڑ اڑ کر گھر بھر میں پھیل گئے تھے۔ پورے جسم میں رہ رہ کر کھجلی ہو رہی تھی۔ میں آنکھیں کھلی رکھے پڑا رہا۔ گاؤں پر ایک مہیب خاموشی طاری تھی۔ کہیں سے کوئی آواز بھی نہیں۔ میں رات بھر کروٹیں بدلتا رہا۔

صبح ہوئی۔ بھاؤ بیج کا دن طلوع ہوا۔ شانتا نے المونیم کے ایک بڑے سے بھگونے میں پانی گرم کیا تھا۔ بارش کا موسم حال ہی میں ختم ہوا تھا۔ ندی کا سرخی مائل گدلا پانی خوب تپایا گیا تھا۔ میں نے چولہے کے جلے ہوئے اپلے کی راکھ سے دانت مانجھے منہ دھویا

اور غسل کے لیے بیٹھا۔ گرم پانی کو سمو کر دو تین بالٹی پانی تیار کیا گیا تھا۔ میں نے کہا، "اب تم لوگ جاؤ میں نہالوں گا۔"

"ایسے کیسے نہالے گا۔ بھاؤ بیج کا غسل ہے۔ تیری بہن مر تو نہیں گئی کپڑے اتار۔ لکشمی! تیل گرم کرلے۔" شانتا کا لہجہ محبت کی حرارت سے تپا ہوا تھا۔

لکشمی تیل گرم کرنے اندر چلی گئی۔ مجھے مجبوراً صرف ایک چڈی پر غسل کے لیے بیٹھنا پڑا۔ اچانک کچھ سوچ کر میں نے بلند آواز سے لکشمی کو مخاطب کیا، "لکشمی! تیل زیادہ گرم مت کر۔ مجھے ٹھنڈا تیل ہی اچھا لگتا ہے۔"

لکشمی گنگنا تیل لے کر باہر آئی اور دونوں ماں بیٹی میرے دونوں طرف کھڑی ہو گئیں۔ ہاتھ، پاؤں سر اور پیٹھ پر چپاچپ تیل چپڑ کر اس زور سے مالش کرنے لگیں کہ میری ایک ایک ہڈی چٹ چٹ بولنے لگی۔ شانتا نے سر پر چمچہ بھر تیل ڈالا اور دونوں ہاتھوں سے گھسا گھس سر کی مالش کرنے لگی۔ میں سختی سے آنکھیں میچے چپ چاپ بیٹھا تھا۔ انہیں سمجھانا یا منع کرنا فضول تھا۔ جو کرتے ہیں کرنے دو۔ اب اگلے تین چار برس تک کون آتا ہے۔ جب میں تیل اور پسینے سے چپ چپا ہو گیا تب شانتا بولی، "وسنتا! یہ کیا ہے رے! تیرے سر کے بال تو جھڑ رہے ہیں۔ کوئی دوا دارو کیوں نہیں کرتا۔ جاستی پھکر کرنا بھی اچھا نہیں۔ تھوڑے دن میں تو بالکل ہی ٹکل ہو جائے گا۔"

میں نے آنکھوں کھول کر دیکھا۔ میرے سر کے تقریباً نصف بال اکھڑ کر شانتا کی دونوں ہتھیلیوں اور انگلیوں میں چپکے ہوئے تھے۔ پیٹ میں خلا سا پیدا ہو گیا۔ صرف 'ہوں' کر کے گمبھیر چہرہ بنائے چپ چاپ بیٹھا رہا۔ لکشمی بھی میرے بازوؤں اور پیٹھ پر تیل کی مالش کر رہی تھی۔ ٹھنڈی چھاؤں میں پلا ہوا میرا کپاس جیسا نرم اور پلپلا بدن ایک عرصے بعد ان دونوں کے ہاتھ لگا تھا۔ وہ اسے رگڑ رگڑ کر ایک ہی دن میں پتھر جیسا

سخت بنا دینا چاہتی تھیں۔ اپنے کھردرے ہاتھوں کے محبت بھرے لمس سے اس میں توانائی پھونک دیناچاتی تھیں۔ ان کے اوبڑ کھابڑ ہاتھوں میں سختی تھی، مگراس سختی میں دس بہنوں جتنی محبت کی نرمی بھی تھی۔ اس سرکش مگر پاکیزہ محبت سے میرا رواں رواں بھیگ گیا۔ اس نایاب محبت کی خاطر میں سب کچھ برداشت کر سکتا تھا۔ کڑک دھوپ، تپتا ہوا پانی۔

انہوں نے میرے جسم کو میرے اپنے لائے ہوئے صابن سے کسی ڈھور کی طرح رگ ڑرگڑ کر دھویا۔ مگر تیل اس قدر چپڑا ہوا تھا کہ صابن سے مل مل کر دھونے کے بعد بھی چیکٹ پن پوری طرح اتر نہیں سکا۔

انہوں نے ایک کمبل کی چار تہیں کر کے میرے لیے بھاؤ بیج کی بیٹھک تیار کی۔ میں اس بیٹھک پر جا کر بیٹھ گیا اور شانتا سے بولا، "شانتا! اب سب سے پہلے ایک پیالی گرماگرم چائے اس کے بعد باقی رسمیں۔"

"اچھا، اچھا" شانتا نے اندازہ لگالیا کہ مجھے چائے کی سخت طلب لگی ہے۔ شانتا ادھر ادھر کی باتیں کرتی ہوئی چائے تیار کرنے لگی۔ تب تک لکشمی نے آرتی کی تھالیاں نکال لیں اور انہیں راکھ اور مٹی سے مانجھ کر چکاچک کر دیا۔ 'بھاؤ بیج' کی پوری تیاری ہو گئی تھی۔ میں چائے پیتے پیتے سب دیکھ رہا تھا۔ شانتا باتیں کرتے کرتے آرتی کی تھالی سجا رہی تھی۔ میں بھی ہوں، ہاں کئے جا رہا تھا۔ پھر اس نے آرتی کی تھالی اٹھائی اور میرے سامنے آکر کھڑی ہو گئی۔ ایک طرح سے میں نے اپنے آپ کو ان کے سپرد کر دیا تھا۔ اس نے پہلے 'کنکو' لگایا۔ سر پر چاول کے دانے ڈالے اور میرے چہرے پر سے آرتی اتارنے لگی۔ میں نے ادھر ادھر دیکھا۔ جیب میں ہاتھ ڈالا۔ پیسوں کا پاکٹ جیب میں نہیں تھا۔ پاکٹ غالباً میرے بیگ میں رہ گیا تھا۔

میں نے شانتا کے لیے نوواری ایک ساڑی خریدی تھی۔ لکشمی کے لیے ایک بلاؤز پیس بھی تھا۔ ماں نے کچھ لڈو باندھ دیئے تھے۔ کچھ نقدی آرتی کے وقت تھالی میں بھی ڈالنی تھی اور میری ساری چیزیں اسی بیگ میں پڑی رہ گئی تھیں۔ میں نے سوچا اب آرتی کے درمیان اٹھنا ٹھیک نہیں۔ جب آرتی ختم ہو جائے گی تبھی اٹھ کر وہ سب چیزیں ان کے حوالے کر دوں گا۔ مگر میرا تعلیم یافتہ ذہن جو کچھ سوچ رہا تھا وہ ریت رواج کے مطابق نہیں تھا۔ لیکن میں اس وقت اس کے علاہ اور کیا سوچتا۔ شانتا آرتی اتارتے بدبدا رہی تھی۔ 'ایڑا پیڑا جانے دے بلی کا راج آنے دے۔'

میری آنکھوں کے سامنے آرتی کی تھالی پھرتی رہی۔ اس کی آنچ میں اپنے چہرے پر محسوس کر رہا تھا۔ چار پانچ دفعہ تھالی گھوم چکی پھر بھی تھمنے کا نام نہیں لے رہی تھی۔ پھرتی رہی، پھرتی رہی، شانتا کی بدبداہٹ جاری تھی، بلی کا راج۔

نہ اس کی تھالی تھم رہی تھی نہ میں اٹھ پا رہا تھا۔ بالآخر مجبوراً میں نے ہمت کر کے کہا، "شانتا! ذرا رک جا، میں نے بھاؤ بیج کا نذرانہ لایا ہے وہ تھیلی ہی میں رہ گیا ہے۔ میں جلدی سے اٹھ کھڑا ہو گیا۔ مگر شانتا کی آرتی کی تھالی دھیرے دھیرے اب بھی اوپر نیچے گردش کر رہی تھی۔ اس کا جاپ بھی زیر لب جاری تھا۔ آرتی کی تھالی کا رکنا، اس میں کھنڈت پڑنا شاید اشبھ سمجھا جاتا ہے۔ اس لیے اس نے تھالی کی گردش جاری رکھی۔ آخر میں نے بھاؤ بیج کا نذرانہ ڈال دیا۔ لکشمی اپنی بڑی بڑی آنکھوں کے ساتھ یہ سب دیکھ رہی تھی۔ شانتا تھالی اور نذرانہ لے کر اندر چلی گئی اور بھگوان کے سامنے تھالی رکھ کر واپس آ گئی۔ اس کے چہرے پر ایک ناقابل بیان طمانیت کی جھلک صاف دیکھی جا سکتی تھی۔

اب دیوالی کی مٹھائی پروسی جانے لگی۔ تھالی میں جب 'کرنجیاں' ڈالی گئیں تو ایسا لگا جیسے تھالی میں مٹی کے سخت ڈھیلے ڈالے جا رہے ہوں۔ نمکین، سانڈگا، شانتا کے مطابق

خاص دیوالی کا پکوان تھا۔ اس نے نمک مرچ لگا کر 'چیوڑا' بھی بنایا تھا۔ دس بارہ بوندی کے لڈو بھی بنانے کی کوشش کی تھی مگر وہ چر مرا گئے تھے۔ اس نے تھالی میں لڈو کے نام پر اسی 'چورے' کو ڈالتے ہوئے کہا، "لے جلدی میں لڈو بھی ٹھیک سے نہیں بن سکے۔"

میں نے گھر سے لائے ہوئے لڈو اس کے حوالے کیے۔ انہیں دیکھتے ہی بولی، "دیکھ چاچی نے کیسے چکنی مٹی کے ڈھیلوں کی طرح انہیں گوندھ کر بنایا ہے۔ میرے ہاتھوں میں تو گن ہی نہیں ہے۔"

برآمدے میں بیٹھ کر کھانا کھاتے کھاتے میں نے باہر نگاہ ڈالی۔ جھاڑ کے نیچے بندھا ہوا بوڑھا بیل کل دن ڈوبتے جس طرح بیٹھا تھا آج بھی ویسا ہی بیٹھا ہوا دکھائی دیا۔ مکھیاں اسی طرح بھن بھنا رہی تھیں۔ اس کے چوتڑوں کے نیچے گوبر بھی اسی طرح پڑا ہوا تھا۔ لگتا تھا فارغ ہونے کے بعد بھی اس نے اٹھنے کی زحمت گوارا نہیں کی تھی۔

"شانتا! لگتا ہے بیل تھک کر بالکل ہی ڈھانچہ ہو گیا ہے۔"

"بوڑھا ہو گیا ہے وہ۔ اب اس میں کوئی دم نہیں رے۔"

"پھر اسے رکھا کیوں ہے؟"

"تو کیا بیچ دوں؟ میرے 'دالیا' کے ہاتھوں کا بیل ہے وہاں سے بیچنا اپنے دالیا کو بیچنے جیسا ہے۔ کھیت سے تھوڑا چارا آ جاتا ہے جب تک زندہ ہے کھا کے پڑا رہے گا۔ بکھت آ جائے گا تو گردن ٹیک دے گا۔"

شانتا کا سوچنا شاید اپنی جگہ درست تھا۔ میں نے اس کے جذبے کو ٹھیس پہنچانا مناسب نہیں سمجھا، اس لیے چپ رہ گیا۔

شانتا نے جو کرنجیاں (کچوریاں) بنائی تھیں۔ اوپر سے تو سخت تھیں مگر اندر سے ان میں خوب مسالہ بھرا ہوا تھا۔ میں کرنجیاں کھاتے ہوئے جھاڑ کے نیچے بیٹھے بیل کی پرلی

طرف دیکھنے لگا۔ گاؤں کے مرد اور عورتیں حسب معمول ندی سے پانی لا رہے تھے۔ 'بھاؤ بیج' کا دن تھا اس کے باوجود اکثر مرد عورتیں ندی پر ہی غسل کر کے اپنے موٹے جھوٹے کپڑے دھو کر کاندھوں پر ڈالے چلے آرہے تھے۔ ان کے سروں، کاندھوں اور کمروں پر پانی سے بھرے برتن تھے۔ ندی کافی فاصلے پر تھی۔ اتنی دور سے پانی لا کر گھر میں گرم کر کے غسل کرنا ان کے لیے کافی جھنجھٹ کا کام تھا۔ اسی لیے ندی ہی پر ٹھنڈے پانی سے نہا کر 'بھاؤ بیج' کا تہوار منانا ان کے لیے زیادہ آسان تھا۔ بیشتر لوگوں کے چہروں پر تہوار کا کوئی جوش نہیں تھا۔ لگتا تھا جیسے مہابھارت کے پانڈو بن باس میں دیوالی منا رہے ہوں۔ شانتا اور لکشمی اس منحوس گاؤں سے نکل پائیں گی کبھی؟ یہ سوچ کر میرا دل بھی ایک نامعلوم اداسی سے بھر گیا۔

مجھے ایک گھنٹے کے اندر اندر روانہ ہونا تھا۔ میں نے بات چھیڑی، "شانتا! تیری آدھی سے زیاہ عمر تو یہاں نکل گئی۔ اب اس گاؤں میں کیا رکھا ہے۔ یہ سب کسی کو بیچ باچ کر میرے ساتھ چل۔ وہاں تاتیا کا گھر ویران پڑا ہے۔ اس کی جھاڑ پونچھ کر کے وہیں پڑی رہ۔ ہم بھائی لوگ بھی تیری مدد کے لیے موجود ہیں۔ وہاں تجھے کام بھی مل جائے گا۔"

"نا رے بابا! آدھی چھوڑ کے ساڑی کے پیچھے بھاگوں گی تو نہ آدھی رہے گی نہ ساری۔ جو ہے ٹھیک ہے۔ میں اسی میں کھس ہوں۔"

"مگر یہ بستی تو بڑی اجاڑ ہے۔ رام راون کے زمانے میں جیسی رہی ہوگی ویسی ہی آج بھی ہے۔ ذرا بھی تو ترقی نہیں ہوئی یہاں۔ لوگ بندروں جیسے اور مکان گپھاؤں کی مانند۔"

"وسنتا! ہمارا جنم انہیں لوگوں کے بیچ میں گزرا ہے رے۔ تو شیر گاؤں میں جا کر پڑھ لکھ کر آ پھیسر ہو گیا ہے۔ تیری بات الگ ہے۔ تو کہیں بھی رہ سکتا ہے۔ مگر ہم تو ایسا نہیں

کر سکتے۔ قسمت نے جو لکیر کھینچ دی ہے اسے مٹایا نہیں جا سکتا۔ جس گائے کا دودھ پیتے ہیں اس کے گوبر پر ناک بھوں چڑھانا ٹھیک نہیں۔ گاؤں کے اتنے سارے لوگ یہاں رہتے ہیں پھر مجھے ہی کون سے سرخاب کے پر لگے ہیں۔ گاؤں گندہ چھوٹا ہے مگر گاؤں کے لوگ کھلے من کے ہیں۔ چاہنے والے ہیں۔ ان سب کو کیوں کر چھوڑ سکتی ہوں۔ جیسا بھی ہے اپنا گھر ہے۔ باغ ہے۔ باغ میں چار جھاڑ ہیں۔ پھل پھلواری نہیں دیتے مگر بیٹھنے کے لیے چھاؤں تو ہے۔ جڑیں بہت گہری ہیں وستنا! انہیں اکھاڑنا آسان نہیں۔ میں یہاں بہت مزے میں ہوں۔ کبھی کبھی ادھر آتا رہ۔ تیرے آنے سے لگتا ہے میرا پورا میکا میرے پاس آگیا ہے۔ اچھا لگتا ہے۔"

اس کی آواز بھیگ گئی۔ جیسے اس کے بہت بھتیر کہیں کچھ پگھل رہا ہو۔ لکشمی اپنی ماں کی پرچھائیں کی طرف چپ چاپ بیٹھی تھی۔ میرے آنے کی خبر سن کر وہ اپنے میکے آئی تھی۔ مگر وہ زیادہ تر خاموش ہی رہی۔ اپنا ماموں 'صاحب' ہے۔ یہی بات اس کے لیے اطمینان کا باعث تھی اور وہ اسی میں خوش تھی۔ ماموں کو نظر بھر کر دیکھنے میں اسے یک گونہ مسرت کا احساس ہو رہا تھا۔ میں بھی چپ ہو گیا۔

ماں بیٹی کے انکار کرنے کے باوجود میں نے دس روپے کا ایک نوٹ لکشمی کی ہتھیلی پر رکھ دیا اور سائیکل باہر نکالی۔

"اب اجازت دو۔"

"اگلے سال بھی اسی طرح آجانا۔ گھر میں سب سے کہہ دینا۔ یہاں سب کشل منگل ہے۔"

"اچھا۔" میں سائیکل پر سوار ہو گیا۔

گاؤں کے لڑکے مجھے اور میری سائیکل کو ایک عجوبے کی طرح دیکھ رہے تھے۔ میں

گاؤں کے باہر نکل کر سڑک پر آ گیا۔ شیر گاؤں کی جانب بڑھنے سے پہلے میں نے مڑ کر گاؤں پر ایک الوداعی نگاہ ڈالی۔ وہی مٹی کے کچے مکانات، وہی پرانا بنجر پتھریلا میدان، جس میں دور تک کوئی متنفس دکھائی نہیں دے رہا تھا، سوکھے مارے درخت اور ندی کے کنارے ہرے بھرے سبزی کے کھیت کھیتوں کے ایک طرف اونچی نیچی کالی چٹانوں کو دیکھ کر ایسا لگتا تھا جیسے ہزاروں برس پہلے وجود میں آنے والی یہ چٹانیں کبھی کبھی انسانوں کا روپ دھار کر گاؤں کی گلیوں میں پرچھائیوں کی طرح چل پھر لیتی ہیں۔ گاؤں کے لوگوں میں اور ان چٹانوں میں کچھ ایسی ہی مماثلت تھی۔ ابھی اس قطعہ زمین کا آدی واس ختم نہیں ہوا ہے۔

مجھے لگا میں صرف شانتا کا نہیں اس پورے گاؤں کا مہمان تھا۔ اب واپس لوٹ رہا ہوں نئے ترقی یافتہ سنسار کی جانب۔ اس گاؤں کو پیچھے چھوڑ کر جس میں میرے اپنے موجود ہیں۔ جن کا وجود میرے وجود سے الگ ہو کر بھی الگ نہیں ہے۔ البتہ ایسا لگا، میرے وجوہ کا ایک حصہ پیچھے رہ گیا ہے، پچھڑ گیا ہے اور میں آگے بڑھ رہا ہوں کیوں کہ میں تعلیم یافتہ ہوں۔ مجھے اکیسویں صدی میں قدم جو رکھنا ہے۔

***

امرتسر آگیا ہے

بھیشم ساہنی

گاڑی کے ڈبے میں زیادہ مسافر نہیں تھے۔ میرے سامنے والی سیٹ پر بیٹھے ہوئے سردار جی مجھے بڑی دیر سے محاذ جنگ کے قصے سنا رہے تھے۔ جنگ کے زمانے میں وہ برما کی لڑائی میں حصہ لے چکے تھے اور بات بات پر کھی کھی کر کے ہنستے اور گورے فوجیوں کا مذاق اڑاتے جا رہے تھے۔ ڈبے میں تین پٹھان بیوپاری بھی تھے۔ ان میں سے ایک ہرے رنگ کی پوشاک پہنے اوپر والی برتھ پر لیٹا ہوا تھا۔ وہ آدمی بڑا ہنس مکھ تھا اور بڑی دیر سے میرے ساتھ والی سیٹ پر بیٹھے ایک دبلے سے بابو کے ساتھ اس کا مذاق چل رہا تھا۔ وہ دبلا بابو پشاور کا رہنے والا جان پڑتا تھا کیوں کہ کسی کسی وقت وہ آپس میں پشتو میں باتیں کرنے لگتے تھے۔ میرے سامنے بائیں طرف کونے میں ایک بڑھیا منھ سر ڈھانپے بیٹھی تھی اور دیر سے مالا جپ رہی تھی۔ یہی کچھ لوگ رہے ہوں گے۔ ممکن ہے دو ایک مسافر اور بھی رہے ہوں لیکن وہ مجھے ٹھیک طرح یاد نہیں۔

گاڑی دھیمی رفتار سے چلی جا رہی تھی، گاڑی میں بیٹھے مسافر باتیں کر رہے تھے، باہر گیہوں کے کھیتوں میں ہلکی ہلکی لہریں اٹھ رہی تھیں اور میں من ہی من میں بڑا خوش تھا کیوں کہ میں دلی میں ہونے والا آزادی کا جشن دیکھنے جا رہا تھا۔

ان دنوں کے بارے میں سوچتا ہوں تو لگتا ہے ہم کسی جھٹ پٹے میں جی رہے تھے۔

شاید وقت بیت جانے پر ماضی کا سارا بیوپار ہی جھٹ پٹے میں گذرا ہوا جان پڑتا ہے۔ جوں جوں مستقبل کے پٹ کھلتے جاتے ہیں، یہ جھٹ پٹا اور بھی گہرا ہوتا چلا جاتا ہے۔

انہیں دنوں پاکستان کے بنائے جانے کا اعلان کیا گیا تھا اور لوگ طرح طرح کے اندازے لگانے لگے تھے کہ مستقبل میں زندگی کا خاکہ کیسا ہوگا مگر کسی کا بھی تصور بہت دور تک نہیں جاپاتا تھا۔ میرے سامنے بیٹھے ہوئے سردار جی بار بار مجھ سے پوچھ رہے تھے کہ پاکستان بن جانے کے بعد جناح صاحب بمبئی ہی میں رہیں گے یا پاکستان جاکر بس جائیں گے اور میرا ہر بار یہی جواب ہوتا، بمبئی کیوں چھوڑیں گے، پاکستان آتے جاتے رہیں گے، بمبئی چھوڑ دینے کی کیا تک ہے؟ لاہور اور گورداس پور کے بارے میں بھی اندازے لگائے جارہے تھے کہ کون سا شہر کس طرف جائے گا۔ مل بیٹھنے کے ڈھنگ میں، گپ شپ میں، ہنسی مذاق میں کوئی خاص فرق نہیں آیا تھا۔ کچھ لوگ اپنے گھر چھوڑ کر جارہے تھے جب کہ دوسرے لوگ ان کا مذاق اڑا رہے تھے۔ کوئی نہیں جانتا تھا کہ کون سا قدم ٹھیک ہوگا اور کون سا غلط۔

ایک طرف پاکستان بن جانے کا جوش تھا تو دوسری طرف ہندوستان کے آزاد ہونے کا جوش۔ جگہ جگہ فساد بھی ہو رہے تھے اور یوم آزادی کی تیاریاں بھی چل رہی تھیں۔ اس پس منظر میں لگتا، ملک آزاد ہو جانے پر فسادات اپنے آپ بند ہو جائیں گے۔ ماحول کے اس جھٹ پٹے میں آزادی کی سنہری دھول سی اڑ رہی تھی اور ساتھ ہی ساتھ غیر یقینی پن بھی ڈول رہا تھا اور اسی غیر یقینی پن کی حالت میں کسی کسی وقت مستقبل کا خاکہ جھلک دے جاتا تھا۔

شاید جہلم کا اسٹیشن گزر چکا تھا جب اوپر والی برتھ پر بیٹھے پٹھان نے ایک پوٹلی کھول لی اور اس میں سے ابلا ہوا گوشت اور نان کے ٹکڑے نکال نکال کر اپنے ساتھیوں کو دینے

لگا۔ پھر وہ ہنسی مذاق کے بیچ میری بغل میں بیٹھے بابو کی طرف بھی نان کا ٹکڑا اور گوشت کی بوٹی بڑھا کر کھانے کے لیے اصرار کرنے لگا، "کھالے بابو، طاقت آئے گی۔ ہم جیسا ہو جائے گا۔ بیوی بھی تیرے ساتھ خوش رہے گی۔ کھالے دال خور، تو دال کھاتا ہے اس لیے دبلا ہے۔۔۔"

ڈبے میں لوگ ہنسنے لگے تھے۔ بابو نے پشتو میں کچھ جواب دیا اور پھر مسکراتا سر ہلاتا رہا۔ اس پر دوسرے پٹھان نے ہنس کر کہا، "او ظالم، امارے آتھ سے نئیں لیتا اے تو اپنے آتھ سے اٹھالے۔ خدا قسم بر کا گوشت اے اور کسی چیز کا نئیں ہے!" اوپر بیٹھا پٹھان چہک کر بولا، "او خنزیر کے تخم، اِدر تمہیں کون دیکتا ہے؟ ام تیری بیوی کو نئیں بولے گا۔ او تو امارے ساتھ بوٹی تور، ام تیرے ساتھ دال پیے گا۔" اس پر قہقہہ اٹھا لیکن دبلا پتلا بابو ہنستا سر ہلاتا رہا اور کبھی کبھی دو لفظ پشتو میں بھی کہہ دیتا۔

"او کتنا برا بات اے، ام کاتا اے اور تو امارا منھ دیکتا اے۔۔۔" سب پٹھان مگن تھے۔

"یہ اس لیے نہیں لیتا کہ تم نے ہاتھ نہیں دھوئے ہیں۔" بھاری بھر کم سردار جی بولے اور بولتے ہی کھی کھی کرنے لگے۔ ادھ لیٹی حالت میں بیٹھے سردار جی کی توند سیٹ کے نیچے لٹک رہی تھی۔

"تم ابھی سو کر اٹھے ہو اور اٹھتے ہی پوٹلی کھول کر کھانے لگ گئے ہو، اس لیے بابو جی تمہارے ہاتھ سے نہیں لیتے اور کوئی بات نہیں۔" سردار جی نے میری طرف دیکھ کر آنکھ ماری اور پھر کھی کھی کرنے لگے۔

"گوشت نئیں کاتا اے بابو تو جاؤ زنانہ ڈبے میں جا کر بیٹو۔ ادر کیا کرتا اے؟" پھر قہقہہ اٹھا۔

ڈبے میں اور بھی کئی مسافر تھے لیکن پرانے مسافر یہی تھے جو سفر شروع ہونے پر گاڑی میں بیٹھے تھے۔ باقی مسافر اترتے چڑھتے رہے تھے۔ پرانے مسافر ہونے کے ناتے ہی ان میں ایک طرح کی بے تکلفی آگئی تھی۔

"اوادر آکر بیٹھو۔ امارے ساتھ بیٹھو۔ آؤ ظالم، قصہ خوانی کی باتیں کریں گے۔" تب ہی کسی اسٹیشن پر گاڑی رکی تھی اور نئے مسافروں کا ریلا اندر آگیا تھا۔ بہت سے مسافر ایک ساتھ اندر گھستے چلے آرہے تھے۔

"کون سا اسٹیشن ہے؟" کسی نے پوچھا۔

"وزیر آباد ہے شاید۔" میں نے باہر کی طرف دیکھ کر کہا۔ گاڑی وہاں تھوڑی دیر کھڑی رہی لیکن چھوٹنے سے پہلے ایک چھوٹا سا واقعہ ہوا۔ ایک آدمی ساتھ والے ڈبے میں سے پانی لینے اترا تھا اور نل پر جا کر پانی لوٹے میں بھر رہا تھا کہ اچانک بھاگ کر اپنے ڈبے کی طرف لوٹ آیا۔ چھلچھلاتے لوٹے میں سے پانی گر رہا تھا۔ لیکن جس ڈھنگ سے وہ بھاگا تھا اسی نے بہت کچھ بتا دیا تھا۔ نل پر کھڑے دوسرے لوگ بھی۔۔۔ تین یا چار آدمی رہے ہوں گے۔۔۔ ادھر ادھر اپنے اپنے ڈبوں کی طرف بھاگ گئے تھے۔ اس طرح گھبرا کر بھاگتے لوگوں کو میں دیکھ چکا تھا۔ دیکھتے ہی دیکھتے پلیٹ فارم خالی ہو گیا مگر ڈبے کے اندر اب بھی ہنسی مذاق چل رہا تھا۔

"کہیں کوئی گڑبڑ ہے۔" میرے پاس بیٹھے دبلے بابو نے کہا۔

کہیں کچھ تھا۔۔ لیکن کیا تھا؟ کوئی بھی ٹھیک سے نہیں جانتا تھا۔ میں کئی فساد دیکھ چکا تھا، اس لیے ماحول میں ہونے والی چھوٹی سی تبدیلی کو بھی بھانپ گیا تھا۔ بھاگتے لوگ، کھٹاک سے بند ہوتے دروازے، گھروں کی چھتوں پر کھڑے آدمی، خاموشی اور سناٹا، سبھی فساد کے آثار تھے۔

ٹھیک تب ہی پچھلے دروازے کی طرف سے، جو پلیٹ فارم کے دوسری طرف کھلتا تھا، ہلکا سا شور رہوا۔ کوئی مسافر اندر گھسنا چاہتا تھا۔

"کہاں گھسا آرہا ہے، نہیں ہے جگہ! بول دیا جگہ نہیں ہے۔" کسی نے کہا۔

"بند کرو جی دروازہ۔ یوں ہی منہ اٹھائے گھسے آتے ہیں۔۔۔" آوازیں آرہی تھیں۔

جتنی دیر کوئی مسافر ڈبے کے باہر کھڑا اندر آنے کی کوشش کرتا رہے، اندر بیٹھے مسافر اس کی مخالفت کرتے رہتے ہیں لیکن ایک بار جیسے تیسے وہ اندر آجائے تو مخالفت ختم ہو جاتی ہے اور وہ مسافر جلد ہی ڈبے کی دنیا کا باسی بن جاتا ہے اور اگلے اسٹیشن پر وہی سب سے پہلے باہر کھڑے مسافر پر چلانے لگتا ہے، "نہیں ہے جگہ! اگلے ڈبے میں جاؤ۔ گھسے چلے آتے ہیں۔۔۔"

دروازے پر شور بڑھتا جا رہا تھا، تب ہی میلے کچیلے کپڑوں اور لٹکتی مونچھوں والا ایک آدمی دروازے میں سے اندر گھستا دکھائی دیا۔ چیکٹ میلے کپڑے، ضرور کہیں حلوائی کی دکان کرتا ہوگا۔ وہ لوگوں کی شکایتوں، آوازوں کی طرف دھیان دیے بغیر دروازے کی طرف گھوم کر بڑا سا کالے رنگ کا صندوق اندر کی گھسیٹنے لگا۔

"آجاؤ، آجاؤ، تم بھی چڑھ جاؤ!" وہ اپنے پیچھے کسی سے کہے جا رہا تھا۔ تبھی دروازے میں ایک پتلی سوکھی سی عورت نظر آئی اور اس کے پیچھے سولہ سترہ برس کی سانولی سی ایک لڑکی اندر آگئی۔ لوگ اب بھی چلائے جا رہے تھے۔ سردار جی کو کولہوں کے بل اٹھ کر بیٹھنا پڑا۔

"بند کرو جی دروازہ، بنا پوچھے چڑھے آتے ہیں! اپنے باپ کا گھر سمجھ رکھا ہے۔ مت گھسنے دو جی، کیا کرتے ہو، دھکیل دو پیچھے۔۔۔" دوسرے لوگ بھی چلا رہے تھے۔

وہ آدمی اپنی سامان اندر گھسیٹے جا رہا تھا اور اس کی بیوی اور بیٹی سنڈاس کے دروازے

کے ساتھ لگ کر کھڑی تھیں۔

"اور کوئی ڈبا نہیں ملا؟ عورت ذات کو بھی یہیں اٹھالایا ہے!"

وہ آدمی پسینے میں تر تھا اور ہانپتا ہوا سامان اندر گھسیٹے جا رہا تھا۔ صندوق کے بعد رسیوں سے بندھی کھاٹ کی پٹیاں اندر کی طرف کھینچنے لگا۔

"ٹکٹ ہے جی میرے پاس، میں بے ٹکٹ نہیں ہوں۔ لاچاری ہے، شہر میں فساد ہو گیا ہے۔ بڑی مشکل سے اسٹیشن تک پہنچا ہوں۔" اس پر ڈبے میں بیٹھے بہت سے لوگ چپ ہو گئے لیکن برتھ پر بیٹھا پٹھان اچک کر بولا، "نکل جاؤ اِدر سے! دیکتا نئیں اے اور جگہ نئیں اے!"

اور پٹھان نے آؤ دیکھا نہ تاؤ، آگے بڑھ کر اوپر ہی سے اس مسافر کو لات جما دی مگر لات اس آدمی کو لگنے کے بجائے اس کی بیوی کے کلیجے میں لگی اور وہ وہیں ہائے ہائے کرتی بیٹھ گئی۔

اس آدمی کے پاس مسافروں کے ساتھ الجھنے کے لیے وقت نہیں تھا۔ وہ برابر اپنا سامان اندر گھسیٹے جا رہا تھا لیکن ڈبے میں خاموشی چھا گئی۔ کھاٹ کی پٹیوں کے بعد بڑی بڑی گھڑیاں آئیں۔ اس پر اوپر بیٹھے پٹھان کی قوت برداشت جواب دے گئی۔

"نکالو اس کو باہر! کون ہے یہ؟" وہ چلایا۔ اس پر دوسرے پٹھان نے، جو نیچے کی سیٹ پر بیٹھا تھا، اس آدمی کا صندوق دروازے میں سے نیچے دھکیل دیا، جہاں لال وردی والا ایک قلی کھڑا سامان اندر پہنچا رہا تھا۔

اس کی بیوی کو چوٹ لگنے پر کچھ مسافر چپ ہو گئے تھے، صرف کونے میں بیٹھی بڑھیا کر لائے جا رہی تھی، "اے نیک بندو، بیٹھنے دو۔ آجا بیٹی، تو میرے پاس آجا۔ جیسے کیسے سفر کاٹ لیں گے۔ چھوڑو ظالمو، بیٹھنے دو۔"

ابھی آدھا ہی سامان اندر آپایا ہو گا کہ اچانک گاڑی سرکنے لگی۔

"چھوٹ گیا! سامان چھوٹ گیا!" وہ آدمی بدحواس سا ہو کر چلایا۔

"پتاجی، سامان چھوٹ گیا!" سنڈاس کے پاس کھڑی لڑکی سر سے پاؤں تک کانپ رہی تھی اور چلائے جا رہی تھی۔

"اترو، نیچے اترو!" وہ آدمی ہڑبڑا کر چلایا اور آگے بڑھ کر کھاٹ کی پٹیاں اور گٹھریاں باہر پھینکتے ہوئے دروازے کا ہینڈل پکڑ کر نیچے اتر گیا۔ اس کے پیچھے اس کی بے چین بیٹی اور پھر اس کی بیوی کلیجے کو دونوں ہاتھوں سے دبائے، ہائے ہائے کرتی نیچے اتر گئی۔

"بہت برا کیا ہے تم لوگوں نے، بہت برا کیا ہے!" بڑھیا اونچی آواز میں بول رہی تھی، "تمہارے دل میں درد مر گیا ہے۔ چھوٹی سی بچی اس کے ساتھ تھی۔ بے رحمو، تم نے بہت برا کیا، دھکے دے کر اتار دیا!"

گاڑی سونے پلیٹ فارم کو لانگھتی آگے بڑھ گئی۔ ڈبے میں بے چین سی خاموشی چھا گئی۔ بڑھیا نے بولنا بند کر دیا تھا۔ پٹھانوں کی مخالفت کرنے کی کسی کو ہمت نہیں ہوئی۔ میری بغل میں بیٹھے دبلے بابو نے میرے بازو پر ہاتھ رکھ کر کہا، "آگ ہے، دیکھو آگ لگی ہے۔"

گاڑی پلیٹ فارم چھوڑ کر آگے نکل آئی تھی اور شہر پیچھے چھوٹ رہا تھا۔ تب ہی شہر کی طرف سے اٹھتے دھویں کے بادل اور ان میں لپلپاتی آگ کے شعلے نظر آنے لگے تھے۔

"فساد ہوا ہے۔ اسٹیشن پر بھی لوگ بھاگ رہے تھے۔ ضرور کہیں فساد ہوا ہے۔"

شہر میں آگ لگی ہوئی تھی، یہ بات ڈبے بھر کے لوگوں کو معلوم ہو گئی اور وہ لپک

لپک کر کھڑکیوں سے آگ کا منظر دیکھنے لگے۔

جب گاڑی شہر چھوڑ کر آگے نکل گئی تو ڈبے میں سناٹا چھا گیا۔ میں نے گھوم کر ڈبے کے اندر دیکھا، دبلے بابو کا چہرہ پیلا پڑ گیا تھا اور ماتھے پر پسینے کی پرت کسی مردے کے ماتھے کی طرح چمک رہی تھی۔ مجھے لگا جیسے اپنی اپنی جگہ بیٹھے سب مسافروں نے اپنے ادھر ادھر بیٹھے لوگوں کا جائزہ لیا ہے۔ سردار جی اٹھ کر میری سیٹ پر آ بیٹھے۔ نیچے والی سیٹ پر بیٹھا پٹھان اٹھا اور اپنے دو ساتھی پٹھانوں کے ساتھ اوپر والی برتھ پر چڑھ گیا۔ یہی عمل شاید ریل گاڑی کے دوسرے ڈبوں میں بھی جاری تھا۔ اب ڈبے میں تناؤ آ گیا۔ لوگوں نے بات چیت بند کر دی۔ تینوں کے تینوں پٹھان اوپر والی برتھ پر ساتھ ساتھ بیٹھے چپ چاپ نیچے دیکھے جا رہے تھے۔ تمام مسافروں کی آنکھیں پہلے سے زیادہ کھلی کھلی اور شک بھری نظر آنے لگیں۔ یہی صورت حال شاید گاڑی کے سبھی ڈبوں میں پیدا ہو رہی تھی۔

"کون سا اسٹیشن تھا یہ؟" ڈبے میں کسی نے پوچھا۔

"وزیر آباد۔" کسی نے جواب دیا۔

جواب ملنے پر ڈبے میں ایک دوسرا رد عمل ہوا۔ پٹھانوں کے دل کا تناؤ فوراً ڈھیلا پڑ گیا، جب کہ ہندو سکھ مسافروں کی خاموشی اور زیادہ گہری ہو گئی۔ ایک پٹھان نے اپنی واسکٹ کی جیب میں سے نسوار کی ڈبیا نکالی اور ناک میں نسوار چڑھانے لگا۔ دوسرے پٹھان بھی اپنی اپنی ڈبیا نکال کر نسوار چڑھانے لگے۔ بڑھیا برابر مالا جپے جا رہی تھی۔ کسی کسی وقت اس کے بدبداتے ہونٹ نظر آتے، لگتا ان میں سے کوئی کھوکھلی سی آواز نکل رہی تھی۔

اگلے اسٹیشن پر جب گاڑی کی تو وہاں بھی سناٹا تھا۔ کوئی پرندہ تک نہیں پھڑک رہا

تھا۔ ہاں، ایک بھشتی پیٹھ پر پانی کی مشک لادے، پلیٹ فارم لانگھ کر آیا اور مسافروں کو پانی پلانے لگا۔

"لو پیو پانی، پانی پیو۔" زنانہ ڈبے میں سے عورتوں اور بچوں کے کئی ہاتھ باہر نکل آئے تھے۔

"بہت مار کاٹ ہوئی، بہت لوگ مرے ہیں۔" لگتا تھا یہ اس مار کاٹ میں اکیلا ثواب کمانے چلا آیا تھا۔

گاڑی سر کی تو فوراً کھڑکیوں کے پلے چڑھائے جانے لگے۔ دور دور تک پہیوں کی گڑگڑاہٹ کے ساتھ کھڑکیوں کے پلے چڑھانے کی آواز آنے لگی۔

کسی نامعلوم خطرے کے احساس تلے دبلا بابو میرے پاس والی سیٹ سے اٹھا اور دو سیٹوں کے درمیان فرش پر لیٹ گیا۔ اس کا چہرہ اب بھی مردے کی طرح پیلا ہو رہا تھا۔ اس پر برتھ پر بیٹھا پٹھان اس کا مذاق اڑانے لگا، "او بے غیرت، تم مرد اے کہ عورت اے؟ سیٹ سے اٹھ کر نیچے لیٹتا اے۔ تم مرد کے نام کو بدنام کرتا اے!" وہ بار بار بول رہا اور بار بار ہنسے جا رہا تھا۔ پھر پشتو میں کچھ کہنے لگا۔ بابو چپ چاپ لیٹا رہا۔ دوسرے تمام مسافر بھی چپ تھے۔ ڈبے کا ماحول بوجھل ہو گیا تھا۔

"ایسے آدمی کو ام ڈبے میں بیٹھنے نئیں دے گا۔ او بابو، تم اگلے اسٹیشن پر اتر جاؤ اور زنانہ ڈبے میں بیٹھو۔"

مگر اب بابو کی حاضر جوابی اس کے گلے میں سوکھ چکی تھی۔ وہ ہکلا کر چپ ہو رہا تھا۔ پھر تھوڑی دیر بعد وہ اپنے آپ سیٹ پر جا بیٹھا اور دیر تک اپنے کپڑوں کی دھول جھاڑتا رہا۔ وہ فرش پر کیوں لیٹ گیا تھا؟ شاید اسے ڈر تھا کہ باہر سے گاڑی پر پتھراؤ ہو گا یا گولی چلے گی۔ شاید اسی خوف سے کھڑکیوں کے پلے بھی چڑھائے جا رہے تھے۔ کچھ بھی کہنا

مشکل تھا۔ ممکن ہے کسی ایک مسافر نے کسی وجہ سے کھڑکی کا پلا چڑھایا ہو اور پھر اس کی دیکھا دیکھی، بلا سوچے سمجھے، دھڑا دھڑ کھڑکیوں کے پلے چڑھائے جانے لگے ہوں۔

بوجھل اور غیر یقینی سے ماحول میں سفر کٹنے لگا۔ رات گہری ہوتی گئی۔ ڈبے کے مسافر خاموش اور خوف زدہ، جوں کے توں بیٹھے تھے۔ کبھی گاڑی کی رفتار اچانک ٹوٹ کر دھیمی پڑ جاتی تو لوگ ایک دوسرے کی طرف دیکھنے لگتے اور کبھی راستے میں رک جاتی تو ڈبے کے اندر کا سناٹا اور بھی گہرا ہو جاتا۔ صرف پٹھان بے فکر بیٹھے تھے۔ ہاں، بات چیت کرنا انہوں نے بھی چھوڑ دیا تھا، کیوں کہ اب ان کی بات چیت میں کوئی بھی شامل ہونے والا نہیں تھا۔

دھیرے دھیرے پٹھان اونگھنے لگے، جب کہ دوسرے مسافر پھٹی پھٹی آنکھوں سے خلا میں گھور رہے تھے۔ بڑھیا منھ سر لپیٹے، پاؤں سیٹ پر رکھے بیٹھی بیٹھی سو گئی تھی۔ اوپر والی برتھ پر ایک پٹھان نے ادھ لیٹے ہی کرتے کی جیب میں سے کالے منکوں کی تسبیح نکال لی اور اسے دھیرے دھیرے ہاتھ میں چلانے لگا۔

کھڑکی کے اوپر آسمان میں چاند نکل آیا تھا اور چاندنی میں باہر کی دنیا اور بھی زیادہ غیر یقینی اور پراسرار ہو گئی تھی۔ کسی کسی وقت دور کسی طرف آگ کے شعلے اٹھتے نظر آتے، کوئی نگر جل رہا تھا۔ گاڑی کسی وقت چنگھاڑتی ہوئی آگے بڑھنے لگتی، پھر کسی وقت اس کی رفتار دھیمی پڑ جاتی اور میلوں تک دھیمی رفتار ہی سے چلتی رہتی۔

اچانک دبلا بابو کھڑکی ہی سے باہر دیکھ کر اونچی آواز میں بولا، "ہربنس پورہ گزر گیا ہے۔" اس کی آواز میں جوش تھا، وہ جیسے چیخ کر بولا تھا۔ ڈبے کے سبھی لوگ اس کی آواز سن کر چونک گئے۔ اس وقت ایسا لگا جیسے ڈبے کے زیادہ تر مسافروں نے اس کی آواز ہی کو سن کر کروٹ بدلی ہو۔

"خو بابو، چلاتا کیوں اے؟" تسبیح والا پٹھان چونک کر بولا، "ادر اترے گا تم؟ زنجیر کھینچوں؟" اور کھی کھی کر کے ہنس دیا۔ ظاہر ہے وہ ہربنس پورہ کے حالات سے بلکہ اس کے نام تک سے ناواقف تھا۔ بابو نے کوئی جواب نہیں دیا، صرف سر ہلا کر ایک آدھ بار پٹھان کی طرف دیکھا اور پھر کھڑکی کے باہر جھانکنے لگا۔ ڈبے میں پھر خاموشی چھا گئی۔ تبھی انجن نے سیٹی دی اور ایک دم اس کی رفتار ٹوٹ گئی۔ تھوڑی دیر بعد ایک کھٹاک کی سی آواز سنائی دی، شاید گاڑی نے لائن بدلی تھی۔ بابو نے جھانک کر اس سمت میں دیکھا جدھر گاڑی چلی جا رہی تھی۔

"شہر آگیا ہے!" وہ پھر اونچی آواز میں چلایا، "امرتسر آگیا ہے!" اس نے پھر سے کہا اور اچھل کر کھڑا ہو گیا۔ اس نے اوپر والی برتھ پر لیٹے پٹھان کو مخاطب کر کے کہا، "او بے پٹھان کے بچے! نیچے اتر تیری ماں کی۔۔۔ نیچے اتر، تیری اس پٹھان بنانے والے کی میں۔۔۔" بابو چلانے لگا تھا اور چیخ چیخ کر گالیاں بکنے لگا تھا۔ تسبیح والے پٹھان نے کروٹ بدلی اور بابو کی طرف دیکھ کر بولا، "او کیا اے بابو؟ ام کو کچھ بولا؟"

بابو کو جوش میں دیکھ کر دوسرے مسافر بھی اٹھ بیٹھے۔

"نیچے اتر، تیری میں۔۔۔ ہندو عورت کو لات مارتا ہے، حرام زادے، تیری اس۔۔۔"

"اے بابو، بک بک مت کرو۔ او خنزیر کے تخم، گالی مت بکو، ام نے بول دیا۔ ام تمارا زبان کھینچ لے گا۔"

"گالی دیتا ہے مادر۔۔۔" بابو چلایا اور اچھل کر سیٹ پر چڑھ گیا۔ وہ سر سے پیر تک کانپ رہا تھا۔

"بس بس۔۔۔" سردار جی بولے، "یہ لڑنے کی جگہ نہیں ہے۔ تھوری دیر کا سفر باقی

ہے، آرام سے بیٹھو۔"

"تیری میں لات نہ توڑوں تو کہنا۔ گاڑی تیرے باپ کی ہے؟" بابو چلایا۔

"اوام نے کیا بولا؟ سب لوگ اس کو نکالتا تا، ام نے بی نکالا۔ یہ اِدرام کو گالی دیتا اے۔ ام اس کا زبان کھینچ لے گا۔"

بڑھیا بیچ میں پھر بول اٹھی، "اے جیئن جوگیو، آرام نال بیٹھو۔ اے رب دیو بندیو، کچھ ہوش کرو!" اس کے ہونٹ پھڑ پھڑا رہے تھے اور ان میں سے ہلکی سی پھسپھساہٹ سنائی دے رہی تھی۔ بابو چلائے جا رہا تھا، "اپنے گھر میں شیر بنتا تھا۔ اب بول، تیری میں اس پٹھان بنانے والے کی۔۔۔"

تب ہی گاڑی امرتسر کے پلیٹ فارم پر رکی۔ پلیٹ فارم لوگوں سے کھچا کھچ بھرا ہوا تھا جو جھانک کر ڈبوں کے اندر دیکھنے لگے۔ لوگ بار بار ایک ہی سوال پوچھ رہے تھے، پیچھے کیا ہوا ہے؟ کہاں پر فساد ہوا ہے؟

کھچا کھچ بھرے پلیٹ فارم پر شاید اسی بات کا ذکر تھا کہ پیچھے کیا ہوا ہے۔ پلیٹ فارم پر کھڑے دو تین خوانچے والوں پر مسافر ٹوٹے پڑ رہے تھے۔ سبھی کو اچانک بھوک پیاس پریشان کرنے لگی تھی۔ اسی دوران تین چار پٹھان ہمارے ڈبے کے باہر دکھائی دیے اور کھڑکی میں سے جھانک کر اندر دیکھنے لگے۔ اپنے پٹھان ساتھیوں پر نظر پڑتے ہی وہ ان سے پشتو میں کچھ بولنے لگے۔ میں نے گھوم کر دیکھا، بابو ڈبے میں نہیں تھا۔ نہ جانے کب وہ ڈبے سے نکل گیا تھا۔ میرا ماتھا ٹھنکا۔ وہ غصے میں پاگل ہوا جا رہا تھا، نہ جانے کیا کر بیٹھے۔ مگر اسی دوران ڈبے کے تینوں پٹھان اپنی اپنی گٹھری اٹھا کر باہر نکل گئے اور اپنے پٹھان ساتھیوں کے ساتھ گاڑی کے کسی اگلے ڈبے کی طرف بڑھ گئے۔ جو تقسیم پہلے ہر ایک ڈبے کے اندر ہوتی رہی تھی، اب وہ پوری گاڑی کی سطح پر ہو رہی تھی۔

خوانچے والوں کے ارد گرد بھیڑ چھٹنے لگی۔ لوگ اپنے اپنے ڈبوں کی طرف لوٹنے لگے۔ اچانک مجھے ایک طرف سے وہ بابو آتا دکھائی دیا۔ اس کا چہرہ اب بھی زرد تھا اور ماتھے پر بالوں کی لٹ جھول رہی تھی۔ نزدیک پہنچا تو میں نے دیکھا، اس نے اپنے بائیں ہاتھ میں لوہے کی ایک سلاخ اٹھا رکھی تھی۔ جانے وہ اسے کہاں سے مل گئی تھی۔ ڈبے میں گھستے وقت اس نے سلاخ کو اپنی پیٹھ کے پیچھے کر لیا اور ساتھ والی سیٹ پر بیٹھنے سے پہلے آہستہ سے سیٹ کے نیچے سرکا دیا۔ سیٹ پر بیٹھتے ہی اس کی آنکھیں پٹھان کی تلاش میں اوپر کو اٹھیں لیکن ڈبے میں پٹھانوں کو نہ پاکر وہ ہڑبڑا کر چاروں طرف دیکھنے لگا۔

"نکل گئے حرامی، مادر۔۔۔ سب کے سب نکل گئے!" پھر وہ سٹپٹا کر اٹھ کھڑا ہوا اور چلا کر بولا، "تم نے ان کو جانے کیوں دیا؟ تم سب نامرد ہو، بزدل!"

گاڑی میں بہت بھیڑ تھی، بہت سے نئے مسافر آ گئے تھے۔ کسی نے اس کی طرف کوئی خاص دھیان نہیں دیا۔

گاڑی سرکنے لگی تو وہ پھر میری بغل والی سیٹ پر آ بیٹھا۔ وہ بہت جوش میں تھا اور بڑبڑائے جا رہا تھا۔ دھیرے دھیرے ہچکولے کھاتی گاڑی آگے بڑھنے لگی۔ ڈبے کے پرانے مسافروں نے پیٹ بھر کر پوریاں کھالی تھیں اور پانی پی لیا تھا۔ اب گاڑی اس علاقے میں آگے بڑھنے لگی تھی جہاں ان کے جان و مال کو خطرہ نہیں تھا۔

نئے مسافر باتوں میں مصروف تھے۔ دھیرے دھیرے گاڑی اپنی عام رفتار سے چلنے لگی تھی اور کچھ ہی دیر بعد لوگ اونگھنے بھی لگے تھے مگر بابو اب بھی پھٹی پھٹی آنکھوں سے سامنے کی طرف دیکھے جا رہا تھا اور بار بار مجھ سے پوچھ رہا تھا کہ پٹھان ڈبے میں سے نکل کر کس طرف گئے ہیں۔ اس کے سر پر جنون سوار تھا۔

گاڑی کے ہچکولے میں، میں خود اونگھنے لگا تھا۔ ڈبے میں لیٹنے کی جگہ نہیں تھی۔ بیٹھے

بیٹھے ہی نیند میں میرا سر کبھی ایک طرف کو لڑھک جاتا اور کبھی دوسری طرف۔ کسی کسی وقت جھٹکے سے میری نیند ٹوٹتی اور مجھے سامنے کی سیٹ پر بے پروائی سے پڑے سردار جی کے خراٹے سنائی دیتے۔ امرتسر پہنچنے کے بعد سردار جی پھر سے سامنے کی سیٹ پر ٹانگیں پسار کر لیٹ گئے تھے۔ ڈبے میں طرح طرح کی آڑی ترچھی حالتوں میں مسافر پڑے تھے۔ ان کی اس بے ترتیب کیفیت کو دیکھ کر لگتا جیسے ڈبا لاشوں سے بھرا ہوا۔ پاس بیٹھے بابو پر نظر پڑتی تو کبھی وہ کھڑکی سے باہر منھ کیے ہوتا تو کبھی دیوار سے پیٹھ لگائے تن کر بیٹھا نظر آتا۔

کسی کسی وقت جب گاڑی اسٹیشن پر رکتی تو پہیوں کی گڑگڑاہٹ بند ہو کر خاموشی چھا جاتی۔ اس وقت یوں لگتا جیسے پلیٹ فارم پر کچھ گرا ہے یا جیسے کوئی مسافر گاڑی سے اترا ہے۔۔۔ اور میں جھٹکے کے ساتھ اٹھ کر بیٹھ جاتا۔

اسی طرح ایک بار جب میری نیند ٹوٹی تو گاڑی کی رفتار دھیمی پڑ گئی تھی اور ڈبے میں اندھیرا تھا۔ میں نے اسی طرح ادھ لیٹے کھڑکی کے باہر دیکھا۔ دور، پیچھے کی طرف، کسی اسٹیشن کے سگنل کے لال قمقمے چمک رہے تھے۔ ظاہر ہے گاڑی کسی اسٹیشن سے گزر کر آئی تھی لیکن ابھی تک اس نے رفتار نہیں پکڑی تھی۔

ڈبے کے باہر مجھے دھیمی سی، مبہم آوازیں سنائی دیں۔ دور ایک دھندلا سا کالا ہیولا نظر آیا۔ نیند کے خمار میں کچھ دیر میری نظریں اسی پر جمی رہیں، پھر میں نے اسے سمجھ پانے کا خیال چھوڑ دیا۔ ڈبے کے اندر اندھیرا تھا، بتیاں بجھی ہوئی تھیں لیکن باہر لگتا تھا پو پھٹنے لگی ہے۔

میری پیٹھ پیچھے، ڈبے کے باہر، کسی چیز کے کھرچنے کی سی آواز آئی۔ میں نے دروازے کی طرف مڑ کر دیکھا۔ ڈبے کا دروازہ بند تھا۔ مجھے پھر دروازہ کھرچنے کی آواز

سنائی دی۔ پھر میں نے صاف صاف سنا، لاٹھی سے کوئی آدمی ڈبے کا دروازہ پیٹ رہا تھا۔ میں نے جھانک کر کھڑکی سے باہر دیکھا۔ سچ مچ ایک آدمی ڈبے کی دو سیڑھیاں چڑھ آیا تھا۔ اس کے کندھے پر ایک گھڑی جھول رہی تھی اور ہاتھ میں لاٹھی تھی۔ اس نے بدرنگ سے کپڑے پہن رکھے تھے اور اس کے داڑھی تھی۔ پھر جب میری نظر باہر نیچے کی طرف گئی تو دیکھا، گاڑی کے ساتھ ساتھ ایک عورت ننگے پاؤں بھاگتی آرہی تھی۔ اس نے دو گھڑیاں اٹھا رکھی تھیں۔ بوجھ کی وجہ سے اس سے دوڑا نہیں جارہا تھا۔ ڈبے کے پائیدان پر کھڑا آدمی بار بار اس کی طرف مڑکر دیکھ رہا تھا اور ہانپتا ہوا کہے جارہا تھا، "آجا، آجا، تو بھی چڑھ جا!"

دروازے پر پھر لاٹھی ٹپٹپانے کی آواز آئی، "کھولو جی دروازہ، خدا کے واسطے کھولو۔"

وہ آدمی ہانپ رہا تھا، "خدا کے لیے دروازہ کھولو۔ میرے ساتھ عورت ذات ہے۔ گاڑی نکل جائے گی۔۔۔"

اچانک میں نے دیکھا، بابو ہڑبڑا کر اٹھ کھڑا ہوا اور دروازے کے پاس جاکر، دروازے میں لگی ہوئی کھڑکی سے منھ باہر نکال کر بولا، "کون ہے؟ ادھر جگہ نہیں ہے۔" باہر کھڑا آدمی پھر گڑگڑانے لگا، "خدا کے واسطے، گاڑی نکل جائے گی۔۔۔" اور کھڑکی میں سے اپنا ہاتھ اندر ڈال کر دروازہ کھولنے کے لیے چٹخنی ٹٹولنے لگا۔

"نہیں ہے جگہ، بول دیا! اتر جاؤ گاڑی پر سے۔۔۔" بابو چلایا اور اسی لمحے لپک کر دروازہ کھول دیا۔

اور اسی وقت میں نے بابو کے ہاتھ میں لوہے کی سلاخ کو چمکتے ہوئے دیکھا۔ ایک ہی بھرپور وار بابو نے اس مسافر کے سر پر کیا تھا۔ میں دیکھتے ہی ڈر گیا اور میری ٹانگیں

لرز گئیں۔ مجھے لگا سلاخ کے وار کا اس آدمی پر کوئی اثر نہیں ہوا۔ اس کے دونوں ہاتھ اب بھی زور سے دروازے کے ہینڈل کو پکڑے ہوئے تھے۔ کندھے پر ہوئی لٹکتی ہوئی گٹھری کھسک کر اس کی کہنی پر آگئی تھی۔

اچانک اس کے چہرے پر خون کی دو تین دھاریں ایک ساتھ پھوٹ پڑیں۔ جھٹ پٹے میں مجھے اس کے کھلے ہونٹ اور چمکتے دانت نظر آئے۔ وہ دو ایک بار "یا اللہ!" بڑبڑایا، پھر اس کے پیر لڑکھڑا گئے۔ اس کی آنکھوں نے بابو کی طرف دیکھا، ادھ مندی سی آنکھیں جو دھیرے دھیرے سکڑتی جا رہی تھیں گویا اسے پہچاننے کی کوشش کر رہی ہوں کہ وہ کون ہے اور اس سے کس عداوت کا بدلہ لے رہا ہے۔ اس دوران اندھیرا کچھ اور کم ہو گیا تھا۔ اس کے ہونٹ پھر سے پھڑپھڑائے اور سفید دانت جھلکنے لگے۔ میں نے محسوس کیا جیسے وہ مسکرایا ہو، لیکن حقیقت میں صدمے کی وجہ سے اس کے ہونٹوں پر بل پڑنے لگے تھے۔

نیچے پٹری کے ساتھ ساتھ بھاگتی ہوئی عورت کوستی جا رہی تھی۔ اسے ابھی تک معلوم نہیں ہو پایا تھا کہ ہوا کیا ہے۔ وہ یہی سمجھ رہی تھی کہ شاید گٹھری کی وجہ سے اس کا شوہر گاڑی پر ٹھیک طرح چڑھ نہیں پا رہا اور اس کا پیر جم نہیں رہا۔ وہ گاڑی کے ساتھ ساتھ بھاگتی ہوئی، اپنی دو گٹھریوں کے باوجود، اپنے شوہر کے پیر کو پکڑ پکڑ کر پائیدان پر ٹکانے کی کوشش کر رہی تھی۔

اچانک اس آدمی کے دونوں ہاتھ ڈبے کے ہینڈل سے چھوٹ گئے اور وہ کٹے ہوئے درخت کی طرح نیچے جا گرا۔ اس کے گرتے ہی عورت نے بھاگنا بند کر دیا، جیسے دونوں کا سفر ایک ساتھ ہی ختم ہو گیا ہو۔

بابو اب بھی میرے قریب ڈبے کے کھلے دروازے میں بت بنا کھڑا تھا۔ لوہے کی

سلاخ اسی طرح اس کے ہاتھ میں تھی۔ مجھے لگا جیسے وہ سلاخ کو پھینک دینا چاہتا ہے لیکن پھینک نہیں پا رہا، اس کا ہاتھ جیسے اٹھ ہی نہیں رہا تھا۔ میری سانس پھولی ہوئی تھی اور ڈبے کے اندھیرے کونے میں کھڑکی کے ساتھ لگ کر بیٹھا ہوا میں اس کی طرف دیکھے جا رہا تھا۔

پھر وہ کھڑے کھڑے ہلا اور کسی انجانی قوت کے بس میں آکر وہ ایک قدم آگے بڑھ آیا اور دروازے میں سے باہر، پیچھے کی طرف دیکھنے لگا۔ گاڑی آگے نکلتی جا رہی تھی۔ دور پٹری کے کنارے اندھیرا ہیولا سا نظر آ رہا تھا۔

بابو کا جسم حرکت میں آیا۔ ایک جھٹکے سے اس نے لوہے کی سلاخ کو ڈبے سے باہر پھینک دیا۔ پھر گھوم کر ڈبے کے اندر دائیں بائیں دیکھنے لگا۔ سب مسافر سوئے پڑے تھے۔ میری طرف اس کی نظر نہیں اٹھی۔ تھوڑی دیر تک وہ وہیں کھڑا رہا، پھر اس نے گھوم کر دروازہ بند کر دیا۔ اس نے غور سے اپنے کپڑوں کو دیکھا، دونوں ہاتھوں کو دیکھا، پھر باری باری اپنے ہاتھوں کو ناک کے قریب لا کر سونگھا، جیسے جاننا چاہتا ہو کہ کہیں اس کے ہاتھوں میں سے خون کی بو تو نہیں آ رہی، پھر وہ دبے پاؤں چلتا ہوا آکر میری بغل والی سیٹ پر بیٹھ گیا۔

دھیرے دھیرے دھند لکا چھٹنے لگا اور صبح پھوٹ پڑی۔ چاروں طرف روشنی پھیلنے لگی۔ کسی نے زنجیر کھینچ کر گاڑی کو نہیں روکا تھا اور لوہے کی سلاخ کی چوٹ کھا کر گری ہوئی اس آدمی کی لاش میلوں پیچھے رہ گئی تھی۔ سامنے گیہوں کے کھیتوں میں پھر وہی ہلکی ہلکی لہریں سی اٹھتی نظر آنے لگی تھیں۔

سردار جی اپنا بدن کھجلاتے اٹھ بیٹھے۔ میری بغل میں بیٹھا بابو اپنے دونوں ہاتھ سر کے پیچھے رکھے سامنے کی طرف دیکھے جا رہا تھا۔ رات بھر میں اس کے چہرے پر داڑھی

کے چھوٹے چھوٹے بال بھی اگ آئے تھے۔ اپنے سامنے بیٹھا دیکھ کر سردار جی اس سے باتیں کرنے لگے، "بڑے جی دار ہو بابو، دبلے پتلے ہو لیکن ہو بڑے دل والے۔ بڑی ہمت دکھائی تم نے۔ تم سے ڈر کر ہی وہ پٹھان ڈبے میں سے نکل گئے۔ یہاں رہتے تو ایک نہ ایک کی کھوپڑی تم ضرور درست کر دیتے۔" اور سردار جی ہنسنے لگے۔

جواب میں بابو مسکرایا، ایک خوف ناک مسکراہٹ اور دیر تک سردار جی کے چہرے کی طرف دیکھتا رہا۔

***

کنواں

بلراج کومل

جب میونسپل کارپوریشن کی طرف سے شہر کے بیشتر حصوں میں پانی کے نل مہیا کر دیئے گئے تو شہر کے اکثر کنویں بے مصرف ہو گئے اور کافی عرصہ تک بے مصرف رہے۔

آخر ایک ذہین شہری نے ان کا ایک انوکھا مصرف ڈھونڈ نکالا۔ اس نے ایک جست میں کنواں پھلانگنے کا انوکھا تجربہ کیا۔ یہ تجربہ کامیاب رہا۔ نتیجتاً اس ذہین شہری نے کنواں پھلانگنے کا مشغلہ باقاعدہ طور پر اختیار کر لیا۔ جب وہ ایک کنواں پھلانگ چکتا تو اس کی خواہش ہوتی کہ وہ ایک اور کنواں پھلانگے۔ ہر بار وہ پہلے سے زیادہ مشکل صورت حال کا انتخاب کرتا اور تماشائیوں کی تالیوں اور واہ واہ کے درمیان کنواں پھلانگنے میں کامیاب ہو جاتا۔ اس کی مقامی رفتہ رفتہ شہرت کا درجہ اختیار کر گئی اور اب اس کا نام بیرونی ممالک کے اخبارات میں بھی کہیں کہیں نظر آنے لگا۔

کسی بھی فرد کا کوئی دعویٰ ایسا نہیں ہے جس کو چیلنج کرنے کے لیے دوسرا فرد موجود نہ ہو۔ چنانچہ گولنکر کے سلسلہ میں بھی یہی ہوا۔ ایک روز اسے ڈاک سے ایک خط ملا۔ یہ خط ایک اجنبی کی طرف سے تھا جس نے گولنکر کو کنواں پھلانگنے کے مقابلہ کے لیے چیلنج بھیجا تھا۔ گولنکر نے خط پڑھا اور خط پڑھتے ہی اس کے مردانہ وقار نے تقاضا کیا کہ وہ چیلنج منظور کر لے۔ چنانچہ گولنکر نے فوراً چیلنج کرنے والے کو تحریری اطلاع دی کہ وہ کسی

وقت بھی باہمی کتابت کے ذریعہ طے شدہ شرائط کے مطابق مقابلہ کے لیے تیار ہے۔ اگلے چند ہفتوں کے اندر شرائط طے ہوئیں اور مقابلے کی تاریخ مقرر کر دی گئی۔ مقامی اور قومی اخبارات میں مقابلہ کی تفصیلات کا اعلان کر دیا گیا۔

اگرچہ گولنکر کہنہ مشق کھلاڑی تھا اور بہت سے کنویں پھلانگ چکا تھا۔ جوں جوں مقابلے کی تاریخ قریب آتی گئی اس کے دل میں خدشات پیدا ہونے لگے۔ ان خدشات پر قابو پانے کے لیے گولنکر نے فیصلہ کیا کہ چونکہ سوال اپنی شہرت اور وقار کو برقرار رکھنے کا ہے اسلیے مقابلہ سے قبل کنواں پھلانگنے کی کچھ مشق ضروری ہو گی۔ جو مقابلے کا فیصلہ، نتیجہ کن انداز سے اس کے حق میں کرنے میں مفید ثابت ہو گی۔

یہ فیصلہ کرنے کے بعد گولنکر نے شہر کے تمام کنوؤں کا جن میں سے اکثر وہ پھلانگ چکا تھا بغور جائزہ لیا۔ ہر ایک کنوئیں کا قطر ناپا۔ پھلانگنے کے زاویوں کا مطالعہ کیا۔ ظاہر ہے گولنکر جیسی شہرت کے مالک کے لیے شہر کے کنوؤں پر مشق کرنا مناسب نہیں تھا۔ اس لیے اس نے اس کام کے لیے شہر سے باہر ایک ویران کنویں کا انتخاب کیا۔ کنواں چاروں طرف سے درختوں سے گھرا ہوا تھا۔ باہر سے گزرنے والا آدمی اس بات کا اندازہ نہیں کر سکتا تھا کہ درختوں کے جھنڈ کے اندر کنواں ہے اس کنویں کی ایک خوبی یہ تھا کہ اس کی منڈیر، اس کا قطر اور اس کے چاروں طرف کی خالی زمین کا حدود اربعہ اس کنویں کے مماثل تھا جو آخری مقابلہ کے لیے منتخب کیا گیا تھا۔

کنویں کا انتخاب کرنے کے بعد مناسب تیاری کی ضرورت تھی۔ گولنکر نے تمام تیاری دو چار روز میں مکمل کر لی اور ایک صبح کنویں کی طرف روانہ ہو گیا۔

مارچ کی یہ صبح بڑی خوبصورت تھی۔ ہوا میں موسم بہار کا اثر تھا لوگوں کے چہروں پر مسرت تھی بچے آنگنوں میں کھیل رہے تھے۔ زندگی کا کاروبار معمول سے زیادہ حسن اور

خوش اسلوبی سے چلتا ہوا نظر آرہا تھا۔ گو لنکر رنگ و بو کی اس محفل سے لطف اندوز ہوتا ہوا شہر کے دھیرے دھیرے تیز ہوتے ہوئے ہاؤ ہو میں سے گزر کر درختوں کے اس جھنڈ کی طرف جارہا تھا جہاں اسے کنواں پھلانگنے کی مشق کرنی تھی۔ اس کا دل اس کا دماغ اس کا پورا وجود زندگی کے نشے سے سرشار تھا۔ اس کے قدم اعتماد سے اٹھ رہے تھے اور اس کے چہرے پر کامرانی کا وہ نور تھا جیسے وہ مقابلے میں شامل ہونے سے پہلے ہی مقابلہ جیت چکا ہو۔

شہر کی ایک نواحی بستی میں وہ ایک پارک کے قریب سے گزرا۔ سبزے پر کچھ لڑکے کرکٹ کھیل رہے تھے۔

ٹھیک اسی وقت کھیلنے والے لڑکے نے ایک شاندار چھکا لگایا۔ گو لنکر کا دل مسرت سے چھلک اٹھا۔ نواحی بستی سے نکل کر وہ اس سڑک پر آگیا جہاں خوبصورت بنگلوں کی ایک قطار دور تک چلی گئی تھی۔ ایک مکان کے باہر ایک گول مٹول، سرخ و سپید بچہ ٹافی کھا رہا تھا۔ گو لنکر نے اس کے ملائم صحت مند گالوں کو تھپتھپایا اور آگے بڑھ گیا۔

اب وہ درختوں کے جھنڈ کے بالکل قریب تھا۔ وہ رک گیا اور اس نے اپنے چاروں طرف نگاہ دوڑائی۔ فطرت کا سارا حسن کھیتوں کی ہریالی اور سونے میں سمٹ آیا تھا۔ گو لنکر کچھ دیر اس حسن سے سرشار ہوتا رہا اور پھر جھنڈ کے اندر داخل ہو گیا۔ کنویں کے قریب پہنچ کر اس نے جو منظر دیکھا اسے دیکھنے کا امکان اس کے وہم و گمان میں بھی نہیں تھا۔

کنویں کی منڈیر پر سوکھا مارا چیتھڑوں میں لپٹا ہوا ایک نوجوان بیٹھا ہوا تھا اور بڑے انہماک سے کنویں کے اندر جھانک رہا تھا۔ اجنبی گو لنکر کی آمد سے بالکل بے خبر تھا اس لیے جب گو لنکر اس کے قریب پہنچا تو وہ چونک پڑا۔ گو لنکر نے اپنے ردعمل کا اظہار ایک

سوال کی صورت میں کیا،

"تم کون ہو؟"

اجنبی اب بھی کنویں کی منڈیر پر بیٹھا ہوا تھا اور گولنکر پر ایک تحقیر آمیز نظر کر کے کنویں کے اندر جھانکنے کے عمل میں دوبارہ مصروف ہو گیا تھا۔

گولنکر کے سوال کا اس پر کوئی اثر نہیں ہوا۔

گولنکر نے اپنا سوال دہرایا۔

"میں پوچھتا ہوں، تم کون ہو؟ کیا کرتے ہو اور یہاں کس لیے آئے ہو؟"

اجنبی نے اپنی آنکھیں کنویں کے پیندے سے ہٹائیں اور گولنکر کے چہرے پر گاڑ دیں۔ گولنکر کو یکایک محسوس ہوا کہ اجنبی اس کی روح کے اندر جھانک رہا ہے اور اس کے ہر راز سے واقف ہوتا جا رہا ہے۔ گولنکر کے چہرے پر غصے کے آثار نمودار ہوئے لیکن اس سے پیشتر کہ گولنکر اپنے حصے کا اظہار کر پاتا۔ اجنبی کے ہونٹ آہستہ آہستہ ملے،

"دو انسانوں کے درمیان ہمدردی اس وقت پیدا ہو سکتی ہے جب ان کے مقاصد ایک جیسے ہوں۔"

"تو تم ہمدردی کی تلاش میں ہو۔"

"شاید میں نے غلط لفظ استعمال کیا۔ مجھے رشتہ یا تعلق یا اسی قسم کا کوئی عام لفظ استعمال کرنا چاہتے تھے۔ بہرحال میں کسی سوال کا جواب نہیں چاہتا ہوں۔"

گولنکر چکر میں آگیا۔ عجیب آدمی سے واسطہ پڑا تھا۔ وہ اجنبی کو کچھ دیر بے بسی کے عالم میں دیکھتا رہا اور پھر بولا،

"دیکھو میں یہاں ایک خاص مقصد سے آیا ہوں۔ تم یہاں سے چلے جاؤ۔"

"میں واپس جانے کے لیے نہیں آیا ہوں۔ تم چاہو تو یہاں سے جا سکتے ہو۔"

"آخر تم کیا چاہتے ہو۔" گولنکر نے پوچھا۔

"میں چاہنے یا نہ چاہنے کے عمل سے بہت دور نکل چکا ہوں۔"

گولنکر کے ذہن میں ایک اور سوال کوندے کی طرح لپکا۔

"کیا تم خودکشی کرنا چاہتے ہو؟"

"زندگی اور موت میں کوئی فرق محسوس نہیں ہوتا۔" اجنبی نے جواب دیا۔

گولنکر کے چہرے پر مسرت اور اعتماد کی روشنی نمودار ہوئی وہ اجنبی کی پراسرار شخصیت کے ایک گوشے کو بے نقاب کرنے میں کامیاب ہو گیا تھا۔

"کیا تم جانتے ہو کہ میں کس مقصد سے یہاں آیا ہوں؟"

"مجھے اب دوسروں کے مسائل سے کوئی دلچسپی نہیں ہے۔ حقیقت یہ ہے کہ مجھے کسی مسئلے سے کوئی دلچسپی نہیں ہے۔"

گولنکر کی حیرت میں ہر لمحہ اضافہ ہوتا جا رہا تھا۔

"یقیناً تمہارا گھر ہوگا۔ تمہاری بیوی ہوگی، بچے ہوں گے۔"

"تھے! اب نہیں ہیں۔" اجنبی نے ایک بار پھر کنویں میں جھانکتے ہوئے کہا۔

"کہاں گئے۔"

"مر گئے۔"

"کس طرح مر گئے؟"

"جس طرح انسان مرتے ہیں۔ بھوک سے، بیماری سے، قتل سے۔"

"یہ تو عام بات ہوئی خاص طور پر تمہاری بیوی اور تمہارے بچے کیسے مرے؟"

اجنبی شاید گولنکر کے ضرورت سے زیادہ سوالوں کے جواب دے چکا تھا اس لیے برہم ہو کر بولا،

"میں تمہارے کسی سوال کا جواب دینا نہیں چاہتا۔ تم مجھے مجبور کیوں کر رہے ہو؟"

"کچھ سوالوں کا جواب تم نے اپنی خوشی سے دیا ہے۔ ویسے بھی مجھے تمہارے ساتھ دلچسپی پیدا ہو گئی ہے تمہارے ساتھ دوستی کرنا چاہتا ہوں۔"

دوستی کے نام پر اجنبی کی آنکھوں میں خون اتر آیا۔ وہ اٹھ کر کھڑا ہو گیا اور پورے زور سے چیخا، "چلے جاؤ یہاں سے۔ تم کون ہوتے ہو میرے ساتھ دوستی کرنے والے۔"

گولنکر مسکرایا۔

"میں تمہارا دشمن نہیں ہوں۔"

"تو پھر تم کون ہو؟" اجنبی سوال پوچھ کر اپنے سوال پر خود حیران ہو گیا۔

"ابھی کچھ دیر پہلے ٹھیک یہی سوال میں نے تم سے پوچھا تھا جس کا جواب دینے سے تم نے انکار کر دیا تھا لیکن میں انکار نہیں کروں گا۔ میرا نام گولنکر ہے۔ میرے نام سے اس شہر کے تمام لوگ واقف ہیں۔ میں مشہور کنواں پھلانگنے والا ہوں۔"

"مجھے تمہارے ساتھ کوئی دلچسپی نہیں ہے۔"

"تمہیں میرے ساتھ دلچسپی ہے اس لیے تم نے مجھ سے پوچھا ہے کہ میں کون ہوں؟"

اجنبی کی آنکھوں میں غصے کی بجلی ایک پل کے لیے لہرائی۔ اس کے بعد اس نے آہستہ آہستہ کہا، "مجھے کنواں پھلانگنے والوں سے کوئی دلچسپی نہیں ہے۔"

"نہ سہی۔ لیکن میں کنواں پھلانگنے کے علاوہ بھی بہت کچھ کرتا ہوں۔"

"میں جانتا ہوں تم جو کچھ کرتے ہو جھوٹ، چوری، ڈاکہ زنی، قتل، زنا بالجبر۔۔۔"

اجنبی کے یہ الفاظ سن کے گولنکر سناٹے میں آگیا۔

"شاید تم اپنے کارناموں کی تفصیل پیش کر رہے ہو۔"

"جی ہاں۔ اپنے تمہارے تمام انسانوں کے۔"

"لیکن تمہارے بیوی بچے کیا ہوئے ؟"

اجنبی کی آنکھوں سے ظاہر تھا کہ وہ اس سوال کے جواب سے بھی گزرنا چاہتا ہے۔

جھوٹ، چوری، ڈاکہ زنی، قتل۔۔۔

"لیکن انسان کی زندگی صرف اس کی ذات تک محدود نہیں ہے۔" گولنکر نے اسے درمیان میں ٹوک دیا۔

"میں تمام فلسفوں سے بخوبی واقف ہوں۔ یہ مت سمجھو کہ تم کنویں پھلانگتے پھلانگتے زندگی کے رازدار بن گئے ہو۔"

"خودکشی سے صرف تمہارا مسئلہ حل ہوتا ہے۔"

گولنکر کو اجنبی کی باتوں سے جو دلچسپی پیدا ہوگی تھی مزید گہری ہوگئی۔

"لیکن اس زندگی کے اہم مسائل بھی تو ہیں جو میری اور تمہاری ذات کے مسائل سے زیادہ اہم ہیں۔"

"جی ہاں میں ان سے بھی واقف ہوں ان پر بھی جھوٹ، چوری، ڈاکہ زنی، قتل، زنا بالجبر حاوی ہیں۔ فرد سے اجتماع تک پہنچتے پہنچتے تفصیلات میں فرق پیدا ہو جاتا ہے۔"

"فرض کرو تم خودکشی کرنے میں کامیاب ہو جاتے ہو جس کا امکان بہت کم ہے کیونکہ میں تمہیں ایسا ہرگز کرنے نہیں دوں گا۔ تو کیا تمہارے ذاتی مسائل اور دنیا کے مسائل حل ہو جائیں گے۔"

"مجھے اس سوال سے کوئی دلچسپی نہیں ہے۔ مسائل حل ہوں یا نہ ہوں۔ میں اپنا آخری فیصلہ کر چکا ہوں اور پھر میں تو یہ بھی جانتا ہوں کہ دنیا کا کوئی اجتماعی مسئلہ فیصلہ کن طریقے سے ہمیشہ کے لیے کبھی حل نہیں ہوتا۔ صرف عارضی طور پر حل ہوتا ہے میں

صرف اپنا مسئلہ حل کرنا چاہتا ہوں۔"

"تم نادان ہو۔"

"کون جانتا ہے کون نادان ہے۔"

دونوں آدمی اپنے سوالات اور جوابات میں الجھ گئے تھے تھوڑی دیر کے لیے دونوں خاموش ہو گئے۔ گفتگو کا دوبارہ آغاز اجنبی نے کیا،

"تم یہاں سے چلے جاؤ میں اپنے آخری فیصلے پر فوراً عمل کرنا چاہتا ہوں۔"

"اس کا مطلب ہے کہ تم اس سے پہلے اپنے کسی فیصلے پر عمل نہیں کر سکے۔"

اجنبی کے چہرے پر جھلاہٹ پیدا ہوئی۔

"میں اپنے ہر فیصلے پر عمل کرتا رہا ہوں۔"

"تو پھر اس فیصلے پر عمل کرنے کے لیے ہچکچاہٹ کیوں۔ تم اپنا مسئلہ ملتوی کیوں کرنا چاہتے ہو۔"

اجنبی کے چہرے پر مزید غصے کے آثار پیدا ہوئے، "میں نے کہا نہ کہ میں اپنے آخری فیصلے پر فوراً عمل کرنا چاہتا ہوں۔ میں صرف یہ چاہتا ہوں کہ تم یہاں سے چلے جاؤ۔"

"اگر یہ فیصلہ تمہارا آخری فیصلہ ہے اور تم اس پر عمل بھی فوراً کرنا چاہتے ہو تو میری موجودگی سے تمہیں کیا زحمت ہے۔"

"میں اپنی موت کے عمل میں تنہا شامل ہونا چاہتا ہوں۔ تم میری موت کے گواہ نہیں بن سکتے۔ میں یہ حق تمہیں کبھی نہیں دے سکتا۔"

"میں اسے ایک بار پھر کہتا ہوں کہ زندگی خوبصورت ہے۔ زندہ رہنے کی کوشش کرو۔"

"مجھے تمہارے امید افزا الفاظ بے معنی نظر آتے ہیں۔ بفرض محال اگر زندگی خوبصورت بھی ہے تو تمہیں اس سے لطف اندوز ہونے کی پوری آزادی ہے تم میرے معاملے میں ٹانگ کیوں اڑا رہے ہو۔"

"اس کا مطلب ہے تم اپنے آخری فیصلہ پر عمل کرنا چاہتے ہو۔ تم خوشی سے خودکشی کرو۔ میں یہاں سے چلتا ہوں۔"

یہ کہہ کر گولنکر وہاں سے چل پڑا۔ اجنبی کنویں پر چڑھ گیا اور کنویں کے اندر کودنے کے لیے تیار ہو گیا۔

گولنکر دو چار قدم چلنے کے بعد رک گیا اور واپس اسی جگہ آگیا جہاں وہ چند لمحے پہلے کھڑا تھا۔

"میرا ایک آخری سوال باقی ہے۔"

"پوچھو"

اجنبی نے فاتحانہ انداز میں کہا، "تم نے خودکشی کے لیے یہ کنواں کیوں منتخب کیا؟"

"تم نے پھلانگنے کے لیے یہ کنواں کیوں منتخب کیا؟"

"میرے لیے یہ کنواں مناسب تھا۔"

"ٹھیک یہ بات میں کہتا ہوں۔ یہ کنواں میرے لیے مناسب تھا۔"

اس جواب سے گولنکر کے دل کی دھڑکن تیز ہو گئی۔ لمحہ بھر سوچنے کے بعد اس نے اجنبی سے پوچھا، "کیا تم اپنی خودکشی چند منٹوں کے لیے ملتوی کر سکتے ہو؟"

"آخر تم کیا چاہتے ہو؟"

"میں یہاں کنواں پھلانگنے کی مشق کرنے کے لیے آیا تھا کہ مجھے دو روز بعد کنواں پھلانگنے کے لیے مقابلہ میں حصہ لینا ہے۔"

"تو میں کیا کروں۔ تم سمجھتے ہو۔ اس مسخرے پن سے تم مجھے متاثر کرلو گے۔"

"تمہیں کچھ نہیں کرنا ہے۔ میں چاہتا ہوں جس کام کے لیے یہاں آیا ہوں اسے پورا کر کے جاؤں جہاں تک تمہیں متاثر کرنے کا تعلق ہے۔ تم جہنم میں جاؤ۔ میں تم پر لعنت بھیجتا ہوں۔"

"شوق سے پورا کرو۔ لیکن جلدی، کیونکہ میں اپنا فیصلہ زیادہ دیر کے لیے ملتوی نہیں کر سکتا۔ میں اپنے صبر کی انتہا تک پہنچ چکا ہوں۔"

یہ کہہ کر اجنبی کنویں کی منڈیر سے ہٹ کر ایک طرف کھڑا ہو گیا۔ گولنکر نے کنویں کی منڈیر سے مخصوص فاصلہ ناپ کر زمین پر کچھ نشان لگائے۔ ایک نشان پر کھڑے ہو کر اس نے اپنی قوتوں کو ایک مرکز پر جمع کیا۔ اپنے جسم کو ٹٹولا اور اس کے بعد دوڑتا ہوا کنویں کی جانب بڑھا راستے میں ایک دوسرے نشان سے اس نے بھرپور جست لگائی۔ اجنبی کے دل کی دھڑکن اس دوران میں تیز ہو گئی۔ جست لگاتے ہی گولنکر کا جسم ہوا میں ایک قوس سی بناتا ہوا کنویں کے اوپر سے گزرنے لگا اور عین اس لمحہ جب اجنبی کی توقع تھی کہ گولنکر کے دوسری طرف ہو گا ایک پرزور دھماکہ ہوا گولنکر کا جسم کنویں کی منڈیر کی اندورنی سطح کے ساتھ زور سے ٹکرایا اور پھر کنویں کی پوری گہرائی کا فاصلہ طے کرتا ہوا دھم سے پانی میں جا گرا۔

اجنبی کی آنکھیں پھیل کر روزن بن گئیں۔ اس کا پورا وجود فطری رد عمل کی زد میں آ گیا اور وہ ڈوبنے والے کی تقدیر سے غافل اپنے ارادوں اور فیصلوں سے غافل، درختوں کے جھنڈ کو چیرتا، سرسبز و شاداب کو اپنے پاؤں تلے روندتا شہر کی جانب بھاگ نکلا۔

***

ہوس کی اولاد

بلراج مینرا

شادی کے قریب قریب گیارہ ماہ بعد ہمارے یہاں پہلا بچہ ہوا تھا اور کچھ دن بعد ہی راہی کا خط آیا تھا۔ خط آپ کے روبرو رکھنے سے پہلے میں راہی کے بارے میں صرف اتنا کہنا چاہتا ہوں کہ وہ میرا سب سے عزیز دوست ہے اور عجیب و غریب دوست ہے۔۔۔ خط یوں تھا،

کرشن، میرے دوست۔

تو تم باپ بن گئے ہو۔ میرے خیال میں کچھ بننے میں سب سے آسان باپ بننا ہے۔۔۔ ایک شخص اولاد پیدا کرنے کے ناقابل ہے۔ اپنی بیوی کا کسی اور سے ٹانکا جوڑ کر وہ باپ بن سکتا ہے۔ میں بہت سے ایسے لوگوں کو جانتا ہوں جو بناسپتی باپ ہیں مگر تعجب ہے، وہ اپنی اولاد سے بے حد پیار کرتے ہیں۔

اچھا ایک بات بتاؤ۔۔۔ تمہیں اپنے بچے سے بہت پیار ہے۔ یہ بات میں آج تک سمجھ نہیں پایا۔۔۔ اگر میری شادی ہو جاتی ہے اور میں بھی تمہاری طرح چند ماہ بعد باپ بن جاتا ہوں تو مجھے اپنی اولاد سے سخت نفرت ہو گی کیونکہ وہ میری نہیں، ہوس کی اولاد ہو گی۔۔۔ مجھ میں ہوس ہے۔ اس ہوس کو مٹانے کے لئے میں شادی کا ڈھونگ رچاتا ہوں کیونکہ ہوس کی پیاس بجھانے کا کوئی اور ذریعہ نہیں اور اگر ہے بھی تو مجھ میں ہمت

نہیں۔ اور پھر میں باپ بن جاتا ہوں۔ کر رہا تھا میں اپنی ہوس کا مداوا مگر بن گیا باپ۔ اب وہ بچہ میری اولاد ہے۔ نہیں صاحب، میں آپ سے اتفاق نہیں کرتا۔۔ اولاد، یعنی افزائش نسل بڑا مقدس جذبہ ہے، جسے ہوس سے کوئی علاقہ نہیں۔ مجھ میں ہوس ہے۔ پہلے میں اس پر قابو پاؤں گا۔ پھر جب مجھ پر افزائش نسل کا مقدس جذبہ پوری صحت سے حاوی ہو جائے گا، میں باپ بنوں گا اور اپنی اولاد کو باپ کا بھرپور پیار دوں گا۔

یاد رکھو کرشن، ہوس کی راہ میں پڑا ہوا بچہ، میرا بچہ نہیں ہے۔

اب یہ مجھے معلوم نہیں کہ ہوس کی بنیادوں پر لرزے ہوئے اس معاشرے کی عمارت کب گرے گی اور میری ہوس کب ختم ہوگی۔۔ یاد رہے، میری ہوس اور معاشرے کا چولی دامن کا ساتھ ہے۔

تمہارا اپنا

راہی

میں راہی کے خیالات سے اتفاق نہیں کرتا مگر یہ بھی عجب ہے کہ میں آج تک اس کی کسی بات کو کاٹ نہیں پایا۔۔ اگر وہ محض باتیں ہی کرتا اور عملی طور پر عام دنیاوی آدمیوں کی طرح رہتا تو میں اسے گدی سے پکڑ لیتا مگر وہ رہتا بھی اپنے خیالات پر استوار کی گئی دنیا میں ہے۔

راہی سے میری ملاقات قریب پندرہ برس پہلے ایک ریستوراں میں ہوئی تھی۔ اس دن وہ موڈ میں تھا۔ اسے بات بات میں نشہ آرہا تھا اور وہ بات بات پر تباہ ہو رہا تھا۔ کبھی وہ ہر بنس کو ٹھوکا دیتا، کبھی پریم کے چٹکی لے لیتا۔۔ ہم پانچ چھ دوست تھے اور خوب زور و شور سے گپیں ہانک رہے تھے۔ راہی گپیں ہانکنے کے ساتھ ساتھ ریستوراں میں آتے جاتے لوگوں پر بڑے دلچسپ فقرے چست کر رہا تھا۔

ہمارے سامنے کی میز پر ایک کھدر پوش مہاشے، اپنی توند کو مشکل سے سنبھالے، آکر بیٹھ گئے۔ ان کے تیل میں چپڑے ہوئے سیاہ لچھے دار بال ان کی گردن پر جھول رہے تھے۔ میرا خیال ہے، ان کی شبیہ کے بارے میں کچھ لکھنے سے بہتر یہ کہنا ٹھیک ہوگا کہ وہ جسمانی طور پر دوسرے سمپورنانند تھے۔

راہی کی نظروں میں وہ شبیہ کھپ نہ سکی۔ کوئی فقرہ چست کرنے سے پہلے اس نے ہربنس سے پوچھا، "کون ہے یہ گردھر گوپال؟"

ہربنس نے کہا، "ہوگا کوئی تیلی واڑے کا حلوائی!"

تب راہی نے فقرہ چست کیا، "حلوائی ہوتا تو دریبے میں جلیبیاں بیچ رہا ہوتا۔۔۔ اپنی راشٹر یہ بھاشا کے مہاکوی کو نہیں پہچانتے!"

"مہاکوی" کے لقب پر اس زور سے قہقہہ اٹھا کہ ہال میں بیٹھے ہوئے سب لوگ ہماری طرف تعجب اور غیر پسندیدہ نظروں سے دیکھنے لگے۔

'مہاکوی' والی بات ہربنس کو کھا گئی، اس لیے کہ وہ ہندی میں کہانیاں لکھتا تھا۔ وہ قدرے سنجیدہ ہو گیا۔ مجھے ایسا محسوس ہوا کہ وہ راہی کو آڑے ہاتھوں لینے کے لئے موقع دیکھ رہا ہے۔

بہت دیر تک ہم اسی طرح لطف لیتے رہے اور جب کچھ دیر بعد ہم سب خاموش ہوئے تو ہربنس نے یکایک راہی سے پوچھا، "بھئی ایک بات تم نے آج تک نہیں بتائی۔۔۔ تمہارا اچھا خاصا ماں باپ کا رکھا ہوا نام ہے، پھر تم نے یہ 'راہی' کا فراڈ کیوں رچایا ہوا ہے؟"

ایک لمحے کے لئے راہی کی آنکھیں سکڑ گئیں۔ میں نے غور سے اس کے چہرے کی طرف دیکھا۔ اس کی آنکھیں سکڑ کر بہت چھوٹی ہو گئی تھیں اور اندر کو دھنس گئی تھیں۔ اس کی آنکھوں کے گرد سیاہ حلقے ابھر آئے تھے۔ کوئی چبھتی سی بات سن کر اس پر اس

طرح کا ردعمل میرے لیے حیران کن تھا۔۔۔ دوسرے لمحے ہی اس کے لبوں پر وہی تیکھی سی مسکراہٹ پھیل گئی۔ اس کی آنکھیں پھر باہر کو نکل کر جھانکنے لگیں اور اس کے لبوں کی طرح متوازن ہنسی ہنسنے لگیں۔۔۔ میں نے یونہی سوچا، اس شخص کے ذہن کے نہاں خانوں میں ہلکی پھلکی، تیکھی تیز طرار اور زہر میں بجھی ہوئی باتوں کے انبار لگے ہوئے ہیں۔ بوقت ضرورت اس کی آنکھیں ان نہاں خانوں میں غوطہ زن ہوتی ہیں اور کوئی مناسب جواب ڈھونڈ لاتی ہیں جو جواب کے طور پر یہ دوسرے کے منھ پر دے مارتا ہے۔

راہی نے اطمینان سے جواب، "یار، یہ سب بچپن اور جوانی کی غلط کاریوں کا نتیجہ ہے۔۔۔"

"غلط کاریوں" کے استعمال پر مجھے ہنسی آگئی۔

راہی کہہ رہا تھا، "اسکول اور کالج کے زمانے میں ہر نوجوان کی طرح مجھے بھی شاعری کے کیڑے چپک گئے اور میں راہی بن گیا۔۔۔ ویسے میں نے کئی بار سنجیدگی سے ہربنس کی طرح کئی خاندانی شفاخانوں سے علاج کروایا ہے۔"

اس دن واقعی وہ زبردست موڈ میں تھا۔

ہربنس نے میرے کان میں کہا، "اگر اب اس کا موڈ کسی وجہ سے فنا ہو گیا تو خدا کی قسم، اس کی باتوں سے سب کے موڈ کا اسقاط ہو جائے گا۔"

ہربنس کی بات سن کر میرے دل میں یہ خواہش پیدا ہوئی کہ راہی کا موڈ کسی طرح فنا ہو جائے۔ میں اسے بکھرا ہوا دیکھنا چاہتا تھا۔ اب اسے اتفاق ہی کہیے، یا یوں کہیے کہ خدا شکر خورے کو شکر دیتا ہے، راہی کا موڈ فنا ہو گیا۔

میں راہی کے سامنے بیٹھا ہوا تھا اور اس کی ہر بات، ہر حرکت، ہر ردعمل کو غور سے

دیکھ رہا تھا۔۔۔ یکایک راہی کی ہنستی ہوئی آنکھیں بجھ گئیں۔ اس کے لب مرجھا گئے اور اس کے چہرے پر زردی چھا گئی۔ اس کی آنکھیں سُکڑ کر پھر اندر کو دھنس گئیں۔ اس کی کشادہ پیشانی پر بل پڑ گئے، جیسے کسی نے تانبے کے تاروں کو بل دے دیا ہو۔ اس کی پیشانی کی شکنوں پر بڑا بھیانک تناؤ تھا۔۔۔ اس کی نگاہیں ہم سب کو چیرتی ہوئی میری پشت کی کسی میز پر مرکوز تھیں۔ میں صرف اتنا جانتا ہوں، اگر میں اس وقت راہی کی نگاہوں کا مرکز ہوتا تو فوراً وہاں سے بھاگ جاتا۔ اس کی نگاہیں آگ تھیں جس کی زد سے بچنا ناممکن تھا۔

میں نے اپنی پشت کی جانب منھ پھیر کر دیکھا۔

راہی کے سامنے کی سیٹ پر ایک بڑی حسین عورت آن بیٹھی تھی۔ گہنے پاتوں سے لدی اور سہاگ کا جوڑا زیب تن کیے وہ نئی نئی بیاہی ہوئی معلوم ہوتی تھی۔ وہ حاملہ تھی اور تقریباً پورے دنوں سے تھی۔ ساڑھی کو ڈھنگ سے باندھنے کے باوجود اس کا ابھرا ہوا پیٹ اس بات کی چغلی کھا رہا تھا۔ اس کا چست اور باریک بلاؤز اس کی بھری چھاتیوں کو سنبھال نہ پا رہا تھا۔ اس کا جوبن قدرے ڈھلک رہا تھا اور ابھرے ہوئے پیٹ کے سہارے تھما ہوا تھا۔

میں نے راہی کی طرف پھر غور سے دیکھا۔۔۔ وہ بیمار سا دکھائی دے رہا تھا اور منہ بنا رہا تھا۔ جیسے ابھی اس نے کونین یا کوئی اور کڑوی دوا حلق سے نیچے اتاری ہو اور اس کی زبان کا ذائقہ کسیلا ہو گیا ہو اور وہ تھوکنا چاہ رہا ہو۔

میں۔ اس کی کرب ناک صورت دیکھ رہا تھا۔

جب وہ برداشت نہ کر سکا تو پھٹ پڑا، "خدا کرے، یہ عورت یہیں ریستوراں میں ماں بن جائے اور اسے ماں بننے کے عمل کی تکلیف سے زیادہ شرم سے گڑ جانے کا احساس زندگی بھر ستائے۔ پیٹ میں ہوا بھر کر ڈھنڈورا پیٹنے سے بہتر تو یہ ہے کہ یہ باقاعدگی سے

اپنے خاوند کے گلے میں ڈھول باندھ دیتی اور اسے کہتی کہ ڈھول بجاؤ اور لوگوں کو بتاؤ کہ میں ہوس کی اولاد کو جنم دینے والی ہوں۔۔۔ میں اگر فرانس میں ہوتا تو اس عورت کو عدالت میں گھسیٹ کر لے جاتا اور چلا کر انصاف مانگتا کہ اس عورت کو میری جمالیاتی حس پر بار بننے کی جرأت کیسے ہوئی۔۔۔ پوچھو اس سے۔ اس کی شادی کو مشکل سے نو ماہ ہوئے ہوں گے اور جب نو ماہ پہلے یہ اپنے خاوند کے لحاف میں گھسی تھی، اس وقت کیا اس کے یا اس کے خاوند کے تصور میں کوئی بچہ رینگ رہا تھا۔ اس وقت تو دونوں کا جسمانی تناؤ ہوس کے کیڑے لیے منتظر بہ عمل تھا اور اب یہ اس ہوس کی اولاد کو پیٹ میں بھر کر، گھر گھر گلی گلی نعرے لگا رہی ہے کہ میرا خاوند نامرد نہیں ہے اور میں بانجھ نہیں ہوں۔۔۔

لعنت ہے اس سماج پر جہاں جمالیاتی حس کا رتی بھر احساس نہیں۔۔۔ اٹھارہ سال کی لڑکی اور ماں اور پھر چند سال بعد پیٹ ہے تو پیاری اولاد کے پنجوں کی چرسوں سے مجروح ہے، چھاتیاں ہیں تو سوکھی سڑی ٹہنیوں کی طرح ہل رہی ہیں یا پھر دنبے کی بوجھل تھیلی کی طرح لٹک رہی ہیں، گالوں پر ہڈیاں ہیں اور خاوند رات رات بھر رنڈیوں کے پاس پڑا رہتا ہے۔۔۔ اور اب دیکھو، اپنے حسن پر ظلم ڈھا رہی ہے۔ دیکھو سالی کی چھاتیاں، جیسے اوندھے گھڑے پر اوندھا لوٹا رکھا ہو۔ تھو۔۔۔!"

اس اوقت مجھے اچھی طرح یاد ہے، میرے من میں خیال آیا تھا کہ اگر راہی کی کڑوی اور کانٹے دار باتیں وہ حاملہ عورت سن لیتی تو اس کے پورے دنوں کے حمل کا اسقاط بھی ہو جاتا۔

راہی کی آواز میں تبدیلی آگئی تھی۔ اس کے الفاظ کانٹے تھے اور اس کی آواز کراہ تھی۔ اس کے ہاتھ شدت سے ہل رہے تھے، آنکھوں کی پتلیاں ناچ رہی تھیں اور وہ اپنے ہونٹ بری طرح کاٹ رہا تھا۔۔۔ اس وقت اسے دیکھ کر میں نے یہ تاثر قبول کیا کہ کیا

حوصلہ ہے، خود اپنی ذات کے گرد کرب کی دیواریں کھڑی کر کے ان میں رہنا کتنا مشکل ہے۔۔۔ میں راہی کے خیالات سے اس وقت بھی اتفاق نہیں کر پایا تھا، مگر مجھے ان خیالات کی صحت پر وشواس ہو رہا تھا۔ ہو سکتا ہے، اس کی وجہ راہی کی بگڑی ہوئی حالت ہو جس نے مجھے متاثر کیا تھا۔

ہم فوراً ہی ریستوراں سے باہر اٹھ آئے۔

ہربنس نے میرے کان میں کہا، "ہے نا اوندھی کھوپڑی!"

تھوڑی دیر بعد سب بجھے بجھے سے چلے گئے۔

مجھے راہی کی ذات میں زبردست دلچسپی پیدا ہو گئی تھی، اس لیے میں اس کے ساتھ رہا۔۔۔ وہ خاموش تھا۔ کبھی اس کے ماتھے پر بل پڑ جاتے اور کبھی اس کے ماتھے پر شکنوں کے ہلکے سے نشانات خون کی گردش میں دکھائی دیتے۔

ہم کناٹ پلیس کے اندرونی بر آمدوں کا طواف کر رہے تھے۔۔۔ اسی طرح بے مقصد گھومتے۔ جب بہت دیر ہو گئی تو میں نے ہمت سے کام لے کر اس سے پوچھا، راہی کیا تم مجرد ہو؟"

وہ بڑے زور سے چونکا اور پھر ایک دم ٹھنڈا ہو گیا جیسے اسے اپنا نقطہ نظر سنجیدگی سے بیان کرنے کا موقع اتفاقاً مل گیا ہو۔

اس نے جواب دیا، "نہیں۔۔۔ مجھ میں شدید حرارت ہے۔"

میں نے ہر لحاظ اور آداب کو بالائے طاق رکھ کر پھر پوچھا، "تو یہ حرارت کہاں خارج ہو گی۔۔۔ کیا تم رنڈی کے پاس جانے کے قائل ہو؟"

"نہیں۔۔۔ رنڈی کے بارے میں سوچتے ہی مجھے سوگندھی یاد آجاتی ہے۔"

"تو پھر؟" میں نے اس کے اندر جھانکنے کی ٹھان لی تھی۔

"بات یہ ہے کہ میں ابھی کچھ طے نہیں کر پایا۔ مجھے دلی کی آب و ہوا راس نہیں آ رہی ہے۔ کوئی جگہ ہے یہ۔ گرمیوں میں سخت گرمی اور سردیوں میں سخت سردی۔ رگیں ہیں کہ ہر وقت تنی رہتی ہیں۔۔۔ میں کسی معتدل آب و ہوا کے علاقے میں جانا چاہوں گا۔ میرا ارادہ بنگلور جانے کا ہے۔ پھر میں کوشش کروں گا کہ مجھے کسی بڑے ہسپتال میں جگہ مل جائے۔ میری جنسی تسکین اسپتال کی تیزابی فضا میں، ممکن ہے، ہو جائے!"

"اسپتال میں جنسی تسکین؟ میں سمجھا نہیں!" میں نے اسے کرید امگر وہ میری دانستہ کرید کو جان گیا تھا۔

"لو تو صاف صاف سنو۔ میرا ارادہ ڈاکٹروں سے اور نرسوں سے تعلقات قائم کرنے کا ہے۔۔۔ ان کا جنسی علم تسلی بخش ہوتا ہے۔"

میں نے کہا، "یہ تو بڑا ذلیل نظریہ ہے۔۔۔ تم ایک جان کن پیشے کے افراد کے بارے میں بڑی غلط رائے رکھتے ہو۔" مجھے واقعی دکھ ہوا تھا۔ راہی نے میرے جذبات کا اندازہ لگانے کے بعد کہا، "نہیں دوست، تم مجھے غلط سمجھ رہے ہو۔ اس بیمار سماج میں تعلقات کہاں قائم نہیں کیے جا سکتے۔۔۔ ان کے یہاں تو حفاظت اور سمجھ کا بڑا پیارا امتزاج ہوتا ہے۔"

ہم بہت رات گئے تک آوارہ گھومتے رہے۔۔۔ اس پہلی ملاقات میں مجھے ایک بڑے زبردست شخص کا قرب حاصل ہوا تھا، اس لیے میں اس سے بچھڑنا نہیں چاہتا تھا۔

اس پہلی یادگار ملاقات کے بعد راہی کے ساتھ چند اور ملاقاتیں ہوئیں، جن میں کبھی زندگی سے بھرپور قہقہے تھے اور کبھی دل کا خون لیے ہوئے آنسو۔۔۔ پھر پہلی ملاقات کے قریب چھ ماہ بعد راہی اپنے ماموں کے پاس بنگلور چلا گیا۔

میری شادی اور پھر میرے یہاں بچہ ہونے اور راہی کے بنگلور جانے کے درمیان

کوئی تین برس کی مدت حائل ہے۔ ان تین برسوں میں راہی کے ساتھ خط و کتابت رہی۔ اس نے مجھے بہت سے خط لکھے، جن میں سے دو خطوں کے کچھ حصے آپ کے سامنے رکھ رہا ہوں، کیونکہ ان کا اس کہانی کے ساتھ گہرا تعلق ہے۔

پہلا خط اس نے بنگلور پہنچنے کے قریب چھ ماہ بعد لکھا تھا۔۔ وہ لکھتا ہے، "بنگلور بڑا پیارا شہر ہے۔ دن بھر ہلکی ہلکی گرمی رہتی ہے۔ تمام دن قمیص پتلون پہنے گھومتا رہتا ہوں اور بیئر پیتا رہتا ہوں۔۔ رات کو فضا میں ہلکی سے خنکی پیدا ہو جاتی ہے اور طبیعت کھل جاتی ہے۔ وھسکی کے دو پیگ پی کر ماموں کے بنگلے کے دالان میں آرام کرسی پر نیم دراز ہو جاتا ہوں اور چے خف کو پڑھتا رہتا ہوں۔ موپاساں نے میری رگیں اینٹھ دی تھیں۔ چے خف میرے دماغ پر بڑی پیاری اور بڑی خنک شبنم برسا رہا ہے۔۔ مجھے بھوک خوب لگتی ہے اور میری صحت بھی اے ون ہے۔ ہاں کبھی کبھی کوئی رات کروٹیں بدلتے ہی گزرتی ہے۔ جس آگ میں جل رہا ہوں، وہ اس طرح تو ختم نہیں ہوتی نا۔۔ ماموں کوشش کر رہے ہیں، شاید میں جلد ہی ہسپتال میں ملازم ہو جاؤں۔ ڈپلوما ان لیبارٹری ٹکنیک تو میرے پاس ہے ہی۔۔"

دوسرا خط اس نے قریب دو برس بعد لکھا تھا۔۔ لکھتا ہے، "پہاڑوں میں بسا پڑا خوبصورت ہسپتال ہے۔ شام کو کبھی ڈولی کے ساتھ، کبھی پریما اور کبھی مارگیٹ کے ساتھ کسی پہاڑی کے دامن میں سمٹی ہوئی جھیل پر چلا جاتا ہوں۔ میرے جسم کی طنابیں بتدریج ڈھیلی ہو رہی ہیں۔ کون جانے، یہ جوانیاں میرے لئے ایندھن کا کام دے رہی ہیں، یا میں ان کے لئے۔۔ کوئی ہوس کی اولاد، راہ میں حائل نہیں۔ جسمانی تقاضے اور سمجھداری، تسکین کا روپ ہیں۔۔ جب انہیں چومتا ہوں، جب ان کی چولی میں ہاتھ ڈال کر ان کی چھاتیاں مسلتا ہوں، جب ان کی صندلی پنڈلیاں سہلاتا ہوں تو ان کی سپردگی کے عالم میں

زندگی کی انجانی لذتیں پھوٹ پھوٹ پڑتی ہیں۔۔۔ بس یوں سمجھ لو، میری بے چین طبیعت متوازن ہوتی چلی جارہی ہے۔۔۔"

اس خط کے بہت دنوں بعد راہی نے مجھے وہ خط لکھا جو میں نے کہانی کے شروع میں آپ کے روبرو رکھا ہے۔۔۔ ابھی تک راہی کے خیالات میں کوئی بنیادی تبدیلی نہیں آئی تھی۔

اس طرح قریب پندرہ برس گزر گئے۔۔۔ راہی کے خط آتے رہے۔ بہتر ہے میں یوں کہوں کہ حوصلہ افزا خط آتے رہے۔۔۔ ان خطوط سے میں جو کچھ جان پایا ہوں، مختصراً اپنے الفاظ میں بیان کرتا ہوں۔

راہی، بنگلور میں ڈولی اور پریما اور دوسری بہت سی ڈاکٹروں اور نرسوں سے ٹانکا جوڑے دن گزار رہا تھا۔ اس کی طبیعت میں اب وہ الجھاؤ نہیں رہا تھا جو پہلے اس کی طبیعت کا خاصہ تھا اور جس کی وجہ سے وہ ذہنی کرب میں مبتلا رہتا تھا۔ اس کی ایک وجہ یہ بھی تھی کہ اسے بنگلور میں من مطابق جنسی آسودگی میسر تھی۔ پھر اس کی صحت بھی بن گئی تھی جو کبھی اس کے لئے احساس کمتری کا باعث تھی۔۔۔ اس کے ماموں کی جیپ اس کے پاس تھی۔ اکثر وہ اپنا وقت گھومنے میں گزارتا تھا۔ اس طرح اس کے ذہن میں جو گرد تھی، وہ بیٹھ گئی تھی۔۔۔ پہاڑوں پر باغوں میں، جھرنوں پر اور آبشاروں پر وہ اپنا کھویا ہوا قلبی سکون پا چکا تھا۔ اس کے چہرے کی رنگت نکھر گئی تھی۔ اس کے بال کنپٹیوں پر سفید ہو گئے تھے اور اس کے توانا چہرے پر بھلے لگتے تھے۔۔۔

اس طرح قریب چالیس برس کی عمر میں وہ اپنی طبیعت کے عین مطابق خارجی حالات سے اور اپنی حسین اور مکمل جنسی آسودگی سے ایک صحت مند اور متوازن آدمی بن پایا تھا۔۔۔ اب اس کی صحت مند زندگی میں ایک کسک پیدا ہوئی۔ نتیجے کے طور پر وہ

ہسپتال کی ایک مریضہ سنتوش کے عشق میں گرفتار ہو گیا۔ سنتوش دبلی، پتلی، نازک مزاج، تعلیم کے زیور سے آراستہ، اکیس سالہ خوبصورت لڑکی تھی۔ سنتوش کا حسن بیمار، راہی کے لئے باعثِ ٹھنڈک تھا۔ جب وہ حریری ملبوس میں ہسپتال کی روش پر خراماں خراماں چہل قدمی کرتی تو راہی کے من میں، پہاڑ کی برف سے ڈھکی ہوئی چوٹی پر، ویران سے ڈاک بنگلے میں رہنے کی خواہش پیدا ہوتی، جہاں نرم نرم بستر پر وہ سنتوش کو آغوش میں لیے بیٹھا ہو، اس کے ٹھنڈے جسم کی مدھم آنچ محسوس کر رہا ہو اور زیر لب فراق کی رباعیاں گنگنا رہا ہو۔۔۔ اسی جذبے نے شدت پکڑ کر اسے ازدواجی زندگی کے راستے پر کھڑا کر دیا۔ اس کے من میں بچے کی آوازیں، چیخیں، مسکراہٹیں، دکھ سکھ ابھرنے لگے۔۔۔

اس نے سنتوش سے شادی کر لی اور مجھے لکھا، "میں انتقاماً ہنی مون منانے دلی آرہا ہوں۔ میں تمہاری دلی میں پہلا نارمل آدمی ہوں گا جو بچے کی تمنا کی پرورش اپنے دل کی دھڑکنوں سے کرتا ہے۔"

دلی میں راہی ہمارے یہاں ٹھہرا، شاید انتقامی جذبے کے تحت۔

اس کی بیوی سنتوش کے بارے میں صرف اتنا کہوں گا، وہ گلابی رنگ کی گڑیا سی تھی۔

پہلی رات گزارنے کے بعد راہی صبح صبح میرے کمرے میں آیا۔ وہ بہت حسین دکھائی دے رہا تھا، مگر بیمار سا بھی۔

میں نے پوچھا، "کیوں، بیمار ہو گیا!"

وہ کچھ دیر خاموش رہا۔ پھر اس نے کہا، "نہیں یار۔۔۔ سنو، ایک زندگی سے بھرپور لطیفہ سنو۔۔۔ وہ رات بہت دیر تک میری گود میں بیٹھی رہی اور جب میں اسے گود میں

لیے بستر کی طرف بڑھا، وہ جھینپی اور پھر دھیمے سے کہنے لگی، "مجھے۔۔۔مجھے بچوں میں کوئی دلچسپی نہیں!"

راہی کی آواز لرز سی گئی۔ پھر اس نے بڑی دلفریب مسکراہٹ کے ساتھ کہا، "یار، اس حسین شکست کے سہارے میرے زندگی کے باقی دن خوبصورتی سے گزر جائیں گے۔۔۔کیا خیال ہے تمہارا؟"

مجھے رشک آرہا تھا۔

***

فیصلہ

بلراج بخشی

سردی ہڈیوں کو چیرتی ہوئی محسوس ہو رہی تھی۔

جج مظفر علی رانا نے لحاف کو اور کس کر اپنے ارد گرد لپیٹا، شیر چائے کی چسکی لی اور ٹیلیوژن کی طرف دیکھا۔ چھوٹے پردے پر کوئی سوامی یوگا کے فائدے گنوانے کے بعد ذیابطیس کے علاج کے لیے یوگا کی مشقیں سمجھا رہا تھا۔ جب مجھے ذیابیطس ہو گی تو دیکھا جائے گا، رانا نے لاپرواہی سے سوچا اور ریموٹ کنٹرول سے چینل بدل دیا۔ یہاں کوئی جیوتشی مہاراج مسیحی کیلنڈر کے حساب سے تاریخ پیدائش کے مطابق دن بھر میں ہو سکنے والے واقعات کی پیشین گوئی کر رہے تھے۔ اس نے چینل بدلا۔ اب تین معروف صحافی جنوبی ایشیا اور مشرق وسطیٰ میں مغربی طاقتوں کی بالواسطہ یا بلاواسطہ مداخلت سے خطے میں نیوکلیائی جنگ کے امکانات پر بحث کر رہے تھے۔ رانا نے پھر چینل بدلا۔ یہ ایک نیوز چینل تھا۔ میزبان کہہ رہا تھا۔

"اور آج بارہویں دن بھی بھدرواہ کے علاقے کا باقی ملک سے زمینی رابطہ کٹا رہا۔ بارہ روز پہلے چار دن تک ہونے والی لگاتار بارشوں اور برفباری سے اونچے اونچے پہاڑوں سے بڑی بڑی چٹانیں کھسک آئی تھیں جس سے سڑک پر گاڑیوں کا چلنا بند ہو گیا اور دو سو سے زیادہ مال بردار اور مسافر گاڑیاں برف میں پھنس گئیں جن میں سوار تقریباً دو ہزار

مسافروں کے پاس انتظار کے سوا کوئی چارہ نہیں ہے۔ برف میں پھنسے مسافروں کو اب ہیلی کاپٹروں کے ذریعے نکالا جائے گا، ایسا کہا جارہا ہے۔ ہماری رپورٹر انجلی ورما وہاں موجود ہیں۔ انجلی وہاں کیا چل رہا ہے؟"

پردے پر منظر بدلا اور ایک جواں سال عورت سامنے آئی جس کے پس منظر میں برف ہی برف تھی۔ وہ گرم کپڑوں میں ملبوس تھی۔ اس کے سر پر سمور کی ٹوپی، ہاتھوں میں چرمی دست پوش اور گلے میں اونی مفلر تھا۔ جب وہ بولی تو اس کے منہ سے بخارات نکلنے لگے،

"جی۔۔۔ میں اس وقت جموں سے کشمیر جانے والے نیشنل ہائیوے NH-1A پر بٹوت کے مقام پر ہوں۔ یہاں سے ضلع کشتواڑ، ڈوڈہ اور بھدرواہ کے لیے اسی کلومیٹر سڑک الگ ہو جاتی ہے۔ یہ دیکھیے۔۔۔" اس نے اپنا ہاتھ ایک طرف اٹھاتے ہوئے کہا اور اس کے ساتھ ہی کیمرا بھی گھوم گیا" چاروں طرف برف ہی برف ہے۔ اس موسم میں برف تو ہر سال گرتی ہے اور دو تین دنوں کے لیے راستہ بھی بند ہو جاتا ہے مگر اس بار گیارہ دنوں سے راستہ بند ہے۔ چٹانوں کے کھسکنے کی وجہ درختوں کا بے تحاشہ کٹاؤ ہے یا موسم کا بدلاؤ، برف میں پھنسے لوگوں کو اس سے دلچسپی نہیں ہے۔۔۔ وہ تو صرف یہ جاننا چاہتے ہیں کہ ان کی پریشانیاں کب ختم ہونگی۔ یہاں کے ڈپٹی کمشنر نے ہمیں بتایا کہ ائر فورس کے ہیلی کاپٹروں نے مسافروں کے لیے نہ صرف کھانے کے پیکٹ بلکہ میڈیکل ٹیمیں بھی اتاری ہیں۔ وہ ہمارے ساتھ یہیں۔۔۔" اور بجلی چلی گئی۔

جج مظفر علی رانا نے سماوار سے خالی کپ میں شیر چائے انڈیلی اور چسکی لی۔ شیر چائے اور نون چائے دراصل کشمیر کا خاصہ ہیں لیکن جموں ڈویژن میں ہونے کے باوجود چونکہ ڈوڈہ اور کشتواڑ کے پہاڑی اضلاع کا سلسلہ کشمیر سے جا ملتا ہے اس لیے شیر چائے اور

نون چائے یہاں کے معمول کا بھی حصہ بن گئی ہیں۔ جبکہ عام چائے اسی وقت پی لی جاتی ہے لیکن ان چائیوں کو گھنٹوں رکھا جا سکتا ہے۔ شیر چائے نمکین یا میٹھی ہو سکتی ہے لیکن اس میں دودھ ضرور ہوتا ہے جبکہ نون چائے میں دودھ تو ہو سکتا ہے لیکن یہ نمکین ہی ہوتی ہے۔ رانا نے سموار کے پیندے میں لگی جالی کے اندر بجھتے انگاروں کو دیکھا۔ سموار میں موجود چائے کو گرم رکھنے کے لیے ان میں مزید کوئلے ڈالنے پڑیں گے، اس نے سوچا اور تانبے سے بنے سموار کی سطح پر کُندہ پھولوں اور بیلوں کے پیچیدہ نقش و نگار دیکھنے لگا۔ بیچارہ سموار، اس نے سوچا۔ نہ جانے کتنی صدیوں پہلے ازبکستان سے جانے کن دشوار گزار اور طویل راستوں کو طے کر کے یہ سموار کشمیر کی وادی میں پہنچا اور پھر یہاں کے گھریلو سامان کا لازمی حصہ بن گیا۔ لیکن اب الیکٹرک کیٹل اور تھرموس فلاسک کے بالمقابل مسلسل شکست خوردگی سے داستان پارینہ بنتا جارہا تھا۔

کلچر۔۔۔ رانا نے چائے کا ایک بڑا سا گھونٹ بھر کر سوچا، جدید تکنالوجی نے لاتعداد اشیائے آسودگی بنا کر اس لفظ کے معانی ہی بدل دیے ہیں۔ لیکن کلچر تو کبھی مستقل نہیں رہتا، یہ تو ہمیشہ تغیر پذیر ہوتا ہے۔۔۔ ایک یا دو ہزار سال کا کلچر تو آج کسی معاشرے کے پاس بھی نہیں ہے۔ کلچر تو بدلتا رہتا ہے، رانا نے سوچا اور پھر اسے خیال آیا کہ عدالت جانے کے لیے تیار بھی ہونا ہے۔

لحاف کی محفوظ حرارت سے باہر نہ نکلنے کی فطری خواہش کو بے رحمی سے نظر انداز کرتے ہوئے وہ طوعاً و کرہاً بستر سے اترا اور ذہنی طور پر برفیلے موسم سے نبرد آزما ہونے کو تیار ہونے کے لیے بڑی احتیاط کے ساتھ کھڑکی کا ایک پٹ کھولا لیکن پھر اسے غیر ارادی طور پر ایک قدم پیچھے ہٹنا پڑا۔ یوں لگا جیسے کسی نے کھڑکی کے باہر سے ڈھیر ساری سردی اس کے منہ پر دے ماری ہو۔ یکبارگی سارے جسم میں ایک کپکپی دوڑ گئی۔ چائے کا کپ

ابھی تک اس کے ہاتھ میں تھا۔ اس نے جلدی سے ایک گھونٹ بھر کر کھڑکی سے باہر دیکھا۔

حد نظر تک سفید چادر بچھی ہوئی تھی۔ برف کی تہ اس قدر دبیز تھی کہ باہر زمین کے خدوخال میں کسی قسم کا شناختی نشان نظر ہی نہیں آرہا تھا۔ حد نظر تک برفستان بن گیا تھا۔

"ساب۔۔۔"

رانا نے مڑکر دیکھا۔ یہ سرکاری اردلی سلیمان تھا جو صبح سے شام تک گھر اور عدالت میں اس کے ساتھ ہی رہتا تھا۔

"ساب۔۔۔ناشتہ کب لگاؤں۔۔۔؟"

"آج کیا ہے۔۔۔ناشتے میں۔۔۔؟"

"آلو ہیں۔۔۔اور۔۔۔پراٹھے۔۔۔"

جج رانا نے براسا منہ بنایا۔ نہ انڈے نہ مکھن۔

"ٹھیک ہے۔۔۔ میں آدھے گھنٹے میں آرہا ہوں۔۔۔" سلیمان واپس چلا گیا۔

وہ واپس مڑکر کھڑکی سے باہر دیکھنے لگا۔ آلو اور پراٹھے، اس نے مایوسی میں براسا منہ بنایا۔ پانچ دن پہلے ہی دکانوں پر انتہائی مہنگے داموں گوشت کی آخری بوٹی تک کے لیے لوگوں میں دھکم پیل کے ساتھ قصابوں کی منت سماجت کا وقت بھی چلا گیا۔ سبزیاں بھی کب کی ختم ہوگئی تھیں اور اب دالوں کی باری تھی۔ سنا ہے آج یا کل جموں سے راشن اور سبزیاں بذریعہ ہیلی کاپٹر منگوائی جارہی ہیں۔ برف کا قہر اب کے طویل ہوگیا ہے، رانا نے سوچا اور اچانک اسے احساس ہوا کہ صبح سے اس نے ایک سگریٹ بھی نہیں پیا اور اس کی وجہ تھی کمرے کی بند کھڑکیاں۔ دھوئیں کے اخراج کے لیے کوئی رخنہ بھی نہیں تھا اور

اس کی بیوی کو کمرے میں سگریٹ کا دھواں سخت ناپسند تھا۔

رانا نے کھڑکی کے مزید قریب ہو کر سگریٹ سلگایا اور ایک بھرپور کش لے کر منہ اور ناک سے دھواں نکالنے لگا۔ آلو اور پراٹھے، اس کا موڈ خراب ہو گیا۔ پانچ دنوں سے اس کی زبان گوشت کی ایک بوٹی کے لیے ترس گئی تھی۔

چھوٹا کشمیر کہے جانے والے بھدرواہ کا علاقہ پہلے ہماچل پردیش کا حصہ تھا جسے 1846ء کے آس پاس یہاں کے ایک مقامی جنگجو شگتو کوتوال نے چمبہ کے راجا سے آزاد کروا کر مہاراجا گلاب سنگھ کی عملداری میں شامل کر دیا۔ اور اب بٹوت سے یہاں تک اسی کلو میٹر لمبی سڑک ہی اس سارے خطے کی شہ رگ ہے۔ اس سڑک کے مسدود ہو جانے سے بازار میں اشیاء ضروریہ کا ذخیرہ تو پانچ چھ ہی دنوں میں ختم ہو گیا اور اب سرکاری گوداموں میں موجود اناج کے ذخیروں کی تقسیم کاری کا اہتمام کیا جا رہا تھا۔ ممکن الحصول گوشت کو تو مقامی آبادی، یہاں تعینات فوجی اور نیم فوجی سیکیوریٹی عملے نے کب کا ہضم کر لیا تھا۔ لیکن آلو اور پراٹھے! رانا نے نہ جانے کتنویں بار برا سا منہ بنایا۔ لیکن اس کا کوئی علاج نہیں تھا۔ اس نے ایک گہرا کش لیا اور برف پوش پہاڑی سلسلوں پر نظر دوڑانے لگا۔

بھدرواہ کا یہ چھوٹا سا قصبہ ایک وسیع و عریض وادی ہے جسے بہت اونچے اونچے پہاڑوں نے گھیر رکھا ہے جو گرمیوں میں بھی عموماً برف سے ڈھکے رہتے ہیں۔ پہاڑ اتنے قریب ہیں کہ یوں لگتا ہے جیسے ہاتھ بڑھا کر انہیں چھوا جا سکتا ہے۔ ان میں دیودار اور کائل کے درختوں سے بھرے جنگل ہیں جن میں ہرن سے لے کر ریچھ تک ملتے ہیں۔ اس موسم کے دوران صفر سے بھی نیچے گر جانے والے درجۂ حرارت میں صرف بہت سخت جان جانور ہی ان پہاڑوں میں رہ سکتے ہیں اور شکار تو ہمیشہ نیچے اتر آتا ہے۔ جب وہ کالج میں پڑھتا تھا تو اس موسم میں بارہ بور کی بندوق ہاتھ میں لے کر ماں کو کہتا تھا کہ وہ پیاز

کاٹ کر، لہسن اور ادرک پیس کر رکھے۔ اور پھر وہ سچ مچ ایک یا دو گھنٹوں میں جنگلی مرغ کا شکار کر کے لے آتا تھا۔ کئی بار عدیم الحصول نیل یا پاڑھا بھی ہاتھ لگ جاتا۔ اور یہ اتنی جلد ہو جاتا کہ لگتا تھا جنگل میں شکار نہیں کیا بازار سے خرید لائے ہیں۔ لیکن یہ پرانی بات ہے۔ رانا نے سگریٹ کا کش لگاتے ہوئے سوچا گزشتہ بیس برسوں میں ملی ٹینسی بڑھنے سے اب فائر کرنا تو درکنار، لائیسنس یافتہ بندوق لے کر چلنا بھی دشوار تھا۔ فائر کی آواز ہی سے سیکیوریٹی فورسز الرٹ ہو جاتی تھیں اور فائر کرنے والا دشواری میں پڑ سکتا تھا چاہے اس نے ہوا ہی میں فائر کیوں نہ کیا ہو۔

یہ ملی ٹینسی کا مثبت پہلو تھا، جج رانا تلخی سے مسکرا کر سر ہلانے لگا۔ جنگلوں میں جانور محفوظ ہو گئے تھے اور شکار بکثرت دستیاب تو تھا لیکن اب شکار کرنا مشکل ہو گیا تھا۔ شکار کی تعداد اتنی بڑھ گئی تھی کہ پچھلے کئی برسوں سے اس موسم میں اکثر لوگوں کے گھروں میں گھس آتا تھا۔ ملی ٹینسی کے بھی فائدے ہو سکتے ہیں، اس نے حیرت سے سوچا۔ جیسے دیر رات لوگوں کی مٹر گشتی کا ختم ہونا، ملی ٹینسی کے شکار لوگوں کو سرکاری ملازمتیں ملنا، سنیما گھروں کے بند ہو جانے سے اخلاقی قدروں میں اضافہ کے امکانات کا انتظار کرنا۔ اسکولوں میں ملی ٹینسی کے فوائد پر مباحث کروانے چاہئیں اس نے سوچا اور سگریٹ کے ختم ہونے سے پہلے ایک آخری کش لے کر اسے باہر اچھال دیا۔ وہ کھڑکی بند کر کے واپس مڑا۔

صبح کے ساڑھے آٹھ بج چکے تھے اور جج مظفر علی رانا کا عدالت جانے کا وقت ہو گیا تھا۔ اردلی سلیمان نے آکر اطلاع دی کہ پولیس کے دو باڈی گارڈ آ گئے ہیں۔ جج کی سرکاری رہائش گاہ سے احاطۂ عدالت تک محکماتی کار میں صرف پانچ منٹوں کا سفر تھا۔ لیکن برفباری کی وجہ سے کیونکہ گاڑیوں کی نقل و حرکت معطل تھی اس لیے پیدل سفر میں پندرہ بیس منٹ لگ جاتے تھے۔ حالانکہ مقدمات کی باقاعدہ سنوائی دس بج شروع ہوتی

تھی لیکن کئی قسم کے کاغذات اور دستاویزات کی رجسٹری کے لیے نو بجے کا وقت معین تھا اس لیے نو بجے اس کا عدالت کی کرسی پر ہونا ناگزیر تھا۔

رانا نے آخری بار قد آدم شیشے کے سامنے کوٹ کا کالر اور ٹائی کی گرہ درست کی اور کمرے سے باہر آگیا۔ بیگم کو سخت تاکید تھی کہ وہ سرکاری عملے کے آنے کے بعد سامنے نہ آئے اور پیچھے سے آواز بھی نہ لگائے۔ رانا سرکاری رہائش گاہ سے نکلا۔ اس کا بریف کیس ہاتھ میں لیے سلیمان اس سے ایک قدم پیچھے تھا اور دونوں سیکیوریٹی گارڈز دو قدم پیچھے۔ جج کے عہدے کے وقار کے لیے پولیس کے دو سپاہی حالآنکہ کافی تھے مگر ملی ٹینسی کے اس دور میں محافظوں کی یہ تعداد قطعی ناکافی تھی، پتہ نہیں کس فریق کے تعلقات کس ملی ٹنیٹ گروپ سے ہوں۔

رانا چلتا رہا۔ برف جم گئی تھی۔ مقامی بلدیہ کے ملازمین نے بڑی مشکل سے برف کاٹ کاٹ کر چلنے کے لیے راستہ بنایا تھا۔ سڑکوں اور گلیوں کی دونوں اطراف میں بنی ڈھلوان نالیوں میں پگھلتی برف کا پانی ایک واضح شور کے ساتھ نیرو نالے کی طرف رواں تھا۔ آج مطلع تو صاف تھا پر چمکتی ہوئی دھوپ ٹھنڈی تھی۔ سیری بازار سے گزرتے ہوئے اس نے دیکھا کہ بسوں، ٹیکسیوں اور مال بردار گاڑیوں پر جمی ہوئی برف آہستہ آہستہ پگھلنا شروع ہو گئی تھی۔ لوگ کشمیری چغے فِرن پہنے آجا رہے تھے۔ دکانیں خالی خالی تھیں۔

راستے میں رانا کو کئی لوگ ملے جو ادب سے سلام کر کے احتراماً سامنے سے ہٹ گئے۔ اپنے آبائی شہر میں بطور افسر تعیناتی کا مزہ ہی اور ہے۔ اپنے مخالفین یا وہ لوگ جو آپ کے خاندان کو خاطر میں نہیں لاتے تھے اور وہ بھی جو آپ سے لگّا کھاتے ہیں، جب ان کے ہاتھ بے ارادہ ہی سلام کو اٹھ جاتے ہیں تو اچھا لگتا ہے۔ یہ سوچ کر اسے اطمینان

محسوس ہوا کہ ان میں سے بہتیرے تھے جو بلا کسی غرض اس کی خوشنودی حاصل کرنے کے لیے کچھ بھی کر سکتے تھے۔ لیکن ان حالات میں ان سے بھی یہ توقع نہیں رکھی جا سکتی تھی کہ وہ رانا کے دستر خواں پر گوشت کی ایک قاب کا اضافہ کر سکتے، رانا نے سوچا اور اس کے منہ کا ذائقہ خراب ہو گیا۔ پانچ چھ دنوں سے بس دال اور چاول۔ یہ حکومت پتہ نہیں کب کچھ کرے گی۔ ہیلی کاپٹروں سے اگر آٹا، چاول اور سبزیاں آسکتی ہیں تو بکرے اور بھیڑیں کیوں نہیں یا کم سے کم برائیلر تو آہی سکتے ہیں۔ کیا حکومت میں کوئی بھی ایسا نہیں ہے جس کی عقل سلیم میں آئے کہ انسان بے شک ایک ہمہ خور جانور ہے لیکن گوشت خوروں کے لیے اس سے بڑھ کر کوئی سزا نہیں ہو سکتی کہ پانچ دنوں تک گوشت کی ایک بوٹی تک نصیب نہ ہو۔ وہ جھنجھلا گیا۔ اسے اس طرح غصے میں نہیں آنا چاہیے، اس نے سوچا، جھنجھلاہٹ میں کہیں کوئی غلط فیصلہ نہ ہو جائے۔ اس کے چہرے کے عضلات ڈھیلے ہو گئے اور وہ معمول پر آ گیا۔

اچانک ایک طرف سے کچھ شور سنائی دینے لگا جو بتدریج بڑھتا ہی گیا۔ رانا نے ادھر مڑ کر دیکھا۔ کوئی دس پندرہ لوگ جن میں زیادہ تر بچے تھے، دوڑتے ہوئے اسی طرف آ رہے تھے۔ کوئی پریشانی کی بات نہ ہو، اس نے سوچا اور تھوڑا ہٹ کر رک گیا۔ کوئی جلوس بھی ہو سکتا تھا۔ حالآنکہ بھدرواہ میں کبھی فرقہ وارانہ فساد نہیں ہوئے لیکن فرقہ وارانہ جلوس کبھی بھی نکل جاتے تھے اور ان کا محرک کچھ بھی ہو سکتا تھا۔ بارش ہو جائے تو جلوس نہ ہو تو جلوس۔ بارش کم ہو تو جلوس زیادہ ہو تو جلوس۔ لوگوں کی سوچ، ان کی عصبیتیں اور ذہنی تحفظات غیر منطقی طور پر کس قدر حساس ہو گئے ہیں اور یہ رجحان جمہوری طرز فکر کے عین مخالف ہے، رانا نے مایوسی سے سوچا۔

لوگ اور قریب آ گئے تھے۔ اسے یہ دیکھ کر کوئی خاص حیرت نہیں ہوئی کہ یہ ایک

لا کھا تھا۔ دوڈھائی کلو وزنی یہ جنگلی مرغ بالائی خطے میں شدید برفباری برداشت نہ کرسکنے کی وجہ سے نیچے اتر کر بستی میں بھٹک گیا تھا۔ جج مظفر علی رانا للچائی نظروں سے اسے دیکھنے لگا۔ لوگ اور قریب آ گئے تھے۔ یہ دس پندرہ لوگ تھے جو نیم حصار کی صورت اس کے پیچھے دوڑ رہے تھے مگر وحشت زدہ جنگلی مرغ بار بار ان کی گرفت سے چھوٹ رہا تھا۔ جنگل میں شکاری جانوروں سے درپیش لاتعداد خطرے جھیل کر جس مرغ نے ڈیڑھ دو سال کی زندگی گزار لی ہو وہ لوگوں کے ہاتھ کیا آئے گا۔ رانا کے اندر کا پرانا شکاری جاگنے لگا۔ کیوں نہ وہ جھپٹ کر گھر سے بارہ بور کی بندوق لے آئے؟ پھر اس نے اس شدید خواہش پر قابو تو پالیا لیکن اچانک اسے فضا میں بھنے ہوئے گوشت کی اشتہا انگیز مہک سی آئی اور جنگلی مرغ کی بڑی سی ٹانگ کو جبڑوں میں محسوس کرکے اس کی زبان پیشگی لذت سے سرشار ہونے لگی۔

"صاحب۔۔۔" اسے منہ چلاتے ہوئے غور سے دیکھ کر سلیمان نے کہا"۔۔۔ اگر یہ ہاتھ آجائے تو۔۔۔"

یہ غلط بات ہے کہ سلیمان نے اس کے خیالات پڑھ لیے، اس نے سوچا، ایک جج کو اپنے عہدے کا وقار رکھنا چاہیے۔ وہ کچھ نہ بولا۔

مرغ اب ایک جگہ کھڑا آس پاس دیکھ کر شاید نکل بھاگنے کا منصوبہ بنا رہا تھا۔ جنگل میں وہ ایسے بہتیرے معرکوں میں بچ کر نکل چکا تھا۔ لوگ آہستہ آہستہ گھیرا تنگ کرنے لگے اور پھر اس پر جھپٹے۔ لیکن ایک تیز رفرف کے ساتھ مرغ کبڈی کے کسی مشاق کھلاڑی کی طرح ان کے نرغے سے صاف نکل گیا۔

رانا کچھ دیر تک تو مرغ کے پیچھے بھاگتے لوگوں کو دیکھتا رہا پھر اپنے آپ کو روک نہ سکا۔ بے قابو ہو کر بولا،

"سلیمان۔۔۔ اسے کوئی نہ کوئی تو پکڑ ہی لے گا۔۔۔ جتنے روپے مانگتا ہے دے کر لے آنا۔۔۔ جاؤ۔۔۔"

سلیمان نے سر ہلا کر بریف کیس ایک باڈی گارڈ کے حوالے کیا اور خود لوگوں کے پیچھے چلا گیا۔

پورے نو بجے جج مظفر علی رانا اپنے چیمبر میں تھا۔ معمول کے مطابق دس بجے تک دستاویزات کی تسجیل کی کاروائی چلتی رہی۔ زمینوں کے وثیقے' رہن نامے' فروخت نامے' شراکت نامے وغیرہ۔ دس بجے سے پانچ منٹ زیادہ ہو گئے تھے۔ اس نے آخری دستاویز پر اپنے ہاتھ سے اندراج کر کے دستخط کر دیے اور فائلیں پرے سرکائیں۔ کلرک فائلیں لے کر چلا گیا۔ اس نے جیب سے کلاسِک کا پیکٹ نکال کر ایک سگریٹ کھینچا۔ پاس میں جلتے برقی روم ہیٹر سے سلگا کر ایک گہرا کش لیا اور کرسی کی پشتگاہ سے ٹک گیا۔

جج مظفر علی رانا عمومی طور پر ایک مطمئن شخص تھا اور اس کی خواہشات بھی کچھ زیادہ بلند نہیں تھیں۔ قانون کی ڈگری حاصل کرنے کے بعد اس نے کئی سال تک پریکٹس بھی کی تھی پر وکیل کی حیثیت سے زیادہ کامیاب ہونے کی حوصلہ مندی اس میں نہیں تھی۔ لیکن آٹھ سال پہلے جب بطور جج اس کی تقرری ہوئی تو وہ اپنی زندگی سے مطمئن ہو گیا۔ وہ مالی طور پر بھی اپنی ضروریات سے کچھ زیادہ آسودہ حال تھا۔ ان آٹھ برسوں میں اس کے پاس بہتیری پیشکشیں آئیں اور کئی معاملات میں اس نے انکار بھی نہیں کیا۔ لیکن اس کا ضمیر بے داغ تھا۔ اس نے کبھی بے انصافی نہیں کی اور اس بات کا ہمیشہ خیال رکھا کہ کسی کی حق تلفی نہ ہو۔ آج بھی ایک ایسا ہی مقدمہ درپیش تھا جس کے لیے اسے ایک وافر پیشکش کی گئی تھی اور اس نے حامی بھر لی تھی کیونکہ اس نے یوں بھی اسی فریق کے حق میں فیصلہ سنانا تھا۔

عجیب بات ہے، سگریٹ کا کش لے کر وہ سوچنے لگا۔ اس مہذب معاشرے میں لوگوں کی زندگیوں کو ایک نظام کے تحت چلانے کے لیے کتنے ادارے بنائے گئے ہیں۔ آپ نے کسی بھی طرح کسی بھی ادارے میں اور کسی بھی سطح پر ایک بار متعین ہونا ہے اور پھر آپ کو لوگوں پر اختیار مل جاتا ہے اور لوگ آپ کو کئی طرح سے خوش رکھنے کی کوشش کرتے ہیں۔ کمال کا سسٹم ہے، اس نے سوچا اور چونک پڑا۔

چیمبر سے ملحقہ عدالت کے کمرے سے اٹھا پٹک، دھب دھب اور شور کی آوازیں آرہی تھیں۔

کیا ہو گیا، اس نے گھبرا کر سوچا اور میز کے ایک کنارے پر لگا بزر دبایا لیکن کچھ دیر گزر جانے پر بھی جب کوئی نہ آیا تو اس کی تشویش بڑھ گئی۔ عدالت کے کمرے کی جانب سے آنے والی آوازوں کا حجم اب بڑھ رہا تھا اور اب ان میں لوگوں کی آوازیں بھی شامل تھیں۔ ایش ٹرے میں سگریٹ بجھا کر وہ تیزی سے دروازے کی جانب بڑھا اور دروازہ کھول کر عدالت کے اوپری حصے میں آیا۔

اس نے حیرت سے دیکھا کہ کمرۂ عدالت کی ایک بے سلاخ کھڑکی پر وہی جنگلی مرغ کھڑا تھا۔ کھڑکی کے باہر کھڑے لوگوں میں سے دو تین آہستہ آہستہ آگے بڑھے اور اس پر جھپٹے لیکن ایک انتہائی مختصر سی اڑان کے ساتھ وہ کڑکڑاتے ہوئے کمرۂ عدالت میں آکر سراسیمگی سے چاروں طرف دیکھنے لگا۔

جج رانا نے دیکھا کہ اس کا اردلی سلیمان دبے پاؤں چلتا ہوا عدالت کے کمرے کی کھڑکیاں بند کر رہا تھا اور عدالت کا ایک چپراسی بھی اس کے ساتھ تھا۔ اس نے دیکھا کہ اس کے ایک مسلح محافظ نے بھی اپنی رائفل ایک طرف رکھی اور ان کے ساتھ ہو لیا۔ ساری کھڑکیاں اور دروازے بند کر کے وہ سب انتہائی ہوشیاری کے ساتھ مرغ کی طرف

بڑھنے لگے۔ دراصل وہ اسے ایک کونے میں کھدیڑنے کی کوشش کر رہے تھے۔ آس پاس دیکھتے ہوئے مرغ بڑی ہوشیاری سے پیچھے ہٹ رہا تھا۔ اچانک مرغ نے رک کر ٹھاٹ بدلا۔ تینوں یکبارگی اس پر جھپٹے لیکن وہ جھکائی دے کر نکل گیا۔

لیکن رانا نے جو دم خم اس میں صبح دیکھا تھا وہ اب نظر نہیں آیا۔ کئی شکاری جانور جو اپنے سے بڑی جسامت کے شکار پر فوراً قابو نہیں پا سکتے وہ اسے دوڑا دوڑا کر بے دم کر دیتے ہیں اور پھر کسی کمزور لمحے میں اس پر جھپٹ پڑتے ہیں۔ انسان سے بہتر شکاری اور کوئی نہیں تھا اور یہ مرغ بھی اب واضح طور پر تھک چکا تھا، رانا نے سوچا۔ اس نے دیکھا کہ مرغ بار بار سر گھما کر کمرۂ عدالت کی تفصیلات کا بہ نظر غائر مشاہدہ کر کے اپنی سلامتی کے امکانات کا جائزہ تولے رہا تھا لیکن صاف محسوس ہو رہا تھا کہ وہ کوئی حتمی فیصلہ نہیں کر پا رہا ہے۔ حالآنکہ جنگل میں زندگی اور موت کے بیچ ایک لمحے سے بھی کم فاصلہ ہوتا ہے اور اپنی ڈیڑھ دو سال کی زندگی میں لاتعداد خطرات کا سامنا کر کے وہ کئی معرکے بھی سر کر چکا تھا لیکن تیزی سی زندگی اور موت کی جنگ بنتی جا رہی یہ جھڑپ، اسے لمحہ بہ لمحہ حواس باختہ کرتی جا رہی تھی۔

دراصل یہ ایک الگ ہی میدان جنگ تھا جو اس نے پہلے کبھی نہیں دیکھا تھا۔ اس کمرے میں جو کچھ بھی تھا اس کے لیے قطعی غیر مانوس تھا اور نہ ہی اسے جنگل والا ماحول دکھائی دے رہا تھا۔ درخت، جھاڑیاں، جنگلی بیلیں، چٹانیں، چھوٹے بڑے پتھر، گری ہوئی ٹہنیاں اور سوکھے پتے، کچھ بھی تو نہیں تھا۔ جنگل کی یہ چیزیں اس کی حفاظت میں سینکڑوں بار معاون ثابت ہوئی تھیں۔ اور پھر یہاں وہ شکاری جانور بھی نہیں تھے جن کی شکاری حکمت عملیوں سے وہ بخوبی واقف تھا اور انہیں کئی بار جل دے چکا تھا۔ انسان سے یہ اس کی پہلی مڈبھیڑ تھی اور وہ اس نئے حریف کی جنگجویانہ صلاحیتوں سے قطعی نابلد

تھا۔

اس کی زبان چونچ سے باہر نکلی ہوئی تھی اور وہ ہانپتے ہوئے گردن اچکا اچکا کر وحشت زدہ آنکھوں سے چاروں طرف دیکھ رہا تھا۔ اس کے سر کی ہر جنبش کے ساتھ سرخ رنگ کی اس کی بڑی سی کلغی تھرک رہی تھی اور چونچ کے نیچے گل پھڑا اضطراری طور پر تیزی سے پھیل اور سکڑ رہا تھا۔ اچانک وہ ٹھاٹ مارنے لگا۔

جج رانا بھی سب لوگوں کے ساتھ سانس روکے کھڑا تھا۔ یہ ایک انتہائی صبر آزما مرحلہ تھا۔ دراصل تحمل ہی شکاریوں کا سب سے مہلک ہتھیار ہوتا ہے۔ شکاری جانور جانتے ہیں کہ بے آواز سانس لیتے ہوئے طویل دورانیوں کے لیے گھات لگائے بیٹھے رہ کر شکار کے کار گر زد پر آنے کا انتظار کرنا ہی شکار کی بہترین حکمت عملی ہے۔

مرغ اب معمول پر آنے لگا تھا کیونکہ سلیمان، چپراسی اور باڈی گارڈ دیر سے بے حس و حرکت کھڑے رہ کر اسے احساس تحفظ کا بھرّا دینے کی کوشش کر رہے تھے تاکہ وہ مشتعل نہ ہو جائے۔ ہوشیاری کے ساتھ انہوں نے ایک بار پھر اس کے گرد گھیرا تنگ کرتے ہوئے بہ آہستگی سرک سرک کر ایک قدم بڑھایا اور کمال صبر سے اسے ایک کونے میں ہنکاتے گئے۔ وہ ہر حالت میں اب اسے پکڑ ہی لینا چاہتے تھے۔ اچانک مرغ نے اُلٹی زقند بھر کر فرش پر پنجے ٹکائے ہی تھے کہ سلیمان اس پر جھپٹا۔ یہ ایک قطعی غیر متوقع لیکن برموقع حملہ تھا۔ اڑنے کی ایک دل برداشتہ سی کوشش میں مرغ محض پنکھ پھڑ پھڑا کر رہ گیا اور سلیمان نے اسے دونوں ہاتھوں سے دبوچ لیا۔ لیکن مرغ کا بے طرح پھڑ پھڑاتا ہوا پنکھ اس کی آنکھ میں لگ گیا اور وہ درد سے چیخ پڑا۔ چپراسی اور باڈی گارڈ بھی اس پر جھپٹ پڑے اور پھر سب نے مل کر اسے قابو میں کر لیا۔ وہ اب بھی بہت اونچی آواز میں کڑ کڑا رہا تھا۔ کھڑکی کے شیشوں میں سے باہر کھڑے لوگ یہ تماشہ دیکھ رہے تھے۔

سب نے مل کر اس کی پشت پر دونوں پنکھوں میں گرہ لگا کر اس کی مشکیں کس دیں۔ سلیمان ایک پاؤں اس کے پھنسے ہوئے پنکھوں پر اور دوسرا اس کی ٹانگوں پر رکھ کر اس پر تقریباً بیٹھ گیا اور ایک ہاتھ سے اس کی گردن پکڑ کر چپراسی سے ہانپتے ہوئے بولا،

"چھری۔۔۔ چھری لاؤ۔۔۔ جلدی۔۔۔"

"یہاں چھری کہاں ہے؟" چپراسی نے حیرت سے کہا۔

"باہر۔۔۔ چائے والے کے پاس۔۔۔ جلدی کرو۔۔" اس نے بائیں آنکھ ملتے ہوئے کہا جہاں اسے پنکھ لگا تھا۔

چپراسی باہر بھاگا۔

مرغ رہ رہ کر چھٹپٹانے کی سعی کر رہا تھا لیکن اب اس کی مدافعتی کوششوں میں پہلے کی سی تندی و تیزی نہیں تھی۔ باڈی گارڈ کی مدد سے سلیمان نے اس کے سر کو موڑ کر اس کا گلا سامنے کیا۔ اتنے میں چپراسی نے آکر اس کے ہاتھ میں چھری تھمادی۔ اس نے چھری ایک طرف رکھ کر دونوں ہاتھوں کی انگلیوں کے دباؤ سے چونچ کھول کر اس کی زبان باہر نکالی اور دبا کر چونچ بند کر دی۔ جج رانا سکتے کے عالم میں یہ سب دیکھ رہا تھا۔

سلیمان نے اس کا سر موڑ کر اس کے گلے پر چھری رکھی اور زیر لب کچھ پڑھنے لگا۔ مرغ میں اب چھٹپٹانے کی قوت بھی نہیں رہی تھی۔ بقا کی طویل جدوجہد نے اسے تھکا دیا تھا اور مزاحمت کے مرحلوں سے گزر کر اب وہ شاید تن بہ تقدیر ہو گیا تھا۔ اس کی چونچ جج رانا کی طرف اٹھی ہوئی تھی اور اس کی آنکھیں رانا کی جانب دیکھتی محسوس ہو رہی تھیں۔ کیا یہ میری طرف دیکھ رہا ہے، رانا نے حیرت سے سوچا اور اسے لمحہ بھر کو لگا کہ وہ واقعی اسی کو دیکھ رہا ہے۔ رانا بھی کچھ دیر اس کی آنکھوں میں دیکھتا رہا۔

پھر جب سلیمان اس کے گلے پر چھری پھیرنے ہی والا تھا کہ رانا بے اختیار چیخ پڑا۔

"ٹھہرو۔۔۔"

سلیمان نے ہاتھ روک کر حیرت سے اس کی طرف دیکھا۔ رانا عدالت کے منبر سے اتر کر اس کے پاس آ گیا۔

"اسے چھوڑ دو۔۔۔"

سب اسے حیرت سے دیکھنے لگے۔ گوشت کے اس شدید ترین بحران میں بمشکل یہ ہاتھ لگا تھا اور جج صاحب کیا کہہ رہے تھے۔

"اسے چھوڑ دو۔۔۔" جج رانا نے پر سکون لہجے میں کہا۔ "یہ عدالت ہے ذبح خانہ نہیں۔۔۔"

اوہ۔۔۔ تو یہ بات ہے، سلیمان نے سر کو تفہیمی جنبش دیتے ہوئے سوچا۔ اس نے چھری چپر اسی کو دی، مرغ کو پاؤں کے نیچے سے نکال کر اس کی ٹانگوں پر دائیں ہاتھ کی مضبوط گرفت جمائی اور دونوں ہاتھوں سے بغل میں دبا کر آہستہ سے بولا،

"ٹھیک ہے۔۔۔ میں اسے گھر لے جاتا ہوں۔۔۔"

"نہیں۔۔۔" جج رانا نے سختی سے کہا، "میں نے کہا نا۔۔۔ اسے چھوڑ دو۔۔۔ آزاد کر دو۔۔۔"

سلیمان بے یقینی سے اس کی طرف کچھ دیر دیکھتا رہا لیکن پھر اس کی آنکھوں میں ارادے کی پختگی دیکھ کر کھڑکی کی طرف بڑھا۔

"نہیں۔۔۔" جج نے کہا "ادھر نہیں۔۔۔ اس طرف۔۔۔" رانا نے سامنے والی کھڑکی کی طرف اشارہ کیا جو نیچے ڈھلان کی طرف کھلتی تھی اور خود بھی کھڑکی کے پاس آ کر کھڑا ہو گیا۔ سلیمان نے ایک بار پھر جج کی طرف دیکھا کہ شاید وہ ارادہ بدل دے مگر جج نے سر کو ہلاتے ہوئے اسے آگے بڑھنے کا اشارہ کیا۔ سلیمان نے کھڑکی کے پاس آ کر

مرغ کے پنکھ کھولے، اسے باہر اچھالا اور خود پیچھے ہٹ گیا۔

رانا نے دیکھا کہ پنکھ پھڑ پھڑاتے ہوئے مرغ سلامتی سے برف پر اتر گیا اور گردن اچکا اچکا کر سرعت سے چاروں اطراف میں دیکھنے لگا جیسے کسی نئے خطرے کا اندازہ کر رہا ہو۔ لیکن آس پاس کوئی نہیں تھا۔ حد نظر تک بے داغ اور پر سکوت برف دیکھ کر وہ کچھ مطمئین ہوا اور بہت زور زور سے پنکھ پھڑ پھڑانے لگا یہاں تک کہ اس کے پروں میں ہوا ابھر گئی اور وہ پھول کر پنجوں پر اٹھ گیا۔ پھر آہستہ آہستہ معمول پر آیا اور آس پاس دیکھنے لگا۔ یہ اس کا مانوس منظر نامہ تھا۔ پھر اس نے پیچھے مڑ کر کھڑکی سے جھانکتے ہوئے رانا کو دیکھا۔

کیا یہ میری طرف دیکھ رہا ہے؟ رانا نے سوچا۔ کیا اسے احساس ہے کہ میں نے اس کو یقینی موت سے بچایا ہے۔ مگر یہ کیسے ہو سکتا ہے!

مرغ واپس مڑ کر کچھ قدم چلا لیکن پھر رک کر کھڑکی کی طرف دیکھنے لگا۔

اوہ۔۔۔ یہ تو واقعی میری طرف دیکھ رہا ہے۔ رانا نے حیرت سے سوچا۔

اچانک مرغ نے سر اٹھا کر دو فلک شگاف بانگیں لگائیں پھر کچھ دیر بعد ایک جھٹکے کے ساتھ واپس مڑا اور بڑے اعتماد کے ساتھ چھلانگیں لگاتا ہوا ڈھلان پر اترتا چلا گیا۔

جج مظفر علی رانا اسے جاتے ہوئے دیکھتا رہا۔ جب وہ نظروں سے اوجھل ہو گیا تو اس نے طویل سانس لی۔ وہ

واپس مڑ کر عدالت کے منبر پر آیا اور اپنی نشست پر بیٹھ گیا۔ تھوڑی دیر تک کچھ سوچتا رہا اور پھر جب سبھی لوگ کمرۂ عدالت سے باہر چلے گئے تو کورٹ کلرک سے بولا،

"نیکسٹ کیس۔۔۔"

***

جب میں نے ذات چھپائی

بابو راؤ باگل

اپنی ذات چھپانے کی وجہ سے مجھے ایک بہت بڑی مصیبت سے دو چار ہونا پڑا تھا۔ اس واقعہ کی یاد آتے ہی سارے بدن میں آگ سی لگ جاتی ہے، دماغ جھنجھنا اٹھتا ہے اور ایسا محسوس ہونے لگتا ہے کہ بد نصیبیوں سے بھرے اس دیش میں غلطی سے بھی دلت برادری میں جنم نہیں لینا چاہیے۔ دلت ذات میں جنم لینے کے جرم کی پاداش میں اس قدر دکھ، پریشانیاں اور دلتیں ذلتیں برداشت کرنی پڑتی ہیں کہ دل ودماغ ایسی زندگی سے موت کو بہتر سمجھتے ہیں۔ جی چاہتا ہے کہ زہر کھاکر اس زندگی کو فنا کر دیں۔ اندر کا امرت سڑ جاتا ہے، خدائی صفات، اخوت محبت کے جذبات سسک سسک کر دم توڑ دیتے ہیں اور کچھ باقی رہ جاتا ہے تو صرف ایک ہیجان، برافروختگی، انتشار، حیوانیت، نفرت اور چڑ۔

ایسی ہی نفسیاتی اور ذہنی اذیت سے مجھے ایک دفعہ گذرنا پڑا تھا۔ اگر میں وہاں کچھ اور دن اپنی ذات چھپائے رکھتا تو یقینا پاگل ہو جاتا یا پھر سانپ کی مانند سارا زہر اپنے اندر جذب کر کے بمبئی لوٹتا۔ یہ تو اچھا ہوا کہ جس دن مجھے تنخواہ ملی اسی رات رام چرن تیواری کے گھر میرے سامان کی چوری ہوگئی اور چور نے ایک ذات چھپانے رکھنے والے چور کی چوری کا بھانڈا پھوڑ دیا اور رام چرن تیواری نے میری اپنے استاد کی اچھی طرح سے مرمت کی۔ خوب لاتیں اور گھونسے لگائے مگر کاشی ناتھ سکپال نے عین موقع پر وہاں پہنچ کر

اجتماعی غیظ و غضب کے جہنم سے باہر کھینچ کر میری جان بچائی۔

وہ واقعہ اس طرح رونما ہوا پو پھٹنے کے ساتھ ہی میں ادھنا اسٹیشن پر اترا اور سیدھے انجن شیڈ کی طرف چل دیا۔ نوکری ملنے کی خوشی میں میرا دل ماہ اساڑھ کی مانند جارحانہ اور موسم برسات کی طرح فاتح اور سرسبز شاداب ہو رہا تھا۔ اپنی اسی اندرونی قوت کی وجہ سے میرے دل میں کوئی خدشہ تھا نہ خوف، نہ ہی مجھے کوئی پرایا، غیر لگ رہا تھا۔ مجموعی طور پر تمام حالات بڑے فرحت بخش تھے۔ ان چاہی یاد کھ دینے والی کوئی بات بھی ہو سکتی ہے، مجھے اندیشہ تک نہ تھا۔ میرا جسم دل اور دماغ ایک نئی قوت سے متحرک و مسرور تھے۔ اس وقت مجھے کوئی فکر تھی نہ ہی کوئی پریشانی۔ مجھے یقین تھا کہ قدم جہاں رکھوں مضبوطی سے جمالوں گا، کامیابی و کامرانی میرے قدم چومے گی۔ میں رات بھر ٹرین میں بیٹھے بیٹھے طرح طرح کے سپنے سجاتا رہا تھا۔

نسیم صبح کے ٹھنڈے جھونکوں کی مانند آگے بڑھتے ہوئے مزدوروں کے گروہ کو میں نے آواز دی اور سبھی مزدور رک گئے۔ ان میں سے بائلر فٹر نے مجھے پوچھا، "کیم بھائی، سوں چھے ؟"

میں نے بھی صاف ستھری گجراتی میں اپنے مقصد کی وضاحت کی۔ رنچھوڑ فوراً ہی مجھے کمرہ دینے کے لیے تیار ہو گیا اور اس کا حیرت زدہ ساتھی مجھے تکتا ہی رہ گیا۔ میری ٹوپی، کوٹ، دھوتی، کولہاپوری چپل، ایک ہاتھ میں مائیکوفسکی کی نظموں کی کتاب اور دوسرے ہاتھ میں ٹرنک اور اس پر بندھے ہوئے بستر کو ہر کوئی حیرت و استعجاب سے دیکھ رہا تھا۔ ان سبھی کے چہروں پر محبت و احترام کے ملے جلے جذبات امڈتے دیکھ کر نوکری ملنے کی وجہ سے پہلے ہی سے مسرور میرا دل کسی رنگیلے معشوق کی طرح مہکنے، بہکنے لگا تھا۔ اس طرح شادمانی و شادکامی سے سرشار میرا من ناچنے ہی لگا تھا کہ رنچھوڑ نے ڈرتے ڈرتے

مجھ سے پوچھ ہی لیا، "لیکن آپ کی ذات کیا ہے ؟"

یہ سنتے ہی میں نے گرجتے ہوئے کہا، "تم نے مجھ سے ذات کے بارے میں کیوں کر پوچھا؟ کیا تم کو دکھائی نہیں دیتا کہ میں کون ہوں؟ میں بمبئی کا رہنے والا ہوں سچائی کا عاشق، سچائی کا پجاری، سچائی کے لیے مر مٹنے والا۔ علم و ہنر کا دھنی، دیش کو شکتی و مکتی دینے والا۔ سمجھے! یا تمام تفصیلات دوبارہ بتاؤں ؟"

اپنی کامیابی کی خوشی میں مست اتنا کہہ کر میں آگے بڑھ گیا۔ رات بھر خوابوں اور منصوبوں کے جھولوں پر ہچکولے لیتا ہوا میرا من تیزی سے آگے بڑھتا رہا تاہم ان لوگوں کی سرگوشیاں مجھے صاف سنائی دے رہی تھیں دیوجی کہہ رہا تھا، "ارے رنچھوڑ، اسے مت چھوڑ، جانے نہ دے، کرایہ نہ ڈبا۔ مراٹھی آدمی ہے۔ نڈر ہے۔ شاید برہمن ہو گا یا چھتریہ۔ دوڑو، بھاگو، آواز دو۔" لیکن میرے پہلے ہی وار کے گھائل، رنچھوڑ میں اتنی سکت نہ تھی کہ وہ میرے قریب پھٹکنے کی جرأت بھی کرتا مگر لوگوں کے اصرار پر ڈرتے ڈرتے وہ میرے قریب آیا اور دھیمی آواز میں بڑے انکسار سے کہنے لگا، "دیکھئے آپ برا نہ مانئے، نئے آدمی سے تو اس کی ذات پوچھتے ہی ہیں، یہ تو اپنے دیش کا رواج ہے۔ میں نے آپ کو کمرہ دے دیا، بات پکی سمجھئے۔ لیکن کرایہ پانچ روپئے لوں گا۔"

دیوجی رنچھوڑ کی بات کاٹ کر کہنے لگا، "بھائی اپنے ذات والوں کے ساتھ تو مٹی بھی کھائی جا سکتی ہے، لیکن پرائی ذات کے ساتھ ہاتھی پر بیٹھ کر گھوما نہیں جا سکتا۔ آپ کی طرح کا آدمی دھیڑ یا نچلی ذات کے لوگوں کے ساتھ تو نہیں رہے گا، چوروں کے گھر رہ کر اپنی تباہی و بربادی کو خود ہی دعوت نہیں دے گا۔"

"کم سے کم آپ میرے سامنے تو ایسی باتیں نہ کریں، میں نئے بھارت کا نیا سپاہی ہوں، ہم سبھی بھارت کے معمار و نقاش ہیں، کوئی دھیڑ، چمار، برہمن نہیں۔"

"ہم سے غلطی ہوئی۔"

"بلاشبہ، اسی لئے تو ہمارا بھارت، سنہرا بھارت، جس کے سنہری بھنڈار بھرے ہوتے تھے، بھکاری ہو گیا ہے۔ سمجھے۔"

"لیکن کھولی کی بات تو پکی ہوئی نا، آئیں گے نا آپ؟" رنچھوڑ گویا میری منت سماجت پر اتر آیا۔

"سوچ کر بتاؤں گا۔"

"بھلا اس میں سوچنے کی کیا بات ہے، میری کھولی بہت اچھی ہے، پاس ہی کنواں ہے، امرائی ہے، رنگ برنگے پرندے روزانہ وہاں آتے ہیں، چہچہاتے ہیں، پھدکتے ہیں، میری طرف سے تو بات پکی سمجھئے۔" رنچھوڑ کی بے بسی، اس کی التجاؤں اور عجز وانکسار کے باعث میں نے دل بڑا کر کے ہاں کہہ دیا۔ رنچھوڑ کے چہرے پر اطمینان کی لہر دوڑ گئی۔ وہ خوش ہو کر اصرار کرنے لگا، "چلو، چائے پی آئیں۔"

"چلئے میں آتا ہوں۔" میں نے کہا اور وہ اپنے دوستوں کے ساتھ آگے بڑھنے لگا۔ کبھی ویگنوں کی قطاروں کو پار کرتا ہوا، کبھی اوپر اور کبھی نیچے سے ہوتا ہوا ایک میلی کچیلی ویگن میں داخل ہو گیا۔ یہ چائے، ناشتہ کی کینٹین تھی۔ اندر پیر دھرنے تک کی جگہ نہیں تھی مگر وہ اندر گھس ہی گیا اور وہاں سے ہاتھ ہلا ہلا کر مجھ سے کچھ کہہ رہا تھا کہ میں نے سنا، "مہار۔" میرے کانوں میں جیسے کسی نے پگھلتا ہوا سیسہ انڈیل دیا۔

'مہار؟" رنچھوڑ نے منھ پھیر کر چلانے کے انداز میں کہا تو پنچھی کی طرح قلابازیاں کھاتا ہوا میرا یہ من اچانک دھم سے زمین پر گر پڑا۔ پر جوش، توانا و تندرست میرا جسم بے جان سا ہو گیا میرا جسم ٹھنڈا ہونے لگا اور رگوں میں خون منجمد ہوتا ہوا محسوس ہونے لگا۔ کچھ لمحوں قبل ہی باتوں کے الفاظ بھوت بن کر میری نگاہوں کے سامنے ناچنے لگے۔

میں دیوار بنا کھڑا رہا۔

ابھی کچھ دیر پہلے، جوشیلے انداز میں میں نے اپنی جو خصوصیات و فضائل بتائی تھیں، ان سے متاثر ہو کر ان مزدوروں نے منو کے ماننے والوں کے دھرم کے مطابق میری ذات کا تعین کر لیا تھا اور اب کینٹن میں کسی نے مجھے دھلے ہوئے چاول سے کنکر کی مانند نکال پھینکا تھا۔ اب کیا کرنا چاہیے۔ میں اس گتھی کو سلجھانے میں مصروف ہی تھا کہ رنچھوڑ کا سوال میرے کانوں سے ٹکرایا۔

"تیواری جی، مہار یعنی کیا؟"

تیواری نے وضاحت کی، "مہار یعنی مہاراشٹرین، شری شیواجی کے لوگ لڑنے والے۔"

"جی نہیں پنڈت جی۔ میں ڈاکٹر بابا صاحب امبیڈکر کی ذات کا ہوں، انہیں کی برادری کا، مجھے کاشی ناتھ سکپال کہتے ہیں، بمبئی کا رہنے والا ہوں، کالا چوکی علاقہ کا۔" کاشی ناتھ کی صاف گوئی اور اس کے لہجے میں کھنکھناہٹ سے میری جان میں جان آئی، کپکپی تھمنے لگی۔

تیواری نے فورا کہا، "نچلی ذات، یعنی اچھوت۔"

"آپ نے درست معنی بتائے پنڈت بھیاجی۔" کاشی ناتھ نے ترکی بہ ترکی جواب دیا۔ تیواری کہاں ماننے والا تھا۔ چلا کر کہنے لگا، "مارو سالے ڈھیڑ کو۔"

"مارو۔۔۔مارو۔۔۔" اندر بیٹھے ہوئے سبھی لوگوں نے اپنی آوازیں ملائیں۔

کاشی ناتھ نے چائے کی پیالی، جسے وہ اپنے ہونٹوں تک لے جا چکا تھا، زمین پر پھینک دی اور دونوں ہاتھ جیب میں ڈال کر سینہ تانے کھڑا ہو گیا اور گرجدار آواز میں کہنے لگا، "آؤ، کوئی بھی آؤ۔ تیواری تو آ، رنچھوڑ تو آ، بڈھے تو آ، موٹے، جاڑیے تو آ، کوئی بھی کتنے

بھی آؤ۔ ایک، دو، تین، آؤ، آؤ، اٹھو" لیکن کسی میں اتنی ہمت نہ تھی کہ اٹھ کر کاشی ناتھ کا مقابلہ کرتا۔ سب لوگ ایک ٹک کاشی ناتھ کو دیکھے جا رہے تھے۔ اس کا غصہ بڑھنے لگا اور وہ انہیں للکار للکار کر کہہ رہا تھا۔

"ابھی جا کر تمہارے فورمین کو انڈین کانسٹی ٹیوشن سناتا ہوں، تم سب کو دودھ سے مکھی کی طرح نوکری سے نکلوا دوں گا، سب کو جیل کی ہوا کھلاؤں گا، تم لوگوں نے سمجھ کیا رکھا ہے؟" کاشی ناتھ نے آگ بگولہ ہو کر کہا اور بڑے رعب و جلال کے ساتھ قدم ڈالتا ہوا چلا گیا۔

سبھی لوگ حیران و پریشان بیٹھے رہ گئے، مانو کاٹو تو لہو کی ایک بوند تک جسم سے نہ نکلے۔ سبھی اندر اندر کانپ رہے تھے۔ ان میں سب سے زیادہ بے چین دبلا، پتلا، گھنے بالوں والا، نانا جی پانچال دکھائی دے رہا تھا۔ وہ مسلسل فورمین کی آفس کی جانب دیکھے جا رہا تھا کہ اچانک چلا چلا کر کہنے لگا، "بھاگو رے بھاگو وہ بمبئی کا دھیڑ فورمین کو ادھر لے آیا تو ہماری نوکری چلی جائیں گی، ستیاناس ہو جائے گا، بھاگو۔"

سب کو وہاں سے کھسکنے میں عافیت نظر آنے لگی۔ لوگوں کو پریشانی کے عالم میں وہاں سے نکلتے دیکھ کر تیواری کڑک کر کہنے لگا، "بیٹھو یار بیٹھو، میں ہوں نا یہاں، بھائی سے کہہ کر اسے یہاں سے چلتا کر دوں گا، بیٹھو، " اس کا بھائی فورمین کلرک تھا۔ کچھ لوگوں کو تسلی ضرور ہوئی، لیکن کچھ لوگوں کی زبانیں تیزی سے چلتی رہیں اور وہ کاشی ناتھ کو گالیاں دیتے ہوئے انجن شیڈ کی طرف بڑھنے لگے۔ ان کا غصہ اور کاشی ناتھ کے تئیں نفرت نیز اس کی بربادی کے منصوبے دیکھ، سن کر مجھ اتنا دکھ ہوا کہ سانس لینا دوبھر ہو گیا، جی چاہتا ہے کہ اسی لمحے بمبئی واپس چلا جاؤں، اپنے اندر غم و غصہ کی اٹھتی ہوئی شدید ترین لہروں کے باوجود، اپنی معاشی پریشانی اور زبوں حالی کا تصور کرتے ہی بیمار بیل کی

مانند میری گردن جھک گئی اور قدم خود بخود فورمین کے دفتر کی سمت اٹھنے لگے۔

میری جھکی ہوئی گردن اور لڑکھڑاتی چال دیکھ کر دیوجی نے آگے بڑھ کر ہمدردی جتاتے ہوئے کہا، "ٹھاکر یہ اچانک کیا ہو گیا آپ کو؟ کہیں بخار تو نہیں چڑھ گیا؟ لائیے ٹرنک مجھے دے دیجئے۔ فوراً جائیے اور اس بمبئی کے دھیڑ سے پہلے اپنی حاضری لگا دیجئے ورنہ وہ کمبخت آپ سے سینئر ہو جائے گا۔ سالا بھوت کی طرح بھیانک ہے۔ ہو آیئے تب تک میں آپ کا سامان سنبھالتا ہوں۔ یہاں چور بہت ہیں، سالے یہ سبھی دھیڑ چمار چور ہوتے ہیں۔"

"جی نہیں۔" اپنی ذات کا بھید کھل جانے کے خوف سے اور اس کے ذات پات بھید، بھاؤ کے کٹڑپن کی وجہ سے اس کی ہمدردی کی قدر نہ کرتے ہوئے میں آگے بڑھنے لگا۔ ہر ہر قدم پر مجھے خود ہی سے ڈر لگ رہا تھا۔ میرا ضمیر مجھے فورمین کے آفس جانے سے روک رہا تھا۔ ایک عجیب سی رسہ کشی مجھے اپنے اندر چلتی ہوئی محسوس ہوئی تھی۔ میری حالت تختہ دار پر بڑھتے ہوئے قیدی کی سی تھی۔ کسی طرح میں فورمین کے دفتر کے دروازہ پر پہنچ ہی گیا اور اپنی فکروں میں الجھا ہوا چپ چاپ، بے سدھ کھڑا تھا کہ اسی اثنا میں کاشی ناتھ بجلی کی سی تیزی سے زینے اترنے لگا۔

مجھے ایک دھکا سا لگا، میں نے اس کا ہاتھ پکڑ کر کہا، "ٹھہرو" مجھے بتاؤ!" آگ ہوئے کاشی ناتھ نے غصہ سے مجھ سے ہاتھ چھڑایا اور جیب سے کھلا چاقو نکال کر چلایا، "ہٹ جاؤ، مار ڈالوں گا۔"

"ارے تم پر کیا بیتی، میں سننا چاہتا ہوں۔ میں بھی بمبئی کا ہوں اور تمہاری ہی۔۔۔"

رنچھوڑ کو قریب آتا دیکھ کر 'ذات' کے یہ الفاظ میں نے نگل لئے۔ کاشی ناتھ نے غصیلے لہجے میں مختصراً اپنے ساتھ پیش آئے ذلت آمیز واقعات بیان کیے اور ایک پل بھی وہاں

نہیں رکا۔ اس کی دکھ بھری پپتا سن کر میرا خون بھی کھولنے لگا۔ ضمیر مصلحت کوشی پر غالب آنے لگا اور نوکری نہ کرنے کے ارادہ سے میں سیڑھیاں چڑھنے لگا آخرش میں ماتا پرساد تیواری کے ٹیبل کے سامنے اس انداز میں کھڑا ہو گیا جیسے پھانسی کا پھندہ اپنے گلے میں ڈالے کوئی شہید۔ ماتا پرساد کے قریب ہی اسٹول پر رام چرن تیواری بیٹھا ہوا تھا۔ دونوں بھائیوں کی آنکھوں میں خون اتر آیا تھا۔ ان کی یہ حالت دیکھ کر میں بھی مرنے مارنے پر آمادہ ہو گیا تھا۔

"کیوں رے اس آوارہ اچھوت سے کیا باتیں کر رہا تھا تو؟"

ان کا غرور توڑنے کے لیے میں نے کہا، "اچھوت؟ کون اچھوت؟ آگ بھی اچھوت ہے، سورج بھی اچھوت ہے، موت اور زندگی کے عظیم عناصر خمسہ بھی اچھوت ہیں"

"کیا مطلب۔ کیا تو بھی بمبئی کا۔۔۔؟"

"نوکری سے بے نیاز و بے خوف ہو کر میں نے فوراً جواب دیا، "بے شک میں بمبئی کا۔ ایک انقلابی شہر کا۔ ایک ایسے شہر کا جس نے کئی انقلابوں کو جنم دیا ہے۔ باسی ہوں، منو نے جس دیش کا ملیامیٹ کر دیا تھا، بمبئی واسیوں نے اسے مکتی دلوائی۔ اسی بمبئی شہر کا میں ایک محنت کش شہری ہوں۔ میرے یہ ہاتھ بھارت کی ترقی کے رتھ ہیں۔" میں نے سنسکرت آمیز ہندی میں انہیں دوٹوک جواب دیا۔

"کیا۔۔۔؟" اس نے ہڑبڑا کر پوچھا، رام چرن کی آنکھیں حیرت سے بھر آئیں اس کے پوچھنے پر میں نے وہی باتیں دہرا دیں۔

"اس دھیڑ کی باتیں سن کر مجھے بمبئی کی ہشیاری مت دکھاؤ۔ میں ماتا پرساد ہوں۔" اب چپ بیٹھنا میرے لئے بھی آسان نہ تھا۔ (ایک لمحے کے التوا کے بغیر) میں نے فوراً ہی

دوٹوک جواب دیا۔

"میں فلاح عامہ کا، نئے سکھوں کا علمبردار ہوں۔ انسانی حقوق اور سکھوں کے لیے لڑنے والا، مر مٹنے والا ایک سپاہی ہوں، میری اپنی ایک پہچان ہے، بمبئی میرا گاؤں ہے۔"

"بکواس بند کرو۔۔۔"اس نے جھلا کر کہا۔

"میں بکواس نہیں کر رہا، میں تو نئے بھارت کا منتر سنا رہا ہوں، نئی زبان میں ایک نئے بھارت سے آپ کو متعارف کرا رہا ہوں۔"

"چپ، سیدھی بات کرو ورنہ۔۔۔"

"میں تو صاف اور سیدھی بات کہہ رہا ہوں۔ میں ایک محنتی ناگرک ہوں۔ منو کے اس بچھڑے ہوئے دیش کو ایک نیا روپ ایک نئی آب و تاب دینے والا۔"

"کیا آپ شاعر بھی ہیں۔" رام چرن کے چہرے پر خوشی پھیل گئی، وہ پسندیدہ نگاہوں سے مجھے دیکھنے لگا۔ اس لیے میں نے بڑی نرمی سے کہا،"ہاں تیواری جی۔۔۔"رام چرن کھل اٹھا اور "واہ، واہ" کہتے ہوئے مجھ سے ہاتھ ملانے کے لیے اپنے دونوں ہاتھ آگے بڑھا دیے۔ اسی وقت ماتا پرساد چلایا، "رام چرن۔۔۔" اور رام چرن اپنا سا منہ لئے نیچے بیٹھ گیا اور ماتا پرساد نے بڑے حقارت آمیز لہجہ میں قلم دوات میں ڈبوتے ہوئے مجھ سے پوچھا، "نام کیا ہے؟" پل بھر میں اپنی مفلسی بیکاری، بے سروسامانی، اپنی مشکلوں اور پریشانیوں کے سارے مناظر میری آنکھوں میں دوڑ گئے اور نوکری حاصل کرنے کی چاہ زور پکڑنے لگی۔ میں نے مؤدب ہو کر اپنا نام بتایا۔ اپنے غیر مہذب لہجے کے لیے مجھے افسوس ہونے لگا میں نے اس سے معافی مانگی۔ وہ خوش ہو گیا مسکراہٹ اس کے چہرے پر بکھر گئی۔ اس نے مجھ سے کے کہا، "تو ہندی تو بہت صاف ستھری بولتا ہے۔ بالکل ہم برہمنوں کی طرح۔"

میں نے اسے مزید بڑا پن دیتے ہوئے نرم لہجے میں کہا، "صاحب ہندی زبان سے سنت کبیر اور تلسی کی، شری نرالاجی اور پریم چند کی" میرا یہ جواب سن کر رام چرن مسکرانے لگا۔ ماتاپرساد نے رعب سے پوچھا، "سرٹیفکیٹ کہاں ہے؟"

میں نے ایک لمحے کے لیے سوچا اور بڑے انکسار سے کہا، "غلطی سے گھر رہ گئے ہیں۔" اب میں مشاہدہ کر رہا تھا کہ میں کہاں تک کامیاب ہوا ہوں۔

"اچھا، کہاں تک پڑھے ہو؟"

"نون میٹرک۔ فنون لطیفہ اور ادب میں زیادہ دلچسپی کی وجہ سے تعلیم جاری رکھنے کی خواہش نہیں ہوئی۔"

"یہیں تو مار کھا جاتے ہیں ہم لوگ اور دھیڑوں، چماروں کو موقع مل جاتا ہے وہ پھٹاپھٹ آفیسر، منسٹر بن جاتے ہیں اور ریلوے میں تو خصوصاً انہیں اتنی سہولیات میسر ہیں کہ وہ سور کاشی ناتھ جب چاہے کلرک بھی بن سکتا ہے۔ وہ بھی تمہاری طرح نون میٹرک ہے۔ تم دونوں اگر ایک ساتھ کلینر ہو تو وہ کلینر ہوتے ہی فائر مین، ڈرائیور، کنٹرولر بن جائے گا اور تم کلینر ہی رہو گے۔ اسی لئے تم سرٹیفکیٹ فوراً منگوالو۔ سمجھے!"

"جی صاحب!" میں نے بناوٹی احترام سے جھک کر کہا، میں دل ہی دل میں یہ طے کر چکا تھا کہ چاہے کچھ بھی ہو جائے اپنے سرٹیفکیٹ نہیں دکھاؤں گا۔

"جاؤ! تم دیر سے آئے ہو لیکن میں نے تمہیں ہی سینئر کیا۔ تمہارے آنے سے پہلے ہی رنچھوڑ نے مجھے بتا دیا تھا اور ہاں اس کمبخت سے ذرا دور ہی رہنا، اس نالائق کو شاعری نے کہیں کا نہ رکھا۔ اب تم جاؤ۔"

میں نیچے آکر اپنا ٹرنک اٹھانا ہی چاہتا تھا کہ رام چرن نے آگے بڑھ کر مجھ سے پہلے اسے اٹھا لیا کہنے لگا، "چھوڑیئے بھی۔ آج سے آپ میرے گرو، مجھے اپنی شاعری

دکھلایئے۔" ایک تو رام چرن کی قربت پھر اس کی عقیدت دیکھ کر میں ڈر سا گیا۔ لیکن میں نے محسوس کیا وہ حقیقتاً خوش ہو کر بول رہا تھا۔ میں اس کے خلوص و احترام کے باعث اس کے ساتھ چلنے پر مجبور ہو گیا۔ اس کے اس طرح کے رویے سے میرا مضمحل، پژمردہ دل پھر سے کھلنے لگا۔ میں اپنے گناہوں، اپنی غلطیوں کو بھول جانا چاہتا تھا۔

رام چرن کے ساتھ گفتگو کرتے ہوئے میں آگے بڑھ رہا تھا کہ کاشی ناتھ کے الفاظ، جو وہ کسی سے چلا چلا کر کہہ رہا تھا۔ میرا دل مسوسنے لگا، مجھے اپنی طرف کھینچنے لگے۔ آخرش میں ٹھہر ہی گیا۔ وہ چیخ چیخ کر کہہ رہا تھا، "ہاں میں مہار ہوں۔ اس لئے سنڈاس اور موتری ضرور صاف کروں گا لیکن اس کے علاوہ کہیں اور پھیلی ہوئی گندگی ہر گز صاف نہیں کروں گا۔

"تجھے وہ کرنی ہوگی ہی، دوسری گندگی بھی صاف کرنی ہی پڑے گی۔" ماتا پرساد کے حکم کے مطابق ایک نچلی ذات کا مقادم کہہ رہا تھا۔

یہ دیکھ کر رام چرن کا خوش ہونا ایک فطری عمل تھا۔ لیکن میری حالت غیر ہوتی جا رہی تھی۔ مقادم کاشی ناتھ کو دبائے جا رہا تھا۔ ان کی اس بحث و تکرار سے لطف اندوز ہونے کے لیے کئی مزدور وہاں جمع ہو چکے تھے۔ پہلے ہی دن کہیں کاشی ناتھ کی نوکری پر کوئی آنچ نہ آجائے اس لئے بیچ بچاؤ کرتے ہوئے میں نے مقادم سے کہا، "اس طرح کے کام پڑھے لکھے صحت مند نوجوانوں کے کرنے کے لیے نہیں ہوتے، ایسے کام تو لنگڑے، لولے، اپاہج، پاگل، ان پڑھ لوگوں کے لئے ہوتے ہیں، اس لئے مجھے ٹوکتے ہوئے تیواری نے کہا، "تمہارا مطلب ہے یہ کام ان پڑھ، اپاہج برہمن کریں گے! واہ استاد!" تیواری کا یہ کھرا کھرا جواب سن کر سبھی بہت خوش ہوئے اور کچھ لوگوں کی آنکھوں میں ناراضگی کے تاثرات صاف پڑھا جا سکتا تھا۔ سبھی مجھے شک و شبہ کی نظروں سے دیکھ رہے تھے مجھے

تیواری کا "واہ استاد" بہت برا لگا تھا۔ تاہم کچھ نہ کچھ تو ضرور کہا جانا چاہئے تھا اس لئے میں نے کہا، "تیواری جی، جوانی اس قوم و ملک کی سب سے بڑی دولت ہے۔ یہ بھی زندگی کی پانچ عظیم قوتوں کی طرح چھٹی عظیم قوت ہے۔

اپنے اس بدنصیب دیش کے علاوہ ایسے کہیں اور اس قدر ذلیل وخوار نہیں کیا جاتا۔ اسی لئے اس ملک کی دسوں دشاؤں میں سوائے مفلسی و مفلوک الحال کے کچھ نہیں دکھائی دیتا۔ میں نے محسوس کیا کہ میری باتیں سن کر کچھ لوگ بہت ناراض ہو گئے تھے بلکہ کچھ لوگوں کے ہونٹ تو میری ذات پوچھنے کے لیے کھل بھی گئے تھے میرا کلیجہ کانپنے لگا۔ میں کاشی ناتھ کو بچانا چاہتا تھا مگر وہ ہر کسی سے الجھتا جا رہا تھا۔ مقادم کے کانوں پر جوں تک نہیں رینگ رہی تھی۔ وہ کچھ بھی سننے کے لئے تیار نہیں تھا۔ مزید بر آں سارے مزدور کاشی ناتھ کے خلاف ہو گئے تھے اور میں بادل نخواستہ آگے بڑھ گیا۔

اس پہلے دن کے بعد ہر آنے والا دن دکھوں کا پہاڑ بن کر میرے سر پر گرتا جس کے نیچے میری شخصیت کا ہر پہلو، جسے نہ جانے کتنی مشکلوں سے میں نے گھڑا تھا، ریزہ ریزہ ہو کر بکھرنے لگتا۔ میں ہمیشہ آتش زیر پا رہتا۔ کاشی ناتھ تو ہر دن آگ پر بھونا جاتا۔ ہر روز کسی نہ کسی وجہ سے کسی نہ کسی سے وہ جھگڑتا رہتا تھا اس لئے بہترے لوگوں سے اس کی دشمنی ہو گئی تھی۔ وہ بدنام اور مشکوک ہوتا جا رہا تھا۔ لوگ اس کی چھوٹی سے چھوٹی غلطی یا بھول چوک معاف کرنے یا برداشت کرنے کے موقف میں نہیں تھے۔

لوگوں کے ظالمانہ، بہیمانہ سلوک کی وجہ سے اس کی ذہنی کیفیت ابتر ہوتی جا رہی تھی۔ وہ پاگل سا ہو گیا تھا۔ ہمیشہ اپنی جیب میں کھلا چاقو رکھتا اور فوری ہی آپے سے باہر ہو جاتا تھا۔ اس کی بے کلی، بے چینی اذیت و کرب کو میں اچھی طرح سمجھتا تھا۔ میری یہی آگاہی مجھے جلاتی رہتی تھی۔ غریب ماں باپ کی اس خوددار اولاد، ان کی امیدوں اور

آشاؤں کے مرکز کو اس پرائے میں کہیں کوئی ناقابل تلافی نقصان نہ پہنچے، اس خیال میں اس کو سنبھالے رکھنے کی، قابو میں رکھنے کی کوشش کرتا۔ چوری چھپے اس سے ملتا رہتا۔ کہیں غصہ میں کچھ کر نہ دے اس لئے اسے سمجھاتا رہتا۔ مگر میں کسی خونی، قاتل کی طرح چوکنا بھی رہتا۔

میں کہ اس قدر باتونی، ملنسار اور دوستوں کی صحبت کا شائق ہوں، بمبئی جیسے شہر کا، جہاں انسانوں کا کبھی نہ تھمنے والا سیلاب ہمیشہ رواں دواں رہتا ہے۔ شہری ہونے کے باوجود میں تنہائی کے ظالم اندھیروں میں غرق ہوتا جا رہا تھا۔ سہمے ہوئے خرگوش کی مانند چست و چوکنا رہتا اور ایک ایک لفظ ناپ تول پر بولتا کہ کہیں میری ذات کا بھید نہ کھل جائے۔ یہاں تک کہ مجھے اپنی جان سمجھنے والے رام چرن سے بھی دور دور رہنے کی کوشش کرتا۔ اپنے آپ کو کوستے رہنا میرا مقدر بن چکا تھا۔

میرے ناروا اور دل شکن رویے کے باوجود رام چرن میرا ساتھ چھوڑنے پر تیار نہیں تھا۔ دن میں دسیوں بار وہ میرے پاس آتا جاتا رہتا اور ہر اتوار کو بڑی محبت سے اپنے یہاں کھانے کے لیے مدعو کرتا۔ لیکن میں بڑی بے رحمی اور بے رخی سے اس کی دعوت ٹال جاتا یا صاف انکار کر دیتا۔ میرے انکار کی وجہ سے وہ غصہ میں اپنے بھائی کو برا بھلا کہنے لگتا۔ دراصل اس کا یہ خلوص بے لوث محبت اور عقیدت ہی میرا خون جلائے جا رہی تھی۔

میں ایسے مظلوم کی مانند دن بتائے جا رہا تھا جس کا زبردستی منہ دبا کر بڑی بے دردی سے خوب لاتیں اور گھونسے لگائے جا رہے ہوں اور جو آہ تک نہ کر سکتا ہو۔ ہر ہر لمحہ بڑا اذیت ناک ہوتا تھا۔ اسی طرح تنخواہ کا دن آ پہنچا نوکری چھوڑ دینے کا ارادہ سے میں نے چھٹی کے لئے عرضی دی اور سرٹیفکیٹ لانے کا بہانہ کر کے ماتا پرساد سے اسے منظور بھی کروالیا۔

چھٹی سے متعلق رام چرن کو جونہی پتہ چلا وہ دوڑتا ہوا میرے پاس آیا اور اصرار کرنے لگا، "کم از کم تنخواہ کے دن تو میرے یہاں کھانے کے لئے آیئے۔" اس کے محبت بھرے اصرار پر میں انکار نہ کر سکا۔ تنخواہ ملی۔ نوکری چھوڑوں یا نہ چھوڑوں۔ یہ سوال پھر سر اٹھانے لگا۔ کم مائیگی، مفلسی، گھریلو پریشانی کی وجہ سے نوکری میری اشد ضرورت تھی۔ میں بے چین ہو اٹھا۔ میں اپنی غلطی پر اندر ہی اندر رونے لگا۔ اپنے اس فیصلے کو قطعی شکل دینے کے لیے میں اندھیرے کمرہ میں بیٹھا سگریٹ پھونکتا رہا۔ سوچتا رہا۔ اپنی ذات ظاہر کر دینے کے بعد ذلیل و خوار ہو کر جینے کے لئے میں قطعی تیار نہیں تھا نہ ہی میں نوکری چھوڑ سکتا تھا۔ میں اسی اذیت ناک ادھیڑ بن میں تھا کہ کاشی ناتھ کی آواز میرے کانوں سے ٹکرائی، "ماسٹر!"

"آؤ، آؤ، کاشی ناتھ، اندر آؤ۔" ذات پات، چھوت چھات کی وحشیانہ رسموں سے مجبور، میرے اصرار کے باوجود، میری ناراضگی کی پرواہ نہ کرتے ہوئے کاشی ناتھ باہر ہی کھڑا رہا۔

"آؤ کاشی ناتھ، میں تمہاری ہی۔۔۔" ایک باہمت، نڈر نوجوان کا اپنے ہم ذات سے قریب آنے پر اس قدر تامل اور تذبذب دیکھ کر میرے کلیجے میں سو چھید ہو گئے۔ سچ کے اظہار کے لئے لب وا ئے ہو رہے تھے، الفاظ گلے سے ہونٹوں تک پہنچے ہی تھے کہ رنچھوڑ کی دی ہوئی دھمکی مجھے یاد آگئی اور ہونٹ پھر مل گئے منہ سے آواز نہ نکل سکی۔ آنکھوں سے گرتے ہوئے آنسوؤں کو میں اپنی دھوتی میں جذب کرنے لگا۔

"ماسٹر جی، ہر بار آپ مجھے روکتے رہے ہیں۔ آپ ایسا نہ کرتے تو شاید ابھی تک رنچھوڑ یا رام چرن کا میرے ہاتھوں قتل ہو چکا ہوتا۔ پھر میرے غریب، بوڑھے ماں باپ، بیوی کا نہ جانے کیا ہوتا؟"

"ماسٹر میرا مزاج بہت گرم و غصیلا ہے، میرا بہنوئی بڑا ظالم آدمی ہے۔ وہ میری بہن کو خوب ستاتا، گالی گلوج کرتا اور پیٹتا ہے۔ یہ سب دیکھ کر مجھے بچپن ہی میں اس قدر غصہ آتا تھا کہ میں بالکل بے قابو ہو جاتا تھا۔ بھوک پیاس مجھ سے دور چلی جاتی، کچھ اچھا نہیں لگتا تھا۔ میں اس وقت میٹرک میں تھا۔ اپنے بہنوئی کو راہ پر لانے کے لئے میں غنڈوں کے گروہ میں شامل ہو گیا اور اس کی وہ پٹائی کی کہ بس! اچھا ہوا بچ گیا ورنہ شاید میرے ہاتھوں خون ہی ہو جاتا اور اس کے بعد میرا اسکول ہمیشہ کے لئے چھوٹ گیا۔"

ماسٹر میں نے یہ نوکری چھوڑ کر بمبئی واپس جانے کا فیصلہ کر لیا ہے۔ جو کام ملے گا وہاں کروں گا۔ ایس ایس سی پاس کروں گا۔ کالج جاؤں گا، وکیل بنوں گا مجھے صرف ایک مزدور کی حیثیت سے جینا اور مزدور ہی مرنا نہیں ہے۔ بڑی بھیانک زندگی ہے ماسٹر جی، ہر پل مرنا پڑتا ہے۔" یہ بولتے ہوئے اس کی آنکھوں سے چنگاریاں برسنے لگیں۔ کاشی ناتھ کا سارا اضطراب، سارے دکھ، درد پریشانیاں، اذیتیں میرے دل و دماغ میں واضح ہو گئیں۔ میرا دل بھر آیا، "کاشی ناتھ میں بھی یہ نوکری چھوڑ جانا چاہتا ہوں، یہاں زندہ رہنا مرنے کے برابر ہے، مجھے بھی اپنے دل کے پھپھولے تمہیں دکھانے ہیں۔ میں بھی تمہاری ہی۔۔۔"

میں اس سے معذرت چاہتے ہوئے اپنی ذات کی چوری کی کہانی سنانا ہی چاہتا تھا کہ اسی اثنا میں کاشی ناتھ کو میرے ساتھ دروازہ پر کھڑا دیکھ کر تضحیک و تمسخر آمیز لہجے میں رنچھوڑ چلایا، "کل بمبئی جانا ہے اس لئے کیا تم میرا کمرہ ناپاک اور گندہ کرنا چاہتے ہو؟"

"کمینے میں تجھے یہیں ڈھیر کر دوں گا۔" مشتعل ہو کر کاشی ناتھ رنچھوڑ کی طرف لپکا لیکن رنچھوڑ پلک جھپکتے ہی اپنے گھر کے اندر گھس گیا اور دروازہ اندر سے بند کر لیا۔

میں نے دوڑ کر سکپال کو قابو میں کر لیا۔ اس نے اپنا سر میرے کندھوں پر ٹکا دیا اور

کچھ دیر یوں ہی ننھے بچے کی طرح وہ شانت پڑا رہا۔ پھر کچھ لمحوں بعد جیب سے اپنا کھلا چاقو ہاتھ میں نکال کر اندھیرے میں غائب ہو گیا۔ میں بڑی دیر تک خوف زدہ سا اسی اندھیرے کو تکتا رہا جس میں کاشی ناتھ کہیں غرق ہو گیا تھا۔ مجھے روشنی کرنے کا بھی ہوش نہیں تھا اور نہ ہی یہ یاد تھا کہ میں آج رام چرن کے یہاں مدعو ہوں۔ ذات پات، بھید بھاؤ، اونچ نیچ، نفرت و حقارت کا یہ روپ دیکھ کر میرا کلیجہ منہ کو آنے لگا تھا۔

"استاد!" دوڑ کر آتے ہوئے رام چرن نے عقیدت وانسیت سے چلا کر کہا، اس کی آواز سن کر تمام دھیڑ ذات کو گندی گندی گالیاں دینے والا رنچھوڑ بھی باہر نکل آیا۔ رام چرن کے استفسار پر اس نے غضبناک ہو کر، جھنجھلا جھنجھلا کر کچھ لمحوں قبل وقوع پذیر ہونے والے واقعہ کو تفصیل سے سنایا، ساتھ ہی وہ مجھے پیٹتا بھی جا رہا تھا۔ اسے میری ذات پر شبہ ہونے لگا تھا۔ مجھے پٹتا دیکھ کر رام چرن کو بھی جوش آگیا اور وہ بھی اپنے برہمن پن کے زعم سے مشتعل ہو کر رنچھوڑ سے الجھ پڑا۔ رنچھوڑ بھی رام چرن کو نیچا دکھانے کی حتی المقدور کوشش کرنے لگا۔ اسی اثنا میں میں اپنا ٹرنک اور دوسرا سامان باہر لے آیا اور رنچھوڑ کی بیوی کے ہاتھوں میں کرایہ تھما کر آگے بڑھنے لگا۔ رام چرن جھگڑا چھوڑ کر فورا میرے پیچھے دوڑ آیا اور کہنے لگا، "آج میں نے آپ کو کھانے کی دعوت دی تھی اور یہ بھی کہہ دیا تھا کہ آپ کو اپنے ساتھ لے جانے کے لئے آؤں گا، پھر بھی ایک لفظ بولے بغیر آپ یونہی چلے جا رہے تھے۔"

ایک خاموش نظر اس پر ڈال کر پھر سے میں گردن جھکا کر آگے چلنے لگا۔

"استاد کچھ بتایئے تو کیا ہوا؟ کیا رنچھوڑ نے آپ کی بے عزتی کی، آپ پر ہاتھ اٹھایا۔ میں سالے کی ٹانگ توڑ دوں گا۔"

"کچھ نہیں ہوا۔" میں نے گردن ہلاتے ہوئے کہا، رام چرن کا گلا رندھ گیا اور وہ اپنی

جگہ ٹھہر کر دونوں ہاتھ ہوا میں لہرا کر کہنے لگا، "میں نے آپ سے کتنی بار کہا ہے کہ اس اچھوت سے بات نہ کریں۔۔۔"

"کیوں؟ وہ اور میں ایک ہی مٹی سے بنے ہوئے ہیں۔ ایک ہی زبان بولتے ہیں اس کے اور میرے پیروں کے نیچے ایک ہی زمین ہے، ہم دونوں کے سروں پر ایک ہی آسمان ہے۔"

"آپ بہت اونچی اونچی اڑانیں بھرتے ہیں۔ ذرا زمین پر آیئے۔ ہم معمولی سے مزدور ہیں۔"

"ہم نئی زندگی کے خالق اور نئی اقدار کے معمار ہیں۔ اس لئے زندگی کے تئیں ہماری ذمہ داری اور بڑھ جاتی ہے۔"

"استاد۔ چلئے گھر چلئے۔"

"رام چرن، معاف کرنا میں کچھ زیادہ ہی زہر اپنے حلق سے اتار چکا ہوں اور زیادہ کی اب مجھ میں ہمت نہیں۔ اس لئے اب نہیں۔ براہ کرم تم میرے ساتھ چلو، مجھے تم سے کچھ ضروری باتیں کرنی ہیں۔" میں اسے اپنی ذات کے متعلق بتانا چاہتا تھا۔

"نہیں۔۔۔" سنتے ہی وہ میرے پیروں پر جھک پڑا۔ اس کی یہ عقیدت دیکھ کر میں پسیج گیا۔ میں نے کہا، "چلو دوست، تمہاری محبت کی خاطر میں موت بھی برداشت کرلوں گا۔ چلو۔"

ہم دونوں چپ چاپ اس کے دروازہ پر کھڑے رہے۔ اس نے باہر ہی سے مسرت و شادمانی سے لبریز آواز لگائی، "سرسوتی باہر آؤ، دیکھو کون آیا ہے۔۔۔؟ انہیں نمسکار کرو۔"

سرسوتی جیسے ہماری راہ میں آنکھیں بچھائے بیٹھی تھی۔ وہ اپنی پازیب چھنکاتی ہوئی

باہر آئی۔ چھریرا بدن، کالی، لمبی، گھنیری زلفیں سیندور سے بھری مانگ، ماتھے پر کم کم کا ٹیکہ، شرمیلی اداؤں والی سرسوتی اپنے سینے پر پلو کھینچتی ہوئی آئی اور اپنے شوہر سے رنگ روپ، عمر و تجربہ میں نسبتاً کم، میرے، اپنے شوہر کے استاد کے ہندوستانی رسم و روایت کے مطابق میرے شدید انکار کے باوجود پیر چھو کر چلی گئی۔ ہندوستانی عورت کی یہ شوہر پرستی دیکھ کر میں عش عشق کر تارہ گیا۔

رام چرن بھی سرسوتی کے پیچھے ہی اندر گیا اور ایک بالٹی گرم پانی، تیل اور صابن لے کر باہر آیا اور بڑی محبت سے کہنے لگا، "وہاں بیٹھے، نہالیجئے، میں تیل مالش کرتا ہوں۔"

میں نے شرماتے ہوئے کہا، "بھابھی سے پیر چھوا کر میں پہلے ہی ایک غلطی، ایک گناہ کر چکا ہوں۔ اب اور کوئی غلطی نہیں کروں گا۔" وہ ہنس پڑی۔ ہاتھ پیر دھو کر اندر میں آیا اور کاشی ناتھ کو میں نے کس طرح پکڑ رکھا تھا، رنچھوڑ کے نمک مرچ لگائے ہوئے مبالغہ آمیز بیان کی یاد آتے ہی میرے ذہن میں شبہ نے سر اٹھایا۔ کہیں اسی لئے تو رام چرن میرے نہانے پر اصرار نہیں کر رہا تھا۔ میں نے کہا، "ہم لوگ باہر ہی کھانا کھائیں گے۔"

"نہیں آپ ایک برہمن کے استاد ہیں۔ چلئے اندر چلئے۔" وہ میرا ہاتھ پکڑ کر اندر لے جانے لگا۔

"میں برہمن نہیں ہوں۔"

"بھلے ہی نہ ہوں، مگر میرے گرو جو ہیں۔" اس نے مجھے پٹر پر بٹھایا۔ سرسوتی واری جانے والے انداز میں ہماری میزبانی میں مصروف رہی۔ پنکھا جھلتی رہی لیکن اس کی یہ سیوا مجھے بہت بڑی سزا لگ رہی تھی۔ دنیا میں کسی اور کو کبھی نہ کرنی پڑی ہو گی" ایسی کسرت مجھے کرنی پڑ رہی تھی۔

سرسوتی کے کھانا ختم کر کے دروازہ میں آنے سے پہلے ہی رام چرن نے باہر کے کمرہ میں میرا بستر لگا دیا تھا۔ سرسوتی کے آتے ہی شاعری کا دور شروع ہو گیا۔ میں اپنے اضطراب، اپنی بے چینی سے چھٹکارا پانے کے لئے رام چرن کی رومانی نظموں پر خوب داد دے رہا تھا اور بیچ بیچ میں سرسوتی کو خوش کرنے کے لئے اسے سمجھاتا بھی جارہا تھا۔ میں اس خاتون کا معترف ہونے کے ساتھ ساتھ اس سے خوف زدہ بھی تھا۔ رات دیر گئے تک محفل جمی رہی۔ پھر وہ اندر چلے گئے اور میں اپنی بے چینی بھلا کر چین کی نیند سو گیا۔

اچانک ہی گھونسے اور لاتیں پڑنے پر میں نے کراہ کر آنکھیں کھول دیں۔ رام چرن کا کمرہ کھچا کھچ لوگوں سے بھرا ہوا تھا۔ ان میں سے کئی لوگ مجھے اپنی اصلیت اپنی ذات چھپائے رکھنے کے جرم میں گندی گالیاں دے رہے تھے۔ کچھ سنجیدہ قسم کے لوگ شدید برہمی کے عالم میں مجھے زدوکوب کئے جارہے تھے۔ کچھ لوگ مجھے گھر میں گھسے ہوئے سانپ کی طرح ٹھیس رہے تھے۔ کچل رہے تھے۔ جتنی محبت، عقیدت اور اپنائیت رام چرن مجھے بتا رہا تھا۔ اس سے کئی گنا زیادہ غصہ، حقارت اور نفرت سے وہ مجھے پیٹ رہا تھا۔ اس کی بیوی نے میری جو خدمت کی تھی اسی خیال سے وہ مجھے پاگلوں کی طرح مار رہا تھا۔ اس کا غصہ ہر لمحہ بڑھتا ہی جارہا تھا۔

اپنے بچنے کی کوئی امید مجھے نظر نہیں آرہی تھی۔ دکھ اور نفرت غم و غصہ سے میری زبان گنگ ہو گئی تھی۔ رام چرن کی حیوانیت اور بربریت سے میرے کلیجہ میں ایک دراڑ سی پڑ گئی تھی۔ آنسوؤں کے سوتے بھی جیسے سوکھ گئے تھے۔ ایسی حالت میں میری زبان کیا کھلتی۔ میں جاں بلب ادھر سے ادھر مار کھاتے ہوئے لڑکھڑا رہا تھا۔

غیر مردوں کے سامنے کبھی بے پردہ نہ ہونے والی سرسوتی اندر ہی سے چلا چلا کر کہہ رہی تھی، "ان کا کوئی قصور نہیں، وہ یہاں آنا ہی نہیں چاہتے تھے، بڑی منت سماجت

کر کے انہیں لایا گیا ہے۔ ان کا سب کچھ لوٹ لیا گیا ہے۔۔۔ انہیں مت ماریئے۔ چھوڑ دیجئے۔ ورنہ میں وہاں آ کر ان پر پڑ جاؤں گی۔"

ابھی اس کا یہ جملہ پورا بھی نہیں ہوا تھا کہ بھگدڑ مچ گئی۔ غصہ میں آگ ہوئے لوگ وہاں سے بھاگ رہے تھے اور چلا چلا کر ایک دوسرے سے کہتے جا رہے تھے "بھاگو ارے وہ بمبئی کا دھیڑ ہاتھ میں چھرا لئے لوگوں کو مارتا ہوا آ رہا ہے۔ بھاگو!" پلک جھپکتے ہی کمرہ خالی ہو گیا۔ سرسوتی نے فوراً اپنے شوہر کو اندر کر کے دروازہ بند کر دیا۔ بڑی محبت سے میرے پاس آ بیٹھی اور اپنے پلو سے میرے منہ اور سر سے بہتے ہوئے خون کو پونچھنے لگی۔ اس کی آنکھوں اور مامتا بھرے ہاتھوں کا لمس میری شدید جسمانی تکلیف اور ذہنی کرب کو سکون بخش رہا تھا کہ اسی وقت کاشی ناتھ ہاتھ میں چھرا لہراتا ہوا گرجنے لگا، "شاباش ماسٹر جی، شاباش!"

کاشی ناتھ کے ان الفاظ نے مجھ پر اب تک پڑنے والی شدید ضربوں سے کسی طرح کم تکلیف نہیں پہنچائی۔ اسے دیکھتے ہی سرسوتی دروازہ سے الگ کھڑی ہو گئی تاکہ اپنے سیندور اپنے سہاگ کی حفاظت کر سکے۔

"ہٹ جاؤ۔۔۔" چھرا نچاتے ہوئے کاشی ناتھ دہاڑا۔ سارے جسم میں درد کی لہریں اٹھ رہی تھیں، میں ادھ مرا ہو چکا تھا۔

لیکن کہیں وہ اس دیوی سے کوئی گستاخی نہ کر بیٹھے۔ اسے زخمی نہ کر دے اس لئے ناممکن ہوتے ہوئے بھی اپنی جان ایک جگہ مجتمع کر کے اٹھا اور اس سے کہا، "چلو، کاشی ناتھ۔"

کاشی ناتھ نے مجھے سہارا دیا اور جیسے ہم چلنے لگے۔ سرسوتی کی آنکھوں کا باندھ ٹوٹ پڑا اور وہ آنسوؤں سے میرے پیر سینچ کر پھرتی سے رام چرن کے پاس چلی گئی۔ اب اسے

کوئی خوف، کوئی ڈر نہیں تھا۔ ہم نے بھی اپنے راستے چل دیے۔

میرا سب کچھ چوری ہو گیا تھا۔ سرٹیفکیٹ رام چرن نے پھاڑ دیا تھا میری گردن میں بے انتہا تکلیف تھی، چال میں کھڑکھڑاہٹ تھی۔ میرے اندر ایک شدید طوفان اٹھا ہوا تھا اور کاشی ناتھ ننگا چاقو ہاتھ میں لئے برابر دھاڑے جا رہا تھا۔ بستی سے باہر نکل آنے پر کاشی ناتھ نے کہا، "چلئے۔ماسٹر۔پولس اسٹیشن چلتے ہیں۔"

"نہیں۔۔۔"

"آپ ان لوگوں کی اتنی مار کیوں کر برداشت کرتے رہے ہو ماسٹر؟"

"مجھے انہوں نے تھوڑے ہی مارا۔ مجھے مارنے پیٹنے والا تو منو ہے، چلو بھی کاشی ناتھ۔۔۔"

***

خواب

وی کے ہری ہرن انیتان

میں نے دروازہ کھولا۔ اندر داخل ہوا۔ میں نے اسے پکارا مگر وہ چپ چاپ لیٹی رہی۔ ایک بار اور پکارا، پھر بھی نہیں اٹھی۔ اس لیے میں باہر چلا آیا۔

ٹیکسی ڈرائیور سے کہا، "تم جاسکتے ہو۔" وہ ناامید ہو کر چلا گیا۔

تنکم کو کیا ہوا۔ نو بج گئے پھر بھی وہ نہیں اٹھی۔ کل رات کہا تھا کہ سویرے ہی ڈاکٹر کے پاس جانا ہے۔ میں نے سوچا کہ جتنی دیر میں ٹیکسی لے کر آؤں گا، تیار ملے گی۔ رات سوئی نہ ہو گی۔ پھر اسے کسی دوسرے ڈاکٹر کے پاس لے جاؤں۔

کل آدھی رات گذرنے پر بھی تنکمنی کو نیند نہیں آئی۔ وہ لیٹی لیٹی اپنے آپ کو کوستی رہی۔ کاش میں پیدا نہ ہوئی ہوتی تو اچھا تھا۔۔۔ مگر اس آرزو سے کیا فائدہ؟ پیدائش تو ہو چکی ہے۔ جب سے ہوش سنبھالا تب ہی سے وہ ایسا سوچتی رہتی، "اس رات کو ہی مر جائیں تو۔۔۔ نہیں تو کل سویرے ڈاکٹر کے پاس جانے پر سارا گل کھلے گا۔ پوشیدہ باتیں ظاہر ہو جائیں گی۔"

شوہر اسے چھوڑ دے گا۔

کچھ بھی سوچ نہیں پاتی۔

پڑی پڑی کروٹیں بدلتی رہی۔ یادیں بیدار ہوتی رہیں۔

اسکول میں پڑھنے کے دوران اسے فخر تھا۔ کافی جائداد ہے۔ کافی زیورات ہیں۔ اپنی سب سہیلیاں غریب ہیں۔ وہ اسے کالی کلوٹی اور کوتاہ قد کہتی تھیں۔ تب وہ غصہ میں آکر گالیاں دیتی تھی۔ جب سب کچھ سمجھ میں آیا تب اس نے شکست مان لی۔ وہ کالی کلوٹی ہے، کوتاہ قد ہے، بدصورت ہے، اس لیے کوئی بھی لڑکا اسے دیکھتا تک نہیں۔

سہیلیوں کے ساتھ کھیلنے کے وقت سب لڑکے دوسروں کی طرف دیکھتے ہیں۔ کیا مرد کو کالے رنگ سے اتنی نفرت ہے؟ کوتاہ قد، بدصورت ہے، پھر بھی ایک بار دیکھنے میں کیا نقصان ہے؟ زندگی میں کسی سے ایک طائرانہ نظر بھی نہ ملی اسے!

سبھی سہیلیوں سے حسد ہوتا تھا۔ خاص طور پر رما سے، اس کے پاس نہ نفیس کپڑے ہیں اور نہ زیورات۔ پر بھی لڑکے اسے حسینہ مانتے ہیں۔ اس کی طرف دیکھتے ہی لطف اندوز ہوتے ہیں۔ ان سب سے اس کو نفرت تھی۔ مردوں اور حسین عورتوں سے ایک طرح کی نفرت۔

رنگ گورا نہ ہونے کی وجہ سے اسے بڑا دکھ ہوتا تھا۔ درازی قد اور حسن کی کمی کے باوجود گھر والوں کا دیا ہوا نام جانتے ہیں؟ تنکمنی اور تنکم (زرخالص) کیسا حسین نام ہے۔ خیر جن لڑکوں نے ابھی تک نہ دیکھا ہے انہیں دھوکا دینا آسان ہے، اتنا ہی۔

اسکول کی تعلیم کے ایام میں آئینہ کے سامنے کتنے ہی گھنٹے گذارا کرتی تھی۔ خوب پاؤڈر لگایا کرتی، لیکٹو کیلا مائن تھوپتی۔ ہار بدل بدل کر پہنتی۔ کانوں میں کبھی دائرہ نما آویزے کبھی تارے اور کبھی لٹکے بندے۔

نہایت لمبے بال تھے، یہ اچھا تھا کیونکہ اور کچھ نہ سہی، جوڑا بنا سکتی تھی۔ اونچی ایڑی کا جوتا پہنا کرتی تھی تاکہ قد میں اونچی دکھائی دے۔

اتنا سب کچھ کرنے کے باوجود بھی وہ مطمئن نہیں تھی۔ ان سب سے کوئی فائدہ

نظر نہیں آتا۔

وہ جتنی ہی آرائش وزیبائش کرتی تھی، اتنی ہی بد صورت لگتی تھی۔ سہیلیاں صرف تماشے کے لیے اس کی ہنسی اڑاتی تھیں۔ "کالی کلوٹی، کوتاہ قد" کہہ کر پکارنا کیسے تماشا نہیں بن سکتا۔ ان کی بات میں صداقت ہے نا؟ وہ کالی کلوٹی ہے، کوتاہ قد ہے۔ بدصورت ہے۔ نام تنکمنی ہے یہ سب سچ ہے نا؟

آخر دل بیٹھ گیا۔ سب تزئین وآرائش ترک کر دی۔ عورتوں کے پاس خواہ جائداد نہ ہو مگر حسن ہونا ضروری ہے۔ گھر کی ملازمہ ماگولی بھی مجھ سے گوری ہے اور حسین بھی۔ اس کی عمر پینتیس سال ہے تب بھی حسن پھیکا نہیں پڑا۔

کوئی بھی اس کی طرف دیکھے گا۔ تب تو وہ مادھوی سے بھی۔۔۔

دسویں درجہ میں کامیابی کے بعد والد صاحب نے فرمایا، "بیٹی! تمہیں اب پڑھنا نہیں ہے۔ امتحان میں کامیابی حاصل کر کے نوکری کرنا گذارہ کے لیے ضروری بھی تو نہیں۔"

اس بات سے اسے اطمینان ہوا کہ چلو اب تعلیم تو ختم ہوئی۔ وہ آرام سے گھر پر رہے گی۔ سہیلیوں کی شادی کے دعوت نامے ملتے رہے۔ کسی کے یہاں نہیں گئی۔ کسی کو بھی مبارک باد نہیں دی۔ پہلے بھی کسی سے زیادہ باتیں کرنے کی عادت نہیں تھی، خاص کر مردوں سے۔ ہمسایہ کے گھروں میں بھی نہیں جاتی تھی۔ تنہائی پسند تھی۔ بھائی بہن تو تھے نہیں۔ گھر کے کاموں میں لگا رہنا بھی ضروری نہیں تھا۔

والد محترم ریاحی مرض میں مبتلا تھے۔ گھر کے کاموں کا اہتمام ماں ہی کی نگرانی میں ہوتا۔ ان حالات میں اس کے تنہائی کی زندگی گذارنے میں کوئی خلل پڑتا ہی نہ تھا۔

ایک رات نیند میں وہ خواب سے چونک پڑی۔ ایک مرد نے اس سے شادی کرلی

ہے۔ کچھ دنوں کے بعد اس کو پتہ چلا کہ وہ بانجھ ہے تب اس نے اسے چھوڑ بھی دیا۔

خوفناک خواب۔ وہ ایک چیخ کے ساتھ جاگ اٹھی۔ تاریکی میں ٹٹولتی رہی۔ بھاگتے شوہر کو روک رکھنے کے لیے۔

ایسا دردناک خواب دیکھ کر پھر اس رات کو اسے نیند نہیں آئی۔ وہ فکر میں پڑ گئی۔ ایک مرد کا اس سے شادی کرنا کتنی خوشی کی بات تھی۔ مگر کچھ دنوں کے بعد چھوڑ دینا، یہ جاننے پر وہ بانجھ ہے۔ آہ! کیا حقیقت میں وہ بانجھ ہے؟

خواب کبھی کبھی حقیقت بن سکتا ہے نہ؟ خواب میں کبھی کبھی سچائی ہوتی ہے۔

تب اس کی زندگی کا کیا ہوگا؟

نسل کا تسلسل اس کے ساتھ ختم ہو جائے گا۔

وہ سلسلہ نسل کی آخری زنجیر بنے گی۔

اس نے متفکر دل کے ساتھ التجا کی، "میرے گرو وایورپّا میری حفاظت کرنا۔" دل میں ہمیشہ ایک ہی فکر رہتی ہے۔ وہ بانجھ ہے۔ وہ اسی خواب کی فکر میں وقت گذارتی رہی۔ یہ سوچ کر اس کو کچھ اطمینان ہوتا تھا کہ اسے کم از کم تنہائی کا آرام تو ہے۔

مردوں سے نفرت ہونے لگی۔ ان سے کوئی تعلق نہیں رہا۔ بات بھی کرنے کو دل نہیں چاہتا تھا۔ کتنی بار نوکر کے پوچھنے پر ہی وہ جواب دیتی تھی۔ ان کی خواہشیں بھی بہت سی تھیں۔ وہ بھی ایک عورت ہے نا؟ دنیا اور دنیا والوں کے بارے میں ناقدری کا جذبہ۔ زندگی کے تئیں سرد جذبہ۔

تفکرات کے بحر ناپید اکنار پر بند باندھنے اور اس کی رفتار کو روکنے کی کوشش کرتی ہے۔ نتیجہ کے طور پر اس کا بہاؤ اس میں جذب ہو کر ختم ہو جاتا ہے۔ آنکھیں بند کر کے جھکا لیتی، تب وہ درناک خواب پھر یاد آتا ہے۔ شوہر کی مطلقہ یتیم ایک بانجھ روایت نسل

کو آگے بڑھانے سے عاجز عورت، یاد کرنے کے وقت درد کا ایسا احساس ہوتا ہے کہ وہ درد میں پوری طرح سے گھل گھل کر سراپا درد بن جاتی ہے۔

اس وقت ہر جگہ تاریکی ہو جاتی ہے۔ صرف تاریکی اور درد۔ وہ درد بن رہی ہے۔ تاریکی بن رہی ہے۔ پھر انسان کی شکل میں بدلتی ہے۔ تبھی مشکلات کا احساس کرتی ہے۔ سراپا تاریکی بن جاتی ہے۔ درد بن جاتی تو اسے ان کی ہمدردی نہیں ہوتی۔

تنہائی میں غرق ہو جانے میں آرام ہے۔ ہر جگہ سونا پن ہے نا؟ وہاں وہ بھی سونی بن جاتی ہے۔ وہ ایک قسم کی نجات ہے۔ وہ خود کو بھول کر صفر بن جاتی ہے۔ تاریکی بنتی ہے پھر انسان کی شکل میں بدل جاتی ہے۔ اس طرح درد جسم اور دل کو کھا رہا ہے۔

والدین کو غم کا احساس ہونے لگا۔ لاڈلی بیٹی کیوں اس طرح سوکھتی جا رہی ہے۔ آنے جانے والوں نے کہا، "شادی نہ ہونے کی وجہ سے سوکھتی جا رہی ہے۔"

اُف اس کی وجہ شادی نہ ہونا ہے۔ تب اس کا کیا حال ہو جائے گا۔ اس کے دل پر سوز کا حال کس کو معلوم ہے؟

والد کے بار بار کہنے پر ایک ڈاکٹر کے پاس گئی۔ وہ ایک ماہر نفسیات تھے۔ اس نے اس ڈاکٹر کو دل کھول کر سب کچھ بتایا۔ اس نے خواب کی بات کا بھی تذکرہ کیا۔ انہوں نے اس کے دل کی تہہ کی بات جان لی۔ مفصل طبی معائنہ بھی کیا گیا۔ اس کے بعد انہوں نے کہا، "دماغی صدمہ ہی جسمانی کمزوری کا سبب ہے۔ ایسی ویسی باتیں سوچ کر دل کو بے کار نہیں کرنا چاہیئے۔"

ایک ٹانک کا نسخہ لکھ دیا اور کہا، "ایک ڈاکٹر کی حیثیت سے میں تمہیں ایک واضح مشورہ دیتا ہوں۔ برا مت ماننا۔"

"تم شادی کبھی مت کرنا۔"

انہوں نے اور جو کچھ کہا وہ سب کچھ پورا سن نہیں سکی، اسے چکر آ گیا۔

گھر پہنچی اور گھر جا کر سب سے یہی بتایا کہ دماغی صدمہ ہی جسمانی کمزوری کا سبب ہے۔ شادی نہ کرنے کی صلاح کسی کو نہیں بتائی۔ اس نے سوچا کہ وہ راز کوئی بھی نہ جانے۔ وہ اسی کے دل میں رہے، جل کر دھواں بنے، اس سے مر جانا ہی بہتر ہو گا۔

ٹانک اور دوائیوں سے الماری بھر گئی۔ وہ کوئی دوا لیتی ہی نہیں تھی۔ دل کا درد شدید ہوتا گیا۔ وہ تنہائی میں بیٹھ کر جل جل کر راکھ ہوتی رہی۔ خواب حقیقت بن گیا۔ ایسا خواب جس نے زندگی کو روند ڈالا۔ ایسا خواب جو روندتا رہتا ہے۔ ایسا خواب جس نے دماغی سکون کا گلا گھونٹ ڈالا۔ ایسا خواب جس نے مجھے سمجھا دیا کہ نسل کو آگے بڑھانے کی طاقت وصلاحیت مجھ میں نہیں ہے۔ کاش! میں خواب نہ دیکھتی۔

ایک دن والدہ نے دیکھ لیا کہ میں گلاس میں ٹانک لے کر چھپے چھپے صحن میں پھینک رہی ہوں۔

"بیٹا! تو کیوں اس طرح دوائیاں پھینک دیتی ہے۔ ان کے پینے سے ہی تجھے فائدہ ہو گا۔"

پھر ماں کے التماس پر دوائیاں پینی پڑیں۔ ماں پاس بیٹھ کر پلانے لگی۔

سالوں سے بیمار پڑے والد صاحب کی طبیعت روز بروز خراب ہوتی گئی۔ لیکن اس کا بدن صحت مند ہونے لگا۔ ماں کی خدمت اور لگن سے ہی ایسا ہوا ہو گا۔ ٹانک صحت افزا ہوتے ہیں۔

اس کے دل میں تاریکی اور جدوجہد ہے۔ وہ روشنی کی خواہش کرتی ہے۔ اس کے لیے ترستی ہے۔ لیکن ان سب کے لیے وہ لائق نہیں۔ آخر تاریکی ہی فتح کی ہوتی ہے۔ زمین پر روشنی پھیلتی ہے، مگر وہ روشنی دل کو روشن نہیں کرتی۔ جیسے سیاہ بادل سورج کو نگل

لیتے ہیں ویسے ہی تاریکی روشنی کو۔

وہ کئی شکلوں میں بدلتی ہے۔ درد، عدم وجود اور تاریکی۔ باپ کی مجبوری ناقابل برداشت ہوگئی۔ اکلوتی بیٹی ہے۔ مرنے سے پہلے شادی دیکھنے کی ان کی خواہش۔ اب بیماری سے نجات پاکر صحت مند ہوئی۔ وہ آنسوپی کررہ جاتی ہے کہ وہ صحت مند کیوں ہوئی۔

ماں تیاری کرنے لگی کہ والد کی خواہش کی تکمیل کرنی ہے۔ اس میں بھی امیدوں کی نئی نئی کونپلیں پھوٹنے لگیں۔ مگر وہ دیدہ ودانستہ ایک مرد کو کیسے فریب دے گی۔

سچ بات بتاؤں تو؟ والدین فکر اور مرض سے مرجائیں گے۔

والد پھر بھی مجبور کررہے ہیں۔ ایک دن قریب بلاکر سہلاتے ہوئے کہا، "بیٹا مرنے سے پہلے مجھے تیری شادی کرنی ہے۔ میری کوئی اور بیٹی بھی نہیں جس کی شادی دیکھ سکوں۔"

اس نے کچھ نہیں کہا، خاموش رہی۔

پھر بھی آخر میں والدین کی خواہش کے آگے سر جھکانا پڑا۔ دل میں جدوجہد تھی۔

لڑکا لڑکی دیکھنے آیا۔ جب اس کے سامنے آئی تو سر چکرانے لگا۔ مگر وہ وقت کسی نہ کسی طرح ٹھیک سے گزر گیا۔

شادی طے ہوئی۔ شادی کا دن آیا۔ لڑکے نے جب منگل سوتر باندھا تب پھر سر چکرانے لگا۔ دل میں اندرونی کشمکش ہوئی۔ اس نے سوچا کہ اگر وہ سچ کو چھپائے گی، غلطی کرے گی۔ فریب دے گی۔

ایک بار اور سچ کی ہار ہوئی۔ بھابی پیچھے سے اسے پکڑے رہی تاکہ منگل سوتر باندھنے کے وقت وہ گر نہ پڑے۔ جو منحوس ونامبارک ہونے والا تھا وہ اس سے بچ گئی۔

پہلی رات کو وہ خواب گاہ میں جا کر چپ چاپ بیٹھ گئی۔ شوہر انتظار میں کرسی پر بیٹھا رہا۔ دونوں بہت دیر تک خاموش رہے۔ آخر میں انہوں نے پکارا۔

"تنکم۔۔۔"

وہ کچھ نہ بولی۔

ایک بار پھر پکارا۔ وہ بیٹھی نیچے کی طرف دیکھتی رہی۔ وہ قریب آئے۔ انہوں نے اس کے جسم کو اس طرح لمس کیا گویا کوئی پھول چھو رہا ہو۔ پھر بھی بے حس و حرکت بیٹھی رہی۔ ان کی امیدوں پر پانی پھر گیا۔

دل کا تصادم کم نہ ہوا۔ اس نے دل میں سوچا کہ غلطی کی ہے مگر سچائی کچھ دیر کے لیے ہار گئی اور دل کے جذبات اس پر حاوی ہو گئے۔

ہفتے اور مہینے گزر گئے۔ مامتا سے بھری عورتوں اور حاملہ عورتوں سے اسے نفرت ہونے لگی۔

اس کی سہیلی روزی کی شادی اس کی شادی کے دن ہی ہوئی تھی۔ وہ ہمسایہ تھی۔ اس عرصہ میں اس کے دو بچے پیدا ہو چکے۔ ماں بننے سے پہلے اس کو جو شبہ تھا وہ اب کم ہو گیا۔ اس کے دلارے بچے کو گھر لانے کے وقت شوہر اور ساس اسے دلار کرتے تھے۔ اسے دیکھ کر اسے نفرت ہوتی تھی، بچے اور روزی سے۔ وہ اندر کے کمرے میں جا کر بستر پر لیٹ کر سسک سسک کر خاموشی سے آنسو پونچھتی رہی۔

اس نے سنا کہ روزی کے یہاں ایک اور بچے کی ولادت ہوئی ہے لیکن پھر بھی اس کے گھر جا کر اس سے نہ ملی۔

شوہر کی ماں اکثر طعنہ دیا کرتی تھی۔ ہمسایہ کے بچوں کو بڑے پیار سے چمکارا کرتی، بوسہ لیتی اور کبھی کبھی اپنے بیٹے کی گود میں بچے کو دے دیا کرتی۔ یہ سب وہ چھپ کر دیکھا

کرتی تھی۔

شادی کو پانچ سال گذر گئے۔ آج بھی شوہر اسے نئی دلہن کی طرح مانتا ہے۔ اسے پیار کرتا ہے کیونکہ اس میں پیار ہے۔ وہ اسے بھی پیار کرتی ہے کیونکہ پیار کرنے کو وہ مجبور کی گئی تھی۔

تنہائی، درد اور تاریکی ہمیشہ اسے گھیرے رہتے۔

کئی راز دل میں چھپا رکھے ہیں۔ افشا ہو جائیں تو؟ اتنے دنوں تک وہ رو رو کر دن کاٹتی تھی۔ آخر کل رات کو۔۔۔ ماں برآمدے میں بیٹھی والد کی ٹوٹی عینک سے بھگوت پڑھ رہی تھی۔ شوہر خواب گاہ میں چلا گیا، جس کا مطلب تھا سونے کا وقت ہو گیا۔ وہ بھی اس کے پیچھے پیچھے گئی۔ روزانہ کی طرح بال کھول کر اور سنوار کر ذرا اوپر کر کے جوڑا بنایا۔

تب شوہر نے اسے سینہ سے لگا کر آہستہ سے کہا، "تنکم!"

اس نے بھی آہستہ آواز میں کہا، "ہاں!"

"تو مجھ سے پیار کرتی ہے نا؟"

"کیسی بات پوچھتے ہو؟"

"تو میری بات مانے گی؟"

"ہاں!"

پھر تھوڑی دیر تک کچھ بھی نہ بولے۔

وہ فکر میں پڑ گئے۔ گہری سوچ میں شاید طلاق دینے کی بات سوچ رہے ہوں گے۔

اگر ایسا ہو تو اچھا ہی ہے۔ کم از کم ان کا مستقبل تو سنور جائے گا۔ چار سال گزرنے پر بھی انہیں بچہ حاصل ہونے کا خوشگوار موقع نہیں ملا۔ شاید اس کے بارے میں وہ غور کر رہے ہیں۔ ورنہ وہ اتنے سنجیدہ اور پر سکون نہ بیٹھے ہوتے۔

اسے آغوش میں لے کر کہا، "کل سویرے ہم ڈاکٹر کے پاس چلیں گے۔ شادی کو چار سال گذر گئے۔ ہم پتہ تو چلائیں کہ آخر بات کیا ہے؟"

یہ سن کر وہ چونکی۔

اس کے لبوں سے اپنے لبوں کو الگ کرنے کی کوشش کی۔

کچھ نہیں کہا کہ جائیں گے یا نہیں۔ کل اس کے بارے میں آخری فیصلہ ہو جائے گا۔ سب کچھ ظاہر ہو جائے گا۔

دل دھڑکنے لگا۔ وہ فکر مند ہو گئی، دل میں سوچا کہ کیا اچھا ہو اگر موت آجائے۔

یاد نہیں کتنی دیر تک وہ یوں لیٹی رہی۔ گھنٹے کے دو بار بجنے کی آواز اس نے سنی۔ شاید یہ گھنٹی بھی درد سے پریشان ہے۔

پیاس لگی۔ ایک گلاس پانی پینے اٹھی۔ اس نے اپنے جسم پر سے اپنے شوہر کا ہاتھ آہستہ سے ہٹایا۔ وہ خراٹے لے رہے تھے۔

دو گلاس پانی پیا۔ پھر آکر لیٹ گئی۔ بخار سا لگا۔ تھوڑی سی سردی بھی لگی۔ دل میں بہت سے درد تھے۔ تاریکی بڑھ گئی۔

آنکھیں بند کر کے لیٹ گئی۔ دل کی تاریکی باہر کی طرف اور باہر کی تاریکی دل کی طرف آتی جاتی رہی۔ کشمکش چلتی رہی۔۔۔ ہائے رے سوناپن۔۔۔ تاریکی۔۔۔ کاش کہ میں اب کبھی اٹھائی نہ جاؤں۔

***

ملبے کا مالک

ولی رام ولبھ

پورے ساڑھے سات سال بعد وہ لوگ لاہور سے امرتسر آئے تھے۔ ہاکی کا میچ دیکھنے کا تو بہانہ ہی تھا، انہیں زیادہ چاؤ ان گھروں اور بازارں کو پھر سے دیکھنے کا تھا جو ساڑھے سات سال پہلے ان کے لیے پرائے ہوگئے تھے۔ ہر سڑک پر مسلمانوں کی کوئی نہ کوئی ٹولی گھومتی نظر آجاتی تھی۔ ان کی آنکھیں اس احساس کے ساتھ وہاں کی ہر چیز کو دیکھ رہی تھیں، جیسے وہ شہر سادھارن شہر نہیں بلکہ اچھاخاصا کشش کا مرکز ہو۔

تنگ بازاروں میں سے گزرتے ہوئے وہ ایک دوسرے کو پرانی چیزوں کی یاد دلا رہے تھے، "دیکھ فتح دینا، مصری بازار میں اب مصری کی دکانیں پہلے سے کتنی کم رہ گئی ہیں۔۔۔! اس نکڑ پر سکھی بھٹیارن کی بھٹی تھی جہاں اب یہ پان والا بیٹھا ہے۔۔۔ یہ نمک منڈی دیکھ لو، خان صاحب! یہاں کی ایک ایک لالائن وہ نمکین ہوتی ہے کہ بس۔۔۔"

بہت دنوں کے بعد بازاروں میں طرہ دار اور لال ترکی ٹوپیاں نظر آرہی تھیں۔ لاہور سے آئے ہوئے مسلمانوں میں کافی تعداد ایسے لوگوں کی تھی جنہیں بٹوارے کے وقت مجبور ہوکر امرتسر چھوڑ کر جانا پڑا تھا۔ ساڑھے سات سال میں آئی بہت سی تبدیلیوں کو دیکھ کر کہیں ان کی آنکھوں میں حیرانی بھر جاتی اور کہیں افسوس گھر آتا۔ "واللہ، کٹرا جیمل سنگھ اتنا چوڑا کیسے ہوگیا؟ کیا اس طرف کے سب مکان جل گئے؟ یہاں

حکیم آصف علی کی دکان تھی نا؟ اب یہاں ایک موچی نے قبضہ کر رکھا ہے۔۔۔" اور کہیں کہیں ایسی بھی باتیں سنائی دے جاتیں، "ولی، یہ مسجد جوں کی توں کھڑی ہے؟ ان لوگوں نے اس کا گردوارہ نہیں بنایا؟"

جس راستے سے پاکستانیوں کی ٹولی گزرتی، شہر کے لوگ مشتاق ہو کر اس کی طرف دیکھتے رہتے۔ کچھ لوگ اب بھی مسلمانوں کو آتے دیکھ کر خوف زدہ سے ہو کر راستے سے ہٹ جاتے، جب کہ دوسرے لوگ بڑھ کر ان سے بغل گیر ہونے لگتے۔ زیادہ تر وہ آنے والوں سے ایسے ایسے سوال پوچھتے کہ "آج کل لاہور کا کیا حال ہے؟ انار کلی میں اب پہلے جتنی رونق ہوتی ہے یا نہیں؟ سنا ہے شاہ عالمی گیٹ کا بازار پورا نیا بنا ہے؟ کرشن نگر میں تو خاص تبدیلی نہیں آئی؟ وہاں کا رشوت پورہ کیا واقعی رشوت کے پیسے سے بنا ہے؟ کہتے ہیں پاکستان میں اب برقع بالکل اڑ گیا ہے، یہ ٹھیک ہے؟" ان سوالوں میں اتنا اپنا پن جھلکتا تھا کہ لگتا تھا لاہور ایک شہر نہیں، ہزاروں لوگوں کا سگا سمبندھی ہے، جس کے حالات جاننے کے لیے وہ بے چین ہیں۔ لاہور سے آئے ہوئے لوگ اس دن شہر بھر کے مہمان تھے، جن سے مل کر اور باتیں کر کے لوگوں کو خواہ مخواہ خوشی کا احساس ہوتا تھا۔

بازار بانساں امر تسر کا ایک عام سا بازار ہے، جو بٹوارے سے پہلے غریب مسلمانوں کی بستی تھی۔ وہاں زیادہ تر بانسوں اور شہتیروں کی دکانیں تھیں جو سب کی سب ایک ہی آگ میں جل گئی تھیں۔ بازار بانسا کی وہ آگ مر تسر کی سب سے بھیانک آگ تھی، جس سے کچھ دیر کے لیے تو سارے شہر کے جل جانے کا اندیشہ پیدا ہو گیا تھا۔ بازار بانسا کے آس پاس کے کئی محلوں کو تو اس آگ نے لپیٹ میں لے ہی لیا تھا۔ خیر، کسی طرح وہ آگ قابو میں آ تو گئی پر اس میں مسلمانوں کے ایک ایک گھر کے ساتھ ہندوؤں کے بھی چار چار چھ چھ گھر جل کر راکھ ہو گئے۔ اب ساڑھے سات سال میں ان میں کئی عمارتیں پھر سے

کھڑی ہو گئی تھیں مگر جگہ جگہ ملبے کے ڈھیر اب بھی موجود تھے۔ نئی عمارتوں کے بیچ بیچ میں ملبے کے ڈھیر عجیب ہی ماحول پیش کرتے تھے۔

بازار بانساں میں اس دن بھی چہل پہل تھی کیوں کہ بازار کے زیادہ تر باشندے تو اپنے مکانوں کے ساتھ ہی شہید ہو گئے تھے اور جو بچ کر چلے گئے تھے، ان میں سے شاید کسی میں بھی لوٹ کر آنے کی ہمت باقی نہیں رہی تھی۔ صرف ایک دبلا پتلا بوڑھا مسلمان ہی اس بازار میں آیا اور وہاں کی نئی اور دھلی ہوئی عمارتوں کو دیکھ کر جیسے بھول بھلیاں میں پڑ گیا۔ بائیں ہاتھ کو جانے والی گلی کے پاس پہنچ کر اس کے قدم اندر مڑنے کو ہوئے، مگر پھر وہ ہچکچا کر وہاں باہر ہی کھڑا رہ گیا، جیسے اسے یقین نہ ہوا ہو کہ یہ وہی گلی ہے یا نہیں، جس میں وہ جانا چاہتا ہے۔ گلی میں ایک طرف کچھ بچے کیڑی کاڑا کھیل رہے تھے اور کچھ دور پر دو عورتیں اونچی آواز میں چیختی ہوئی ایک دوسرے کو گالیاں دے رہی تھیں۔

"سب کچھ بدل گیا ہے مگر بولیاں نہیں بدلیں۔" بوڑھے مسلمان نے دھیمے لہجے میں اپنے سے کہا اور چھڑی کا سہارا لیے کھڑا رہا۔ اس کے گھٹنے پاجامے سے باہر نکل رہے تھے اور گھٹنوں کے تھوڑا ہی اوپر اس کی شیروانی میں تین چار پیوند لگے تھے۔ گلی سے ایک بچہ روتا ہوا باہر کو آ رہا تھا۔ اس نے اسے پکار کر کہا، "ادھر آ بیٹے، آ ادھر! دیکھ تجھے چیجی دیں گے۔ آ!" اور وہ اپنی جیب میں ہاتھ ڈال کر اسے دینے کے لیے کوئی چیز ڈھونڈنے لگا۔ بچہ لمحہ بھر کے لیے چپ کر گیا لیکن پھر اس نے ہونٹ بسور لیے اور رونے لگا۔ ایک سولہ سترہ برس کی لڑکی اندر سے دوڑتی ہوئی آئی اور بچے کی بانہہ پکڑ کر اسے گھسیٹتی ہوئی گلی میں لے چلی۔ بچہ رونے کے ساتھ ساتھ اپنی بانہہ چھڑانے کے لیے مچلنے لگا۔ لڑکی نے اسے بانہوں میں اٹھا کر اپنے ساتھ چپکا لیا اور اس کا منہ چومتے ہوئے بولی، "چپ کر میرے ویر! روئے گا تو تجھے وہ مسلمان پکڑ کر لے جائے گا۔ میں واری جاؤں، چپ کر!"

بوڑھے مسلمان نے بچے کو دینے کے لیے جو پیسہ نکالا تھا وہ واپس جیب میں رکھ لیا۔ سر سے ٹوپی اتار کر اس نے وہاں تھوڑا کھجایا اور ٹوپی بغل میں دبالی۔ اس کا گلا خشک ہو رہا تھا اور گھٹنے ذرا ذرا کانپ رہے تھے۔ اس نے گلی کے باہر کی بند دکان کے تختے کا سہارا لے لیا اور ٹوپی پھر سے سر پر لگالی۔ گلی کے سامنے، جہاں پہلے اونچے اونچے شہتیر رکھے رہتے تھے، وہاں اب ایک تین منزلہ مکان کھڑا تھا۔ سامنے بجلی کے تار پر دو موٹی موٹی چیلیں بالکل ساکت بیٹھی تھیں۔ بجلی کے کھمبے کے پاس تھوڑی دھوپ تھی۔ وہ کئی پل دھوپ میں اڑتے ہوئے ذروں کو دیکھتا رہا۔ پھر اس کے منہ سے نکلا، "یامالک!"

ایک نوجوان چابیوں کا گچھا گھماتا ہوا گلی کی طرف آیا اور بوڑھے کو کھڑا دیکھ کر اس نے رک کر پوچھا، "کہیے میاں جی، یہاں کس طرح کھڑے ہیں؟" بوڑھے مسلمان کی چھاتی اور بانہوں میں ہلکی سی کپکپی ہوئی اور اس نے ہونٹوں پر زبان پھیر کر نوجوان کو دھیان سے دیکھتے ہوئے کہا، "بیٹے، تیرا نام منوری نہیں ہے؟" نوجوان نے چابیوں کا گچھا ہلانا بند کر کے مٹھی میں لے لیا اور اچرج کے ساتھ پوچھا، "آپ کو میرا نام کیسے پتا ہے؟"

"ساڑھے سات سال پہلے تو بیٹے، اتنا سا تھا۔" یہ کہہ کر بوڑھے نے مسکرانے کی کوشش کی۔

"آپ آج پاکستان سے آئے ہیں؟" منوری نے پوچھا۔

"ہاں۔ مگر پہلے ہم اسی گلی میں رہتے تھے۔" بوڑھے نے کہا، "میرا لڑکا چراغ دین تم لوگوں کا درزی تھا۔ تقسیم سے چھ مہینے پہلے ہم لوگوں نے یہاں اپنا نیا مکان بنایا تھا۔"

"او، غنی میاں!" منوری نے پہچان کر کہا۔

"ہاں بیٹے، میں تم لوگوں کا غنی میاں ہوں۔ چراغ اور اس کے بیوی بچے تو نہیں مل سکتے مگر میں نے کہا کہ ایک بار مکان کی صورت ہی دیکھ لوں۔" اور اس نے ٹوپی اتار کر سر

پر ہاتھ پھیرتے ہوئے آنسوؤں کو بہنے سے روک لیا۔

"آپ تو شاید کافی پہلے ہی یہاں سے چلے گئے تھے۔" منوری نے لہجے میں ہمدردی لاکر کہا۔

"ہاں بیٹے، یہ میری بد بختی تھی کہ پہلے اکیلا نکل کر چلا گیا۔ یہاں رہتا تو ان کے ساتھ میں بھی۔۔۔" اور کہتے کہتے اسے احساس ہو آیا کہ اسے ایسی بات نہیں کہنی چاہیے۔ اس نے بات منھ میں روک لی مگر آنکھ میں آئے ہوئے آنسوؤں کو بہہ جانے دیا۔

"چھوڑو غنی میاں، اب بیتی باتوں کو سوچنے میں کیا رکھا ہے!" منوری نے غنی کی بانہہ پکڑ کر کہا، "چلو، تمہیں تمہارا گھر دکھادوں۔"

گلی میں خبر اس روپ میں پھیلی تھی کہ گلی کے باہر ایک مسلمان کھڑا ہے جو رام داسی کے لڑکے کو اٹھانے جا رہا تھا۔ اس کی بہن اسے پکڑ کر گھسیٹ لائی، نہیں تو مسلمان اسے لے گیا ہوتا۔ یہ خبر پاتے ہی جو عورتیں گلی میں پیڑھے بچھا کر بیٹھی تھیں، وہ اپنے اپنے پیڑھے اٹھا کر گھروں کے اندر چلی گئیں۔ گلی میں کھیلتے ہوئے بچوں کو بھی ان عورتوں نے پکار پکار کر گھروں میں بلا لیا۔ منوری جب غنی کو لے کر گلی میں آیا تو گلی میں ایک پھیری والا رہ گیا تھا یا کنویں کے ساتھ ساتھ آگے پیپل کے نیچے رکھا پہلوان بکھر کر سویا پڑا تھا۔ گھروں کی کھڑکیوں میں سے اور کواڑوں کے پیچھے سے البتہ کئی چہرے جھانک رہے تھے۔ غنی کو گلی میں آتے دیکھ کر ان میں ہلکی ہلکی چہ میگوئیاں شروع ہو گئیں۔ داڑھی کے سب بال سفید ہو جانے کے باوجود لوگوں نے چراغ کے باپ عبدالغنی کو پہچان لیا تھا۔

"وہ تھا تمہارا مکان۔۔۔" منوری نے دور ایک ملبے کی طرف اشارہ کیا۔ غنی پل بھر کے لیے ٹھٹک کر پھٹی پھٹی آنکھوں سے اس کی طرف دیکھتا رہا۔ چراغ اور اس کے بیوی

کی موت کو تو وہ کافی عرصہ پہلے تسلیم کر چکا تھا مگر اپنے نئے مکان کو اس روپ میں دیکھ کر اسے جو جھنجھنی ہوئی، اس کے لیے وہ تیار نہ تھا۔ اس کی زبان پہلے سے زیادہ خشک ہو گئی اور گھٹنے بھی اور زیادہ کانپنے لگے۔

"وہ ملبہ؟" اس نے بے یقینی کے لہجے میں کہا۔ منوری نے اس کے چہرے کا بدلا ہوا رنگ دیکھا، اس کی بانہہ کو اور سہارا دے کر ٹھہرے ہوئے لہجے میں جواب دیا، "تمہارا مکان انہیں دنوں جل گیا تھا۔"

غنی چھڑی کا سہارا لیتا ہوا کسی طرح ملبے کے پاس پہنچ گیا۔ ملبے میں اب مٹی ہی مٹی تھی جس میں جہاں تہاں ٹوٹی اور جلی ہوئی اینٹیں پھنسی تھیں۔ لوہے اور لکڑی کا سامان اس میں سے نہ جانے کب کا نکال لیا گیا تھا۔ صرف جلے ہوئے دروازے کی چوکھٹ نہ جانے کیسے بچی رہ گئی تھی جو ملبے سے باہر کو نکلی ہوئی تھی۔ پیچھے کی طرف دو جلی ہوئی الماریاں تھیں، جن کی کالک پر اب سفیدی کی ہلکی ہلکی تہہ ابھر آئی تھی۔ ملبے کو پاس سے دیکھ کر غنی نے کہا، "یہ باقی رہ گیا ہے؟ یہ؟" اور جیسے اس کے گھٹنے جواب دے گئے اور وہ جلی ہوئی چوکھٹ کو پکڑ کر بیٹھ گیا۔ لمحہ بھر بعد اس کا سر بھی چوکھٹ سے جا لگا اور اس کے منھ سے بلکنے کی سی آواز نکلی، "ہائے، اوئے چراغ دین!"

جلے ہوئے کواڑ کی چوکھٹ ساڑھے سات سال ملبے میں سے سر نکالے کھڑی تو رہی تھی مگر اس کی لکڑی بری طرح بھر بھرا گئی تھی۔ غنی کے سر کے چھونے سے اس کے کئی ریشے جھڑ کر بکھر گئے۔ کچھ ریشے غنی کی ٹوپی اور بالوں پر آ گرے۔ لکڑی کی ریشوں کے ساتھ ایک کینچوا بھی نیچے گرا اور غنی کے پیر سے چھ آٹھ انچ دور نالی کے ساتھ لگی اینٹوں کی پٹری پر سرسرانے لگا۔ وہ اپنے لیے سوراخ ڈھونڈتا ہوا ذرا سا سر اٹھاتا، مگر ایک دو بار سر پٹک کر اور نراش ہو کر دوسری طرف کو مڑ جاتا۔

کھڑکیوں میں سے جھانکنے والے چہروں کی تعداد اب پہلے سے کہیں بڑھ گئی تھی۔ ان میں چہ میگوئیاں چل رہی تھیں کہ آج کچھ نہ کچھ ضرور ہو گا۔ چراغ دین کا باپ غنی آ گیا ہے، اس لیے ساڑھے سات سال پہلے کی ساری بات آج کھل جائے گی۔ لوگوں کو لگ رہا تھا جیسے وہ ملبہ ہی غنی کو ساری کہانی سنا دے گا کہ شام کے وقت چراغ اوپر کے کمرے میں کھانا کھا رہا تھا، جب رکھا پہلوان نے اسے نیچے بلایا کہ ایک منٹ آکر ایک ضروری بات سن جائے۔ پہلوان ان دنوں گلی کا بادشاہ تھا۔ ہندوؤں پر ہی اس کا کافی دبدبہ تھا، چراغ تو خیر مسلمان تھا۔ چراغ ہاتھ سے نوالہ رکھ کر نیچے اتر آیا۔ اس کی بیوی زبیدہ اور دونوں لڑکیاں کشور اور سلطانہ کھڑکیوں میں سے نیچے جھانکنے لگیں۔ چراغ نے ڈیوڑھی سے باہر قدم رکھا ہی تھا کہ پہلوان نے اسے قمیص کے کالر سے پکڑ کر کھینچ لیا اور گلی میں گرا کر اس کی چھاتی پر چڑھ بیٹھا۔

چراغ اس کا چھرے والا ہاتھ پکڑ کر چلایا، "نہ، رکّھے پہلوان، مجھے مت مار! ہائے! کوئی مجھے بچاؤ! زبیدہ، مجھے بچا!" اور اوپر زبیدہ، کشور اور سلطانہ ہکا بکا ہو کر چلانے لگیں۔ زبیدہ چیختی ہوئی نیچے ڈیوڑھی کی طرف بھاگی۔ رکّھے کے ایک شاگرد نے چراغ کی جدوجہد کرتی ہوئی بانہیں پکڑ لیں اور رکھا اس کی جانگھوں کو گھٹنے سے دبائے ہوئے بولا، "چیختا کیوں ہے، بھین کے۔۔۔ تجھے پاکستان دے رہا ہوں۔ لے!" اور زبیدہ کے نیچے پہنچنے سے پہلے ہی چراغ کو پاکستان دے دیا۔

آس پاس کے گھروں کی کھڑکیاں بند ہو گئیں۔ جو لوگ اس منظر کے گواہ تھے، انہوں نے اپنے دروازے بند کر کے اپنے کو اس واقعے کی جوابدہی سے آزاد کر لیا۔ بند کواڑوں میں انہیں دیر تک زبیدہ، کشور اور سلطانہ کے چیخنے کی آوازیں سنائی دیتی رہیں۔ رکھے پہلوان اور اس کے ساتھیوں نے انہیں بھی اسی رات پاکستان کو وداع کر دیا، مگر

دوسرے طویل راستے سے۔ ان کی لاشیں چراغ کے گھر میں نہیں بلکہ بعد میں نہر کے پانی میں پائی گئیں۔

دو دن تک چراغ کے گھر کی چھان بین ہوتی رہی تھی۔ جب اس کا سارا سامان لوٹا جا چکا تو نہ جانے کس نے اس گھر کو آگ لگا دی۔ رکھے پہلوان نے قسم کھائی تھی کہ وہ آگ لگانے والے کو زندہ زمین میں گاڑ دے گا، کیوں کہ اس نے اس مکان پر نظر رکھ کر ہی چراغ کو مارنے کا ارادہ کیا تھا۔ اس نے اس مکان کو شدھ کرنے کے لیے ہون سامگری بھی خرید رکھی تھی۔ مگر آگ لگانے والے کا پتا ہی نہیں چل پایا، اسے زندہ گاڑنے کی نوبت تو بعد میں آتی۔ اب ساڑھے سات سال سے رکّھا پہلوان اس ملبے کو اپنی جاگیر سمجھتا آرہا تھا، جہاں وہ نہ کسی کو گائے بھینس باندھنے دیتا تھا اور نہ خوانچہ لگانے دیتا تھا۔ اس ملبے سے اس کی اجازت کے بغیر کوئی اینٹ بھی نہیں اٹھا سکتا تھا۔

لوگ امید کر رہے تھے کہ یہ ساری کہانی ضرور کسی نہ کسی طرح غنی تک پہنچ جائے گی، جیسے ملبے کو دیکھ کر اسے اپنے آپ ہی پورے واقعے کا پتہ چل جائے گا اور غنی ملبے کو مٹی ناخنوں سے کھود کھود کر اپنے اوپر ڈال رہا تھا اور دروازے کی چوکھٹ کو بانہوں میں لیے رو رہا تھا۔ "بول چراغ دینا، بول! تو کہاں چلا گیا اوئے! او کشور! او سلطانہ! ہائے میرے بچے اوئے! غنی کو کہاں چھوڑ گئے اوئے!"

اور بھر بھرے سے لکڑی کے ریشے جھڑتے جارہے تھے۔

پیپل کے نیچے سوئے ہوئے رکھے پہلوان کو نہ جانے کسی نے جگا دیا یا وہ خود ہی جاگ گیا۔ یہ جان کر کہ پاکستان سے عبد الغنی آیا ہے اور اپنے مکان کے ملبے پر بیٹھا ہے، اس کے گلے میں تھوڑا جھاگ اٹھ آیا، جس سے اسے کھانسی ہوئی اور اس نے کنویں کے فرش پر تھوک دیا۔ ملبے کی طرف دیکھ کر اس کی چھاتی سے دھونکنی کی سی آواز نکلی اور اس کا نچلا

ہونٹ تھوڑا باہر کو پھیل گیا۔

"غنی اپنے ملبے پر بیٹھا ہے۔" اس کے شاگرد لچھے پہلوان نے اس کے پاس آکر بیٹھتے ہوئے کہا۔

"ملبہ اس کا کیسے ہے؟ ملبہ ہمارا ہے!" پہلوان نے جھاگ کی وجہ سے بھاری ہوتی ہوئی آواز میں کہا۔

"مگر وہ وہاں پر بیٹھا ہے۔" لچھے نے آنکھوں میں پر اسرار اشارہ لاتے ہوئے کہا۔

"بیٹھا ہے، بیٹھا رہے۔ تو چلم لا!" اس کی ٹانگیں تھوڑی پھیل گئیں اور اس نے اپنی ننگی جانگھوں پر ہاتھ پھیرا۔

"منوری نے اگر اسے کچھ بتا دیا تو۔۔۔" لچھے نے چلم بھرنے کے لیے اٹھتے ہوئے اسی پر اسرار نظر سے دیکھ کر کہا۔

"منوری کی شامت آئی ہے؟"

لچھا چلا گیا۔

کنویں پر پیپل کی پرانی پتیاں بکھری ہوئی تھیں۔ رکھا ان پتیوں کو اٹھا اٹھا کر ہاتھوں سے مسلتا رہا۔ جب لچھے نے چلم کے نیچے کپڑا لگا کر اس کے ہاتھ میں دیا تو اس نے کش کھینچتے ہوئے پوچھا، "اور تو کسی سے غنی کی بات نہیں ہوئی؟"

"نہیں۔"

"لو۔۔۔" اس نے کھانستے ہوئے چلم لچھے کے ہاتھ میں دے دی۔ لچھے نے دیکھا کہ منوری ملبے کی طرف سے غنی کی بانہہ پکڑے ہوئے آرہا ہے۔ وہ اکڑوں ہو کر چلم کے لمبے لمبے کش لینے لگا۔ اس کی آنکھیں آدھا لمحہ رکھے کے چہرے پر ٹکتیں اور آدھا لمحہ غنی کی طرف لگی رہتیں۔ منوری غنی کی بانہہ پکڑے ہوئے اس سے ایک قدم آگے چل رہا

تھا، جیسے اس کی کوشش ہو کہ غنی کنویں کے پاس سے بنا رکھے پہلوان کو دیکھے ہی نکل جائے مگر رکھا جس طرح بکھر کر بیٹھا تھا، اس سے غنی نے اسے دور ہی سے دیکھ لیا۔ کنویں کے پاس پہنچتے پہنچتے اس کی دونوں بانہیں پھیل گئیں اور اس نے کہا، "رکھے پہلوان!"

رکھے نے گردن اٹھا کر اور آنکھیں ذرا چھوٹی کر کے اسے دیکھا۔ اس کے گلے میں ہلکی سی گھرگھراہٹ ہوئی، پر وہ بولا کچھ نہیں۔

"رکھے پہلوان! مجھے پہچانا نہیں؟" غنی نے بانہیں نیچے کر کے کہا، "میں غنی ہوں، عبد الغنی۔ چراغ دین کا باپ!"

پہلوان نے شک بھری نظر سے اس کا اوپر سے نیچے تک جائزہ لیا۔ عبد الغنی کی آنکھوں میں اسے دیکھ کر چمک آگئی۔ سفید داڑھی کے نیچے اس کے چہرے کی جھریاں ذرا پھیل گئی تھیں۔ رکھے کا نچلا ہونٹ پھڑکا، پھر اس کی چھاتی سے بھاری سی آواز نکلی، "سنا غنیا!"

غنی کی بانہیں پھر پھیلنے کو ہوئیں، مگر پہلوان پر کوئی رد عمل نہ دیکھ کر اسی طرح رہ گئیں۔ وہ پیپل کے تنے کا سہارا لے کر کنویں کی سل پر بیٹھ گیا۔

اوپر کھڑکیوں میں چہ میگوئیاں تیز ہو گئیں کہ اب دونوں آمنے سامنے آگئے ہیں تو بات ضرور کھلے گی۔ پھر ہو سکتا ہے دونوں میں گالی گلوچ ہو۔ اب رکھا غنی کو کچھ نہیں کہہ سکتا۔ اب وہ دن نہیں رہے۔ بڑا ملبے کا مالک بنتا تھا! اصل میں ملبہ نہ اس کا ہے نہ غنی کا۔ ملبہ تو سرکار کی ملکیت ہے۔ مردود وہاں کسی کو گائے کا کھونٹا تک نہیں لگانے دیتا۔ منوری بھی ڈرپوک ہے، اس نے غنی کو بتایا کیوں نہیں کہ رکھے ہی نے چراغ اور اس کی بیوی بچوں کو مارا ہے؟ رکھا آدمی نہیں سانڈ ہے۔ دن بھر سانڈ کی طرح گلی میں گھومتا ہے۔ غنی بے چارہ کتنا دبلا ہو گیا ہے! داڑھی کے سارے بال سفید ہو گئے۔۔۔

غنی کے کنویں کی سل پر بیٹھ کر کہا، "دیکھ رکھے پہلوان، کیا سے کیا ہو گیا ہے! بھرا پرا گھر چھوڑ کر گیا تھا اور آج یہاں مٹی دیکھنے آیا ہوں۔ بسے ہوئے گھر کی یہی نشانی رہ گئی۔ تو سچ پوچھے رکھے، تو میرا یہ مٹی بھی چھوڑ کر جانے کو جی نہیں کرتا!" اور اس کی آنکھیں بھر آئیں۔

پہلوان نے اپنی پھیلی ہوئی ٹانگیں سمیٹ لیں اور انگوچھے کو کنویں کی منڈیر سے اٹھا کر کندھے پر ڈال لیا۔ لچھے نے چلم اس کی طرف بڑھا دی اور وہ کش لینے لگا۔

"تو بتا رکھے، یہ سب ہوا کس طرح؟" غنی آنسو روکتا ہوا بڑے اصرار کے ساتھ بولا، "تم لوگ اس کے پاس تھے، سب میں بھائیوں کی سی محبت تھی۔ اگر وہ چاہتا تو تم میں سے کسی کے گھر میں نہیں چھپ سکتا تھا؟ اسے اتنی بھی سمجھ نہ آئی؟"

"ایسا ہی ہے۔۔۔" رکھے کو خود لگا کہ اس کی آواز میں کچھ غیر فطری سی گونج ہے۔ اس کے ہونٹ گاڑھی رال سے چپک گئے تھے۔ اس کی مونچھوں کے نیچے سے پسینہ اس کے ہونٹوں پر آ رہا تھا۔ اس کے ماتھے پر کسی چیز کا دباؤ پڑ رہا تھا اور اس کی ریڑھ کی ہڈی سہارا چاہ رہی تھی۔

"پاکستان کا کیا حال ہے؟" اس نے ویسے ہی لہجے میں پوچھا۔ اس کے گلے کی نسوں میں تناؤ آ گیا تھا۔ اس نے انگوچھے سے بغلوں کا پسینہ پونچھا اور گلے کا جھاگ منہ میں کھینچ کر باہر تھوک دیا۔

"میں کیا حال بتاؤں رکھے!" غنی دونوں ہاتھوں سے چھڑی پر زور دے کر جھکتے ہوئے بولا، "میرا حال پوچھے، تو وہ میرا خدا ہی جانتا ہے۔ میرا چراغ ساتھ ہوتا تو اور بات تھی۔۔۔ رکھے، میں نے اسے کتنا سمجھایا تھا کہ میرے ساتھ چلا چل۔ مگر وہ اڑا رہا کہ نیا مکان چھوڑ کر کیسے جاؤں، یہاں اپنی گلی ہے، کوئی خطرہ نہیں ہے۔ بھولے کبوتر نے یہ

نہیں سوچا کہ گلی میں خطرہ نہ سہی، باہر سے تو خطرہ آسکتا ہے۔ مکان کی رکھوالی کے لیے چاروں جانوں نے جان دے دی۔ رکھے! اسے تیرا بہت بھروسا تھا۔ کہتا تھا رکھے کے رہتے کوئی میرا کچھ نہیں بگاڑ سکتا۔ مگر جب آنی آئی تو رکھے کے روکے بھی نہ رک سکی۔"

رکھے نے سیدھا ہونے کی کوشش کی، کیوں کہ اس کی ریڑھ کی ہڈی درد کر رہی تھی۔ اسے اپنی کمر اور جانگھوں کے جوڑ پر سخت دباؤ محسوس ہو رہا تھا۔ پیٹ کی انتڑیوں کے پاس جیسے کوئی چیز اس کی سانس کو جکڑ رہی تھی۔ اس کا سارا جسم پسینے سے بھیگ گیا تھا اور پیروں کے تلووں میں چنچناہٹ ہو رہی تھی۔ بیچ بیچ میں نیلی پھلجھڑیاں سی اوپر سے اترتیں اور اس کی آنکھوں کے سامنے تیرتی ہوئی نکل جاتیں۔ اسے اپنی زبان اور ہونٹوں کے بیچ کا فاصلہ کچھ زیادہ محسوس ہو رہا تھا۔ اس نے انگوچھے سے ہونٹوں کے کونوں کو صاف کیا اور اس کے منھ سے نکلا، "ہے پربھو سچیا، توہی ہے، توہی ہے، توہی ہے!"

غنی نے محسوس کیا کہ پہلوان کے ہونٹ سوکھ رہے ہیں اور اس کی آنکھوں کے ارد گرد دائرے گہرے ہو گئے ہیں، تو وہ اس کے کندھے پر ہاتھ رکھ کر بولا، "جی ہلکا نہ کر رکھیا! جو ہونی تھی سو ہو گئی۔ اسے کوئی لوٹا تھوڑا ہی سکتا ہے! خدا نیک کی نیکی رکھے اور بد کی بدی معاف کرے۔ میرے لیے چراغ نہیں تو تم لوگ تو ہو۔ مجھے آکر اتنی ہی تسلی ہوئی کہ اس زمانے کی کوئی تو یادگار ہے۔ میں نے تم کو دیکھ لیا تو چراغ کو دیکھ لیا۔ اللہ تم لوگوں کو صحت مند رکھے۔ جیتے رہو اور خوشیاں دیکھو!" اور غنی چھڑی پر دباؤ دے کر اٹھ کھڑا ہوا۔ چلتے ہوئے اس نے پھر کہا، "رکھے پہلوان، یاد رکھنا۔"

رکھے کے گلے میں سے ہامی بھرنے کی مدھم سی آواز نکلی۔ انگوچھا بیچ میں لیے ہوئے اس کے دونوں ہاتھ جڑ گئے۔ غنی گلی کے ماحول کو حسرت بھری نظر سے دیکھتا ہوا دھیرے دھیرے گلی سے باہر چلا گیا۔

اوپر کھڑکیوں میں تھوڑی دیر چہ میگوئیاں چلتی رہیں کہ منوری نے گلی کے باہر نکل کر ضرور غنی کو سب کچھ بتادیا ہوگا۔ غنی کے سامنے رکھے کا تالو کس طرح خشک ہو گیا تھا! رکھا اب کس منھ سے لوگوں کو ملبے پر گائے باندھنے سے روکے گا؟ بے چاری زبیدہ! کتنی اچھی تھی، کبھی کسی سے مندا نہیں بولی۔ رکھے مردود کا گھر نہ گھاٹ! اسے کس ماں بہن کا لحاظ تھا!

اور تھوڑی ہی دیر میں عورتیں گھروں سے گلی میں اتر آئیں۔ بچے گلی میں گلی ڈنڈا کھیلنے لگے اور دوبارہ تیرہ برس کی لڑکیاں کسی بات پر گتھم گتھا ہو گئیں۔

رکھا گہری شام تک کنویں پر بیٹھا کنکھارتا اور چلم پھونکتا رہا۔ کئی لوگوں نے یہاں سے گزرتے ہوئے اس سے پوچھا، "رکھے شاہ، سنا ہے آج غنی پاکستان سے آیا تھا؟"

"ہاں، آیا تھا۔" رکھے نے ہر بار ایک ہی جواب دیا۔

"پھر؟"

"پھر کچھ نہیں۔ چلا گیا۔"

رات ہونے پر رکھا روز کی طرح گلی کے باہر بائیں ہاتھ کی دکان کے تختے پر آبیٹھا۔ روز اکثر وہ راستے سے گزرنے والے جان پہچان کے لوگوں کو آواز دے کر بلا لیتا اور انہیں سٹے کے گر اور صحت کے نسخے بتایا کرتا تھا مگر اس دن وہ لچھے کو اپنی وشنو دیوی کی اس یاترا کی روداد سناتا رہا جو اس نے پندرہ سال پہلے کی تھی۔ لچھے کو وداع کر کے وہ گلی میں آیا تو ملبے کے پاس لو کو پنڈت کی بھینس کو کھڑا دیکھ کر روز کی عادت کے مطابق اسے دھکے دے دے کر ہٹانے لگا، تت، تت، تت۔۔۔

بھینس کو ہٹا کر وہ سستانے کے لیے ملبے کی چوکھٹ پر بیٹھ گیا۔ گلی اس سمے بالکل سنسان تھی۔ کمیٹی کی بتی نہ ہونے سے وہاں شام ہی سے اندھیرا ہو جاتا تھا۔ ملبے کے نیچے

نالی کا پانی ہلکی آواز کرتا ہوا بہہ رہا تھا۔ رات کی خاموشی کے ساتھ ملی ہوئی کئی طرح کی ہلکی ہلکی آوازیں ملبے کی مٹی میں سے نکل رہی تھیں، چیوچیوچیو۔۔۔ چک چک چک۔۔۔ چرررر چرر۔۔۔ ری ری ری ری۔۔۔ چرر۔۔۔ ایک بھٹکا ہوا کوا نہ جانے کہاں سے اڑ کر لکڑی کی چوکھٹ پر آبیٹھا۔ اس سے لکڑی کے ریشے ادھر ادھر چھترا گئے۔ کوے کے وہاں بیٹھتے بیٹھتے ملبے کے ایک کونے میں لیٹا ہوا کتا غرا کر اٹھا اور زور زور سے بھونکنے لگا، وؤ وؤ وؤ! کوا کچھ دیر سہما ہوا سا چوکھٹ پر بیٹھا رہا، پھر پنکھ پھڑ پھڑاتا ہوا اڑ کر کنویں کے پیپل پر چلا گیا۔ کوے کے اڑ جانے پر کتا اور نیچے اتر آیا اور پہلوان کی طرف منہ کر کے بھونکنے لگا۔ پہلوان اسے ہٹانے کے لیے بھاری آواز میں بولا، "در در در۔۔۔ درے!"

مگر کتا اور پاس آکر بھونکنے لگا، وؤوؤوؤوؤوؤ!

"ہٹ ہٹ، در در در درے!"

وؤوؤوؤوؤوؤ!

پہلوان نے ایک ڈھیلا اٹھا کر کتے کی طرف پھینکا۔ کتا تھوڑا پیچھے ہٹ گیا، پر اس کا بھونکنا بند نہیں ہوا۔ پہلوان منہ ہی منہ میں کتے کو ماں کی گالی دے کر وہاں سے اٹھ کھڑا ہوا اور دھیرے دھیرے جا کر کنویں کی سل پر لیٹ گیا۔ پہلوان کے وہاں سے ہٹنے پر کتا گلی میں نکل آیا اور کنویں کی طرف منہ کر کے بھونکنے لگا۔ کافی دیر بھونک کر جب گلی میں سے کوئی جاندار چلتا پھرتا دکھائی نہ دیا تو وہ ایک بار کان جھٹک کر ملبے پر لوٹ آیا اور وہاں کونے میں بیٹھ کر غرانے لگا۔

***

چٹانوں کے بیچ دوپہر

ولاس سارنگ / ترجمہ: م ناگ

کنگز سرکل کے آس پاس کی عمارتوں میں پھیری لگاتے ہوئے دو بج گئے تب بجرنگ نے اپنا بیگ، جس میں سمپلز رکھے تھے، بند کیا اور بس سے دادر جاکر رنجیت کو دے دیا۔ بجرنگ کا دوست رنجیت دادر میں اخباروں اور رسالوں کا ایک اسٹال چلاتا تھا۔

"کیوں رے، کیا آج پھیری جلد لگالی؟" رنجیت نے پوچھا۔

"ہاں۔۔۔ ذرا کام ہے ایک جگہ۔"

"دھندا کیسا چل رہا ہے؟" رنجیت نے پوچھا۔

"کچھ ٹھیک نہیں۔" بجرنگ بولا، "آج کل بہت سے لوگ پھیری لگاکر یہ دھندا کرنے لگے ہیں، اس لیے جیسا ہونا چاہئے ویسا نہیں ہوتا دھندا۔"

اس نے رنجیت سے کہا کہ شام کو آکر وہ بیگ لے جائے گا۔

بجرنگ نے پھر بس لی۔ باندرہ پہنچتے پہنچتے دو پینتیس ہوگئے۔ شالنی اور بجرنگ نے ڈھائی بجے نیوٹاکیز کے پاس ملاقات کا طے کیا تھا۔ بس سے اتر کر پیدل چلنے پر اس کے جی میں آیا کہ دادر میں پیشاب کرلیتا تو اچھا ہوتا۔ آج ساری دوپہر شالنی کے ساتھ سمندر کنارے چٹانوں کے بیچ گذارنی تھی۔

پیشاب کرلینا ہی بہتر ہوگا! اب یہاں کہاں جاؤں؟ اسٹیشن پر جاسکتا ہوں، مگر

ادھر جاکر واپس آنے میں اور بھی وقت ضائع ہو گا۔ پہلے ہی دیر ہو چکی ہے۔۔۔ پیشاب کر ہی لینا چاہیئے۔۔۔ یہ سوچ کر بجرنگ اسٹیشن پر گیا پھر لوٹ کر نیو ٹاکیز پہنچا۔ شالنی انتظار کر رہی تھی۔

"کتنی دیر کر دی۔۔۔" شالنی تنک کر بولی، "کھڑے کھڑے بور ہو گئی۔ آنے جانے والے گھورتے رہتے ہیں۔"

"بس جلدی نہیں ملی۔" بجرنگ بولا۔ قریب ہی ایک ٹیکسی کھڑی تھی۔ بجرنگ نے ٹیکسی کا دروازہ کھولا۔۔۔

بینڈ اسٹینڈ پر اتر کر دونوں وہاں کے اکلوتے ریستوراں میں داخل ہوئے۔ ریستوراں میں کوئی نہ تھا۔ ایک بیرا پاؤں اڑائے کھڑا تھا اور کاؤنٹر پر بیٹھے شخص سے خوشگوار گپیاں کر رہا تھا۔

"پچھلی دفعہ کی طرح کچھ نہ ہوا تو سمجھو مزا آجائے گا۔" شالنی نے کہا۔

"چھی۔۔۔ روز روز کون یہاں جان دینے آئے گا۔" بجرنگ بولا۔

پچھلے ہفتے جب دونوں یہاں آئے تھے تو ریستوراں کی پرلی جانب چٹانوں پر بہت سے لوگ کھڑے تھے۔ پھر پتہ چلا کہ سمندر میں چھلانگ لگا کر خودکشی کرنے والی کسی عورت کی لاش چٹان کے کنارے آگئی تھی۔ ایسی حالت میں چٹانوں پر کیسے جاتے! دونوں کو واپس لوٹنا پڑا تھا!

"تو ہفتے میں ایک سے زیادہ مرتبہ نہیں آسکتی نا؟" بجرنگ نے کہا۔

"چھی۔۔۔ ہفتے میں ایک دفعہ بہت ہو گیا۔ یہاں آنا یعنی نوکری پر آدھے دن کا ناغہ۔۔۔ پیسے کٹتے ہیں۔ گھر میں پتہ چلتا ہے پھر والد غصہ ہوتے ہیں کہ کیوں اتنے ناغے کرتی ہو!"

"ان کو بس اتنی ہی فکر رہتی ہی کہ تو گھر کتنا پیسہ لاتی ہے۔"

"مگر تجھ سے بھی تو نہیں ہو گا ہمیشہ ہمیشہ کا یہاں آنا۔ تیرے دھندے پر اثر نہیں پڑے گا کیا؟"

"میرا کیا ہے۔ میں تو روزانہ یہاں آنے کے لیے تیار ہوں۔ دھندے پر اثر پڑا تو پڑا۔"

"واہ! ایسا کیوں؟ تجھے پیسے نہیں بچانے ہیں۔ شادی ہونے تک دونوں کے پاس خوب پیسے جمع ہو جانے چاہئیں! نہیں تو شادی اور آگے دھکیلنی پڑے گی۔۔چھی۔۔"

"سوس چاہئے۔۔۔؟" سوس کی بوتل شالنی کے سینڈوچ پر ترچھی پکڑے بجرنگ نے پوچھا۔ شالنی نے سر اثبات میں ہلایا تو اس نے بوتل اور بھی ترچھی کر کے سوس انڈیلا۔

"اچھا چل رہا ہے دھندا آج کل؟" شالنی نے پوچھا۔

"ٹھیک ہے۔"

"کب تک کرے گا تو یہ ڈور ٹو ڈور سیلز مین شپ!"

"دیکھوں گا۔ کم از کم سال ڈیڑھ سال تو کھینچنا ہی پڑے گا۔ کسی اچھی کمپنی میں سیلز مین کی نوکری کبھی تو ملے گی!"

چائے پیتے ہوئے بجرنگ نے غور کیا کہ شالنی نے چکن سینڈوچ کے ٹکڑوں کے بیچ کا حصہ کھا کر کنارے ویسے ہی ساسر میں چھوڑ دیے ہیں۔

ساسر یا تھالی صاف نہ کرنا بجرنگ کو نا قابل برداشت اور تعجب خیز لگتا۔ شالنی کے ایسے رئیسانہ چونچلے بجرنگ کو پسند نہ تھے۔ یہ لڑکی دنیاداری بھی کیا ایسے ہی کرے گی؟

دس کی نوٹ دے کر بل چکایا اور بچے ہوئے پیسے جیب میں ڈال کر دل ہی دل میں

بجرنگ نے حساب لگایا۔ لوٹ کر جانے کے لیے ٹیکسی اور پھر آگے بس کے لیے اتنے پیسے کافی ہوں گے۔ یہاں جب وہ آتا، اس کی جیب میں اتنے پیسے ہوتے کہ وہ ٹیکسی اور بس کے لیے نہ کم ہوتے نہ زیادہ۔ بجرنگ سوچتا کہ خدا کرے جیب میں اتنے پیسے ہوں کہ یہاں آنا جانا ہو سکے۔ یہاں آنے جانے کے لیے پیسے نہ ہوں تو یہ بڑی بات ہو گی۔ مگر شالنی کے ساتھ اس کے اچھے خاصے پیسے خرچ ہوتے۔ آنے جانے کے لیے ٹیکسی، ریستوراں میں چائے ناشتہ!

باہر نکل کر۔۔۔ دونوں چٹانوں کی طرف جانے لگے ــــ دوپہر کی کڑی دھوپ تھی مگر سمندر کا کنارہ ہونے کی وجہ سے ہوا میں نمی تھی اور دھوپ کی شدت کا احساس کم ہو گیا تھا۔ داہنی طرف دیوار کے نیچے کی جانب چٹانوں پر دھوبی کپڑے دھو رہے تھے۔ سمندر کا پانی دھوپ میں چمک رہا تھا۔

راستہ ختم ہو گیا۔ پگڈنڈی شروع ہوئی۔ داہنی طرف کی چٹانوں پر کسی بلڈر نے ادھورے نشانات لگائے تھے۔

"کہتے ہیں۔۔۔ یہاں پر بہت بڑا فائیو اسٹار ہوٹل تعمیر ہو گا۔" شالنی نے کہا۔

"ہوں۔۔۔"

"یہاں بڑا ہوٹل بنا تو پھر دوپہر میں آنے کی سہولت نہیں رہے گی۔"

"کیوں فکر کرتی ہو۔ ہوٹل بنتے بنتے تین چار سال لگیں گے۔"

"ہاں اور اس وقت تک ہماری شادی ہو چکی ہو گی۔ اور ہو سکتا ہے ہمیں ایک آدھ بچہ بھی ہو جائے۔۔۔ لڑکا یا لڑکی۔"

"ہوں۔۔۔"

"لیکن چار پانچ سال کے بعد اپنے جیسے جوڑے کہاں جائیں گے۔"

"ان کی فکر تجھے کیوں؟"

"ہم بچے کو لے کر ایک دن یہاں گھومنے آئیں گے، اسے بھی یہ جگہ دکھا کر کہیں گے کہ دیکھ بابیا! ہم یہاں آتے تھے! اسے کچھ سمجھے گا نہیں پھر بھی وہ منہ کھول کر ہنسے گا۔۔۔ کیوں؟"

بائیں طرف چھوٹی سی ٹیکری تھی۔ سنسان، سرسبز ٹیکری کی طرف ایک پگڈنڈی چلی گئی تھی۔ پگڈنڈی کے آخر میں بُرج کی طرح بنا ہوا بہر ام جی پوائنٹ تھا۔ داہنی طرف چٹانیں ہی چٹانیں تھیں۔ پگڈنڈی چھوڑ کر چٹانوں پر آجانے کے بعد بجرنگ نے شالنی کا ہاتھ پکڑا۔ نیچے دیکھ کر، سنبھل سنبھل کر دونوں قدم اٹھانے لگے۔ بیچ بیچ میں بجرنگ سر اٹھا کر آس پاس بیٹھنے لائق کوئی مناسب جگہ ڈھونڈنے لگا۔ چٹانوں پر اس وقت دوسرا کوئی جوڑا دکھائی نہ دیتا تھا۔ تھوڑی تلاش کے بعد بجرنگ کو ایک بیٹھنے لائق اچھی سی جگہ دکھائی دی۔ نیچے سپاٹ آڑی سی چٹان تھی اور اس سے متصل ایک دوسری چٹان جو سپاٹ کھڑی تھی۔ پگڈنڈنی کی طرف پیٹھ اور سمندر کی طرف منہ کیے ایک صوفے کی طرح لگی تھیں وہ چٹانیں۔

بجرنگ نے جیب سے رومال نکال کر ریت جھاڑی۔ نیچے بیٹھا۔ پھر اپنے ننھے رومال سے چٹان پر بڑی نزاکت سے دھول جھٹکتے شالنی بھی اس کے قریب بیٹھ گئی۔ اس نے پرس ایک طرف رکھ دیا۔ بجرنگ نے اس کے کندھوں کے گرد ہاتھ ڈالا۔ ان کی بغل میں کچھ فاصلے پر تین چار استعمال شدہ نرودھ پڑے تھے۔

"چٹان گرم ہے۔۔۔ ہے نا!" شالنی بولی۔ آگے جھک کر اس نے پیٹھ پر پلو ٹھیک کیا، "پھر بھی بہت سی چٹانیں اوبڑ کھابڑ نہیں۔۔۔ دو ہفتے پہلے ہم لوگ یہاں آکر بیٹھے تھے تو چٹان کافی نوکدار اور اوبڑ کھابڑ تھی۔ میری پیٹھ پر بہت سی دھاریاں ابھر آئی تھیں!

گھر جانے پر بھی وہ دھاریاں نہیں مٹی تھیں۔ گھر پر ماں نے پوچھا، تیری پیٹھ پر یہ دھاریاں کیسی پڑ گئیں؟"

"تو۔۔۔"

"تو کیا۔۔۔ کچھ نہ کچھ بہانہ تو کرنا پڑا۔"

"پچھلے ہفتے اس عورت کی لاش کہاں لگی تھی۔ کیا پتہ۔۔۔" بجرنگ بولا۔

"چھی۔۔۔ کیوں اس کی یاد دلاتے ہو؟"

"ویسے سمندر کی لہروں نے اس جگہ کو دھوڈالا ہو گا۔"

"اب چپ بھی کرو۔"

کچھ دیر دونوں چپ رہے۔ دونوں قریب قریب سمندر کی سطح کے برابر بیٹھے تھے جس کی وجہ سے پورا سمندر نظر نہیں آرہا تھا۔ آگے پھیلی ہوئی چٹان اور اوپر آسمان۔ ان کے درمیان آڑی پٹی کی طرح نظر آنے والے پانی پر چلچلاتی ہوئی دوپہر۔ سامنے جہاں چٹان ختم ہوتی تھی، وہاں سمندر کی لہریں شور مچا رہی تھیں۔ دور داہنی طرف دھوبیوں کے کپڑے دھونے کی آوازیں گونج رہی تھیں۔ بجرنگ کے بال ہوا میں اڑ رہے تھے۔

بجرنگ نے اپنی کلائی گھڑی نکالی اور شالنی کا پرس کھول کر اس میں ڈال دی۔ چٹان پر کچھ کرتے کراتے کھرونچیں نہیں پڑنی چاہئے۔ پھر اس نے دوبارہ شالنی کے کندھے کے پیچھے ہاتھ ڈالا اور اسے قریب کھینچا۔ کچھ دیر تک تو بوس وکنار چلتا رہا۔ آنکھیں بند کر لینے پر بھی دھوپ سے منور فضا آنکھوں میں روشنی بھرتی رہتی۔ بند آنکھوں میں کھبتا اجالا، جسم میں چبھتی دھوپ کی تمازت! اور بیچ میں آنے والے ہوا کے سرد جھونکوں سے وہ دنیا و مافیہا سے بے گانہ ہو گئے۔ آنکھیں بند کیے ہوئے بجرنگ نے شالنی کی پیٹھ پر مڑھے بلاؤز کے ہک کھولے۔ پھر منہ ذرا دور کر کے بولا، "تو ایک مرتبہ بنا بریسئر کے

آنا۔"

جسم چرا کر شالنی ہنسی۔

"کہو تو بس ہنستی ہے۔"

"اگلی دفعہ آؤں گی۔"

"ہر دفعہ کہتی ہے۔ اگلی دفعہ۔"

زور سے ہنس کر شالنی بولی، "ارے آدھا دن نوکری پر جا کر آتی ہوں۔ کام پر یوں بنا بریسئر پہنے جاؤں گی تو بھلا ٹھیک لگے گا۔ سارا وقت پلو لپیٹ کر رکھنا پڑے گا۔

بجرنگ چٹان پر تھوڑا نیچے کی طرف سرکا۔ اس نے شالنی کا پلو ہٹایا۔ اپنی پیشانی شالنی کے سر کے نیچے لگالی اور سر اٹھا کر وہ دور افق کی طرف دیکھنے لگی۔ جس طرح بچھڑے کو دودھ پلانے والی گائے اطمینان سے کھڑی ہو کر سامنے دیکھتی رہتی ہے، بالکل اسی طرح شالنی خاموش دور دیکھتی رہی۔ پھر اس نے سر بائیں طرف گھمایا۔ کچھ لمحے تو وہ دیکھتی رہی پھر ایک دم اس نے بجرنگ کو پرے دھکیل دیا۔

بجرنگ نے سر اٹھا کر اس کی طرف دیکھا۔

"وہ دیکھ۔۔۔ وہاں کوئی کھڑا ہے۔" شالنی بولی۔

شالنی کے کندھوں سے پرے بجرنگ نے دیکھا۔۔۔ کچھ فاصلے پر جہاں چٹانیں ختم ہوتی تھیں اور چڑھائی شروع، وہاں کالا چشمہ آنکھوں پر لگائے ایک شخص کھڑا تھا۔ نیلا شرٹ پہنے۔ وہ بیس پچیس سالہ نوجوان بہرام جی پوائنٹ کی دیوار سے ٹیک لگائے کھڑا ان دونوں کی طرف دیکھ رہا تھا۔

ایک گالی دے کر بجرنگ نے سر گھمایا۔ اوپر سرک کر وہ چٹان سے پیٹھ ٹکا کر ٹھیک سے بیٹھ گیا۔

"کیا مصیبت ہے۔۔۔" ہاتھ کے پنجوں سے ناک کی نوک پر آیا پسینہ پونچھ کر وہ بولا۔

"نہیں تو کیا۔۔۔" کپڑے ٹھیک کرتی شالنی بولی۔

کچھ لمحے دونوں خاموش رہے۔

"اس کی طرف مڑ کر دیکھ۔۔۔" بجرنگ شالنی سے بولا۔

دونوں کن انکھیوں سے اس کی طرف دیکھتے رہے۔ نیلے شرٹ والا وہیں کھڑا تھا۔

بجرنگ بولا، "ہم یوں بیٹھے رہیں تو بور ہو کر چلا جائے گا تھوڑی دیر میں۔"

کچھ دیر بعد شالنی بولی، "ابھی تک وہیں ہے وہ۔ ایسے لوگ بڑے ڈھیٹ ہوتے ہیں۔"

"دوپہر میں یہاں آنے میں یہی پریشانی ہے۔" بجرنگ بولا، "شام کو اندھیرا چھا جانے پر یہاں ٹھیک رہتا ہے۔ خوب جوڑے آتے ہیں یہاں اس وقت۔"

شالنی کچھ نہیں بولی۔ وہ پھر بولا، "لیکن تو شام کو یہاں نہیں آسکتی نا؟"

"نہیں بھلا شام کو کیسے آؤں گی۔ یہاں آؤں گی تو ملاڈ گھر پہنچنے میں کتنی دیر ہو جائے گی۔ والد کو میرا دیر سے گھر پہنچنا اچھا نہیں لگے گا۔"

"مصیبت ہے۔"

پھر کچھ دیر دونوں خاموش رہے۔ خاموشی توڑنے کے خیال سے شالنی بولی، "آج کس علاقے میں کام کیا؟"

"کنگز سرکل میں۔"

"یعنی ساؤتھ انڈینس کے علاقے میں۔"

"ہاں!"

"مجھے بتا۔۔۔ کنگز سرکل کو کنگز سرکل کیوں کہتے ہیں۔ کون سا کنگ؟"

"ہو گا کوئی برٹش راجہ۔"

"پر برٹش نام تو اب بدل دیے گئے ہیں۔"

"بھول گئے ہوں گے یہ نام بدلنے کو!"

"کنگز سرکل۔۔۔ کون سا برٹش راجہ۔۔۔ کئی راجہ گزرے۔"

"مجھے کیا معلوم۔۔۔ اتنی پوچھ تاچھ کون کرتا ہے۔"

"کنگز سرکل۔۔۔ یعنی راجہ کا دائرہ۔۔۔ تعجب ہے راجہ گزر گیا اور دائرہ پیچھے چھوڑ گیا۔"

بجرنگ نے سر گھما کر نیلے شرٹ والے کی طرف دیکھا۔ کچھ دیر وہ دیکھتا رہا پھر دوبارہ بولا، "مجھے نہیں لگتا کہ وہ ہماری طرف دیکھ رہا ہے۔ وہ ادھر سمندر کی طرف دیکھ رہا ہے۔"

"چھی۔۔۔ سمندر کی طرف کیوں دیکھنے لگا وہ۔"

"کھاڑی کے مچھیروں کی کشتیاں سمندر میں جاتی ہیں مچھلیاں پکڑنے۔ اس کی کوئی کشتی آنے والی ہو گی۔"

"مجھے ایسا نہیں لگتا۔۔۔ اپنی ہی طرف دیکھتے ہوئے کھڑا ہے، یوں ہی ڈھونگ کر رہا ہو گا سمندر کی طرف دیکھنے کا۔ چالاک ہوتے ہیں ایسے لوگ۔"

کچھ نہ کہتے ہوئے بجرنگ نے شالنی کے سر کے پیچھے ہاتھ ڈالا اور اس کے بازو سے کھیلنے لگا۔ تب شالنی کہا، "تو اب کسی اچھی کمپنی میں نوکری کر لے۔ پھر ہم جلد ہی شادی کے بارے میں سوچ سکیں گے۔"

"لگنی تو چاہیے نوکری۔۔۔" بجرنگ بولا۔

"کب تک ہم یہاں چٹانوں پر آتے رہیں گے۔۔۔ تپتی دوپہر میں۔۔۔ کیسا لگتا ہے شہر چھوڑ کر یہاں کھلی چٹانوں پر۔۔۔"

"ایسا کیا برا ہے یہاں۔۔۔ مجھے تو چٹانوں پر اچھا لگتا ہے۔ سامنے سمندر کی کھلی ہوا۔"

"مجھے تو لگتا ہے ہم چٹانوں پر شاید پوری زندگی بسر کر دیں گے۔"

بجرنگ کچھ نہ بولا۔ سامنے دیکھتا رہا۔ داہنی طرف کافی دور ایک جوڑا بیٹھا تھا۔ ان کے سر چٹان کے اوپر نظر آ رہے تھے۔

پھر ایک مرتبہ سر گھما کر بجرنگ نے نیلے شرٹ والے کی طرف دیکھا۔ پہلو بدل کر وہ اب تک وہیں کھڑا تھا۔ کچھ لمحے بجرنگ اس کی طرف دیکھتا رہا۔

"وہ سمندر کی طرف دیکھ رہا ہے۔ کشتی کا انتظار کر رہا ہے۔"

"کسی طرح اپنے دل کو سمجھا رہا ہے تو۔"

"پر اپنی طرف دیکھتا ہوتا تو وہ ایسے کھلے میں کیوں کھڑا ہوتا۔ کہیں چھپ کر دیکھتا بیٹھا ہوتا۔"

"بے شرم ہوتے ہیں ایسے لوگ۔"

"مجھے لگتا ہے وہ کسی اسمگلنگ والی کشتی کا انتظار کر رہا ہو گا۔ اس طرف سے کشتیاں مال لے کر آتی ہیں۔ کہتے ہیں کھاڑی میں جاتی ہیں کشتیاں۔"

"تو اور بھی اپنا دماغ مت چلا۔۔۔ بجو۔"

کچھ لمحوں تک نیلے شرٹ والے کی طرف دیکھ کر بجرنگ بولا، "کچھ پتہ نہیں چلتا۔۔۔ کبھی لگتا ہے وہ اپنی طرف دیکھ رہا ہے، کبھی لگتا ہے وہ دور سمندر کی طرف دیکھ رہا ہے۔"

"میں نے کہانا۔۔۔ سمجھو وہ کشتی کا انتظار بھی کر رہا ہے تو بھی وہ اپنی طرف درمیان میں دیکھے گا کہ نہیں؟"

"یہ ایک پریشانی ہے۔۔۔ کوئی اپنی طرف دیکھ رہا ہے، یہ پتہ چلتے ہی ہم اس حالت سے ایڈجسٹ ہو جاتے ہیں۔۔۔ پھر جب یہ طے نہیں ہوتا کہ کوئی اپنی طرف دیکھ رہا ہے یا نہیں؟ تو بڑی عجیب حالت ہو جاتی ہے۔۔۔ یعنی ہم موجود ہیں یا نہیں؟ ایسا لگتا ہے۔"

"ایسا کیوں؟ کوئی دیکھنے والا نہ ہو تب بھی موجود ہوتے ہیں۔"

"اگر محسوس کریں تو ہوتے ہیں۔"

تب ایک دم شالنی بولی، "بجو۔۔۔ مجھے پیشاب لگی ہے۔"

"چچ۔۔۔ یہاں کھلے میں کہاں جاؤ گی۔ اس ریستوراں میں بھی ٹوائلٹ نہیں ہے۔"

شالنی کچھ نہیں بولی۔ بجرنگ نے کہا، "کام سے لوٹتے ہوئے پیشاب کر کے آنا چاہئے۔"

"ارے میں جلدی میں نکلی۔ صبح سے اپنے ملنے کا خیال ہی دل میں تھا۔ نکلتے نکلتے اتنی بے چینی ہو گئی۔۔۔ کہ دوسرا کچھ سوجھا نہیں۔ دیر ہو گئی اس لیے جلدی جلدی آ گئی۔"

"اب یہاں ممکن نہیں۔۔۔ جلد ہی اٹھیں گے ہم۔"

کسی مجرمانہ احساس کے تحت شالنی چپ بیٹھی رہی۔

بجرنگ نے دوبارہ سر گھما کر نیلے شرٹ والے کی طرف دیکھا۔

تب شالنی بولی، "ایسے کیوں بار بار، اس کی طرف دیکھتے ہو۔"

"اب تو مجھے ایسا لگ رہا ہے کہ وہ دوسرا اور کوئی نہیں۔"

"یعنی۔۔۔"

"تجھے میں نے شاید بتایا نہیں۔ یہاں جب میں تمہارے ساتھ ہوتا ہوں، تمہیں

بانہوں کے گھیرے میں لیے ہوئے۔۔۔تب مجھے لگتا ہے کہ دوسرا ایک "میں" ارد گرد گھوم پھر کر اس چٹان والے "میں" کی طرف دیکھ رہا ہے یعنی سمجھ میں آیانا۔ یعنی وہ میں ہی ہوتا ہوں پر دور کھڑا ہو کر یہاں والے تیرے ساتھی "میں" کی طرف دیکھ رہا ہوتا ہوں۔"

"پھر اس کا کیا۔"

"پر اب لگتا ہے کہ وہ دوسرا کوئی نہیں۔۔۔وہ میں ہوں۔"

"کچھ بھی اوٹ پٹانگ بکتے ہو۔ وہ آدمی کوئی اور۔۔۔ کوئی اجنبی ہے یہ صاف نظر آتا ہے۔"

بجرنگ نے کوئی جواب نہیں دیا۔ وہ نیلے شرٹ والے کی طرف دیکھ رہا تھا۔

"پر بجو۔۔۔ کیا ایسا تجھے ہمیشہ لگتا ہے ؟"

"ہمیشہ نہیں۔ فقط تیرے ساتھ ہوتا ہوں تب۔ خاص طور پر تیرے بوسے لیتے ہوئے بڑی شدت سے ایسا محسوس ہوتا ہے۔"

"اس کے علاوہ اور کبھی۔۔۔؟"

"نہیں۔۔۔ پہلے بچپن میں ایسا ہوتا تھا۔ والد صاحب نے میری طرف کبھی دھیان نہیں دیا مگر ماں مجھے بہت پیار کرتی تھی۔ آٹھ دس سال کا ہونے تک مجھے سینے سے چمٹا کر پیار کرتی۔ وہ جب بھی سینے سے لگاتی، مجھے لگتا میں دور کھڑا ہوں اور اپنے آپ کو دیکھ رہا ہوں۔ بس۔"

"کمال ہے۔"

بجرنگ کا ہاتھ دوبارہ ادھر ادھر حرکت کرنے لگا۔ تب اس کا ہاتھ پکڑ کر وہ بولی،

"نہیں نا۔۔۔ وہ دیکھ رہا ہے۔"

ہاتھ چھڑا کر بجرنگ بولا، "ٹھیک ہے اسے اس طرف کا دکھائی نہیں دیتا۔"
پھر دو چار منٹ ٹھہر کر بجرنگ بولا، "ایسے نیچے سرک کر بیٹھ ذرا تب اسے کچھ خاص نظر نہیں آئے گا۔"

کچھ دیر بعد جب بجرنگ کی حرکتیں بڑھ گئیں اور ان میں اصرار جھلکنے لگا تب اشارہ پا کر شالنی بولی، "نہیں بجو۔۔۔وہ نہیں۔"

"اوہ۔۔اس میں کیا اتنا؟"

"نہیں نا۔۔۔وہ دیکھ رہا ہے۔"

"جھٹ پٹ ختم کریں گے۔"

"بجو۔۔۔"

"اس طرف ادھر آ۔۔۔"

"چھی۔۔۔کیا اس کے دیکھتے ہوئے۔"

شالنی کے بازو کو زور سے کھینچ کر بجرنگ بولا، "وہ میں ہی ہوں۔۔۔ایسا سچ۔۔۔میں نے کہا نا تجھے۔ وہ میں ہوں۔" یہ کہتے ہوئے اس نے شالنی کو بڑی بے رحمی کے ساتھ اپنی طرف کھینچا۔ کچھ دیر شالنی ادھ لیٹی حالت میں چپ پڑی رہی، پھر بجرنگ کی آنکھوں میں دیکھ کر بولی، "مجھے بھی تیری طرح کا احساس ہوتا ہے کبھی کبھی۔"

"کیا۔۔۔؟" بجرنگ دوبارہ جھکا، "اس طرف ادھر آ۔۔۔"

اس نے پینٹ کی جیب سے نرودھ کا ایک پیکٹ نکالا۔ بنا کسی مزاحمت کے شالنی چپ لیٹی رہی۔ بجرنگ کا اس کے چہرے کی طرف دھیان نہیں تھا۔ شالنی نے ایک دم کہا، "چھی۔۔۔کیا اس چٹان پر۔۔۔ایک دم تپتی دھوپ میں۔۔۔کسی کے دیکھتے ہوئے۔" وہ رونے لگی۔

بجرنگ اٹھ کر بیٹھ گیا، کچھ نہ کہتے ہوئے، گھٹنے پر دونوں ہاتھ رکھ کر، چٹان کو پیٹھ لگائے وہ بیٹھا رہا۔ شالنی آنکھیں پونچھنے لگی۔

کچھ دیر بعد ہاتھ آگے بڑھا کر وہ بولی، "ناراض ہو گیا کیا؟"

بجرنگ خاموش رہا۔

"آ۔۔۔نا" شالنی نے کہا۔

آگے جھک کر اس نے بجرنگ کا بازو پکڑ کر کھینچا۔

شالنی آنکھیں بند کیے اور سر ترچھا کئے لیٹی رہی۔۔۔ اوپر بجرنگ۔ بجرنگ اوپر نیچے ہونے لگا۔

سر اوپر اٹھا ہوا ہونے کی وجہ سے نیلے شرٹ والا نظر نہیں آ رہا تھا۔

جسم اوپر نیچے ہونے سے اور پسینہ سے تر چہرے کی تمازت سے کالے چشمے والے کا چہرہ بجرنگ کو دھندلا دھندلا نظر آنے لگا تھا۔

شالنی کی صحبت میں گھومنے والا دوسرا "میں" آج واضح طور پر سامنے کھڑا تھا اور ارد گرد گھومنے والا مگر نظر نہ آنے والا "میں" آج خود کہیں غائب ہو گیا تھا۔ یہ اطمینان کی بات تھی۔

لذت کی ایک لہر بجرنگ کے دل میں امڈی۔ اس کے چہرے پر ہلکی سی ہنسی ابھری۔ تلذذ کی ان گنت لہروں پر تیرتا ہوا وہ اوپر نیچے ہوتا رہا۔ بائیں طرف کچھ رونما ہونے کا احساس ہوا اور اس نے سر گھمایا۔ دور راستے کے خاتمے پر جہاں سے پگڈنڈی شروع ہوتی تھی، وہاں پولس کی ایک گاڑی کھڑی تھی۔ ابھی ابھی آئی تھی۔ پارک کی جا رہی تھی۔ بجرنگ گاڑی کی طرف دیکھتا رہا۔

سامنے بھی کھٹ پٹ ہوئی۔ بجرنگ نے سامنے دیکھا۔ نیلے شرٹ والے نے شاید

پولس کی گاڑی دیکھ لی تھی اور وہ فوراً نیچے جھک گیا تھا۔ نیچے جھک کر بیٹھا وہ کچھ دیر گاڑی کی طرف دیکھتا رہا۔ پھر چند لمحوں کے بعد پولس گاڑی کی طرف دیکھا، پھر فوراً اٹھ کر سامنے بجرنگ کی طرف دوڑ کر آنے لگا۔ پوری طرح کھڑے کھڑے نہیں، وہ دب کر، جھک کر، بھاگ رہا تھا۔ اسے اپنی طرف آتا ہوا دیکھ کر بجرنگ نے اوپر نیچے ہونا بند کیا تو شالنی نے آنکھیں کھول کر سر سیدھا کیا اور سوالیہ نظروں سے اوپر کی طرف دیکھا۔

نیلے شرٹ والے کو قریب آیا دیکھ کر بجرنگ فوراً شالنی کے بغل میں آگیا اور پینٹ کی بٹنیں بند کرنے لگا۔ شالنی کو کچھ گڑبڑی کا احساس ہوا اور وہ ادھ لیٹی ہو گئی۔ سر گھما کر اس نے اپنے پیچھے دیکھا۔ تب نیلے شرٹ والا دو قدموں کے فاصلے پر آچکا تھا۔

"ماں۔۔۔" شالنی چلائی۔

"چپ۔ چلاؤ مت۔" دونوں کے قریب دبک کر بیٹھتے ہوئے نیلے شرٹ والے نے کہا اور پینٹ کی جیب سے لمبی پتی والا چاقو نکال کر اس نے کھٹ سے کھولا۔ جلدی جلدی کپڑے ٹھیک کرتی شالنی کچھ کہنا چاہتی تھی لیکن اس کے منہ سے آواز نہیں نکل رہی تھی۔ بجرنگ پسینہ پسینہ ہو گیا۔

"بالکل گڑبڑ نہیں کرنا۔۔۔" نیلے شرٹ والے نے کہا، "اور ڈرنا نہیں۔ میں آپ کو کچھ نہیں کرنے والا ہوں۔" بجرنگ کی طرف دیکھ کر وہ بولا، "کھالی ایک کام کرنا پڑے گا۔ تمہاری لونڈیا کو میرے ساتھ آنا ہوگا، سمجھ لو اسے میرے ساتھ وہاں مین روڈ تک آنا ہوگا۔ وہاں ہوٹل کے پاس میں اسے چھوڑ دوں گا ٹھیک!"

وہ تھوڑا رکا، پھر شالنی کی طرف مڑ کر بولا، "تم میرے ساتھ چپ چاپ آنا۔ پولس والوں کے سامنے سے گزرتے ہوئے کچھ گڑبڑ نہیں کرنا۔ نہیں تو یہ ہے۔" اس نے چاقو شالنی کی آنکھوں کے آگے لہرایا۔ دوبارہ بجرنگ کی طرف دیکھ کر بولا، "اور تم یہیں

بیٹھے رہنا۔ ہم جارہے ہیں۔ تم نے اگر چلایا تو میں اس لونڈیا کو راستے ہی میں چاقو مار کر بھاگ جاؤں گا۔" آگے بڑھ کر بائیں ہاتھ سے شالنی کا بازو پکڑ کر وہ بولا، "چلو۔"

"ماں۔۔۔" شالنی چلائی۔ چلا کر اس نے بازو چھوڑ دیا اور بجرنگ کی طرف سرک آئی۔

"جلدی کرو۔" نیلے شرٹ والا بولا، "ٹائم نہیں ہے جھٹ نکلنا ہے۔" شالنی نے مڑ کر بجرنگ کی طرف دیکھا۔ بجرنگ کچھ نہیں بولا، "دیکھو میں نے کہا ہے۔ میں دھوکہ نہیں دینے والا ہوں۔ ایسی لونڈیا میں نے بہت دیکھی ہیں۔ مجھے یہاں سے نکل کر جانا ہے بس۔۔۔" دوبارہ آگے بڑھ کر نیلے شرٹ والے نے شالنی کا بازو پکڑا۔ اس دفعہ اس نے کوئی مزاحمت نہ کی۔ بازو پکڑ کر نیلے شرٹ والے نے اسے اٹھایا۔ سسکتے ہوئے وہ اٹھی۔ نیلے شرٹ والے نے چاقو بند کر کے جیب میں رکھا اور ہاتھ جیب میں ٹھونس لیا۔ بایاں ہاتھ شالنی کے کاندھے پر ڈالے چلنے لگا۔ ڈگمگاتی لرزتی شالنی چلنے لگی۔ چار قدم چلنے کے بعد اس نے مڑ کر بجرنگ کی طرف دیکھا مگر نیلے شرٹ والے کے کھینچنے پر وہ دوبارہ چلنے لگی۔

چٹان کے درمیان چلتے ہوئے وہ چڑھائی چڑھے اور پگڈنڈی پر اتر گئے۔

دور پولس کی گہری نیلی گاڑی راستے سے کچھ دور کھڑی تھی اور دو پولس والے نیچے اتر کر چٹان اور سمندر کی طرف دیکھ رہے تھے۔ نیلے شرٹ والے کے ساتھ شالنی چپ چاپ قدم اٹھاتی چلی جاری تھی۔ نیلے شرٹ والے نے اسے قریب کھینچ لیا تھا۔ اپنے آپ میں گم جوڑے کی طرح وہ دونوں چلے جارہے تھے۔ بجرنگ اونچی چٹان پر بیٹھا دیکھ رہا تھا۔۔۔ ہوں۔۔۔ تو یہ اسمگلنگ والا تھا۔

اس نے سوچا۔۔۔ تو وہ ہم دونوں کی طرف دیکھ رہا تھا۔ اب وہ شالنی کو لے

جارہاہے۔۔۔ اور میں ان دونوں کو دیکھ رہاہوں۔ پر وہ "میں" ہی تو ہوں۔

گاڑی کے باہر آئے وہ دونوں پولس والے پگڈنڈی پر اتر رہے تھے۔ نیلے شرٹ والا اور شالنی دونوں پولس والوں کے پاس سے گزرے تب نیلے شرٹ والے نے شالنی کے چہرے کے قریب اپنا چہرہ لگالیا۔ بجرنگ نے دیکھا کہ نیلے شرٹ والا اس سے کچھ باتیں بھی کرر ہاتھا۔ دایاں ہاتھ اسی طرح جیب میں ٹھونسے ہوئے شالنی کی طرف جھکنے کی وجہ سے اب اس کا چہرہ پولس والوں کے مخالف سمت میں تھا۔ پیار میں مگن جوڑے کی طرح وہ دونوں چلے جارہے تھے۔

دونوں پولیس والوں نے قریب سے گزرتے ہوئے جوڑے پر ایک نظر ڈالی اور پگڈنڈی سے آگے آنے لگے۔ ان کی داہنی طرف چٹان پر دو جوڑے بیٹھے ہوئے تھے۔ ان جوڑوں کی طرف ایک نگاہ ڈال کر پولس والے چٹان کی اونچائیوں کی طرف آنے لگے۔ چوٹی کے قریب بیٹھے بجرنگ کی طرف دیکھتے ہوئے وہ قریب تر ہونے لگے۔

نیلے شرٹ والا وہ شخص اور شالنی اب پولس کی گاڑی کی پرلی طرف جاچکے تھے۔ مین روڈ پر پہنچ چکے تھے۔ بجرنگ کا منہ سوکھا رہاتھا مگر حلق میں چیکٹ تھوک جمع تھا۔ زور سے کھنکار کر اس نے چٹان پر تھوکا اور نزدیک آنے والے پولس والوں کی طرف گھٹنے پر سر رکھے دیکھنے لگا۔

***

تھوک

وجیارا جادھیکش / ترجمہ: انجم عباسی

میں سامنت صاحب کے کمرے میں بیٹھا تھا۔ صاحب یکے بعد دیگرے کام بتاتے جارہے تھے۔ میں ان کو اپنے دل ہی دل میں نوٹ کر رہا تھا۔ یہ سارے کام شام تک ختم نہیں ہوں گے اور مجھے آج بھی آفس بند ہونے کے بعد بیٹھنا پڑے گا، اس کا احساس ہو چکا تھا۔ گذشتہ کئی دنوں سے یہ سلسلہ جاری تھا۔ صبح گھر سے جلدی نکلنا اور رات کو واپس لوٹنا۔

کوئی اتوار فرصت کا ملتا لیکن کبھی کبھی اتوار کو بھی سامنت صاحب کا سندیسہ آتا اور چھٹی کے دن بھی آفس جانا پڑتا۔ بیوی کو غصہ آجاتا، بچے شکایتیں کرتے،" کہیں آنا جانا نہیں، سیر و تفریح نہیں۔" لیکن کوئی علاج ہی نہیں تھا۔ پیٹ بھرنے کے لیے یہ سب کچھ کرنا لازمی تھا۔ بیوی کو میں یہی سمجھاتا رہتا۔ وہ کہتی،" وہ تو ٹھیک ہے، لیکن کام کی بھی کوئی حد ہو؟ ناٹک سینما جائیں، یہ میں نہیں کہتی، لیکن گذشتہ کئی دنوں سے تمہاری آنکھوں میں درد ہے۔ تم ہی کہہ رہے تھے کہ شاید نمبر بڑھا ہو گا۔ آنکھوں کا معائنہ کرانے کے لیے تو کم از کم وقت نکال لو۔ گھر کے سارے کام میں کرلوں گی، لیکن یہ کام تو مجھ سے نہیں بن پڑے گا نا؟"

اس کا کہنا صحیح تھا۔ بہت ساری باتیں مجھے ہی کرنا چاہئے تھیں۔ لیکن سیلون میں

جانے اور اطمینان بخش غسل لینے کا وقت نہیں تھا، پھر ڈاکٹر کا کیا ذکر؟ کبھی کبھی ان ساری باتوں پر غصہ آجاتا مگر صرف عارضی ہوتا، کیونکہ سب اٹل ہیں، اس کا علم ہو چکا تھا۔

جو اتنے دن ہوتا رہا، وہ آج بھی ہوتا رہے گا۔ آج جلدی جانے کو ملتا تو اچھا ہوتا! وسو بیمار ہے۔ اسپتال میں ہے۔ شام کو ٦ بجے کے بعد ملنے نہیں دیا جاتا، اس لیے اس سے اب تک مل ہی نہیں سکا۔ بیوی دوبار جا کر آئی تو بھی کیا ہوا؟ وہ میرا ہی انتظار کرتا رہے گا۔ پھر اس کی بیماری بھی بڑی خطرناک ہے۔ کسی طرح اس سے ملنا چاہئے۔ صاحب جب کاموں کے متعلق بتا رہے تھے، اس وقت دل میں یہی خیالات کلبلا رہے تھے۔ صاحب کے دھیان میں یہ بات آئی، وہ تھوڑے دل شکن لہجے میں بولے، "تمہارا دھیان کس طرف ہے جو گلیکر؟"

"ساری سر!"

"دیٹس آل رائٹ۔ لیکن ایسا مت کرو۔ میں جانتا ہوں کہ کام کا بوجھ پڑتا ہے، لیکن تمہارے جیسے جوانوں کو جوش و خروش سے کام لینا چاہئے۔ بڑھاپے میں شکایتیں ہی ہیں۔ تب تک جتنا ہو سکے، کام کر لو۔ کتنی بار تمہیں بتاؤں؟"

آفس میں صاحب کہیں کام کرو، گھر میں بیوی کہے آرام کرو، کس کس کی سنوں؟ مجھے خود کو اپنے بارے میں سوچنے کا کچھ حق ہے یا نہیں؟ مجھے لگا کہ صاحب سے فوراً یہ سوال کروں، اتنے میں شیلار اندر آیا۔

"ان کا فون ہے۔" میری طرف دیکھتے ہوئے اس نے کہا۔

"جاؤ فون لے لو۔"

میں اٹھا۔ باہر جا کر رسیور ہاتھ میں لے لیا، "ہیلو!"

"میں بول رہی ہوں۔ وسو، بھائی وفات پا گئے۔ ابھی کا کا خبر دے کر گئے ہیں۔ تین

بجے تک میت گھر پر لانے والے ہیں۔ آپ فوراً آیئے۔"

کیا کہوں کیا پوچھوں ؟ مجھے کچھ سوجھ نہیں رہا تھا، اتنے میں بیوی نے فون رکھ دیا۔

میں دو تین منٹ باہر رینگتا رہا۔ دوبارہ صاحب کے کمرے میں گیا۔

"ہاں! تو کیا کہہ رہا تھا۔۔۔؟" مجھے دیکھتے ہی صاحب نے کہنا شروع کیا۔

"صاحب!"

"کیا ہوا؟"

"مجھے فوراً جانا چاہیئے۔"

"کیوں ؟"

"میرا پھوپھی زاد بھائی انتقال کر گیا۔ ابھی فون آیا تھا۔"

"ساری ٹو ہیئر دیٹ! لیکن کم از کم دو تین خط روانہ کرو، پھر جاؤ۔"

ایک بجا تھا۔ یہ خطوط روانہ کرنے کا مطلب تھا، کم از کم دو بج جائیں گے اس کے بعد بس پکڑ کر میں تین بجے کھار کیسے پہنچوں گا؟ یہ ان کی سمجھ میں کیوں نہیں آتا؟

"دیر ہو گی صاحب۔"

"میں تمہارے جذبات سمجھتا ہوں، لیکن دیکھو ابھی جلدی جا کر بھی تم کیا کرو گے ؟ سب کچھ تو ختم ہو چکا ہے۔ اس لیے ذرا دیر رکو۔ کام کرو۔ کام میں مشغول رہنے سے تم اپنے آپ کو قدرے سنبھال لوگے۔ وہاں پر سکون دل سے جانا چاہیئے۔"

اب یہ بھی مجھے صاحب ہی بتائیں گے ؟ میں کیسے سنبھل جاؤں ؟ کیسے پر سکون ہو جاؤں ؟ اس کا بھی میں تعین نہیں کر سکتا؟ اور صاحب جو کچھ بتا رہے ہیں وہ کم از کم دل کی گہرائیوں سے ہے کیا؟ اس میں مجھے تسلی دینے کا مقصد کس قدر ہے ؟ لیکن کوئی سوال کرنے کی ہمت نہیں تھی۔ دل ہی دل میں کڑھتے ہوئے وہ دو تین کام انجام دے رہا تھا۔

کسی کھونٹے سے بندھے جانور کا سا مجھے احساس ہو رہا تھا۔ جس وقت آفس چھوڑا اس وقت دو بج چکے تھے۔

بس اسٹاپ پر کھڑا ہو گیا۔ تھوڑی دیر کے بعد بس آئی۔ بہت زیادہ بھیڑ تھی۔ جوں توں کر کے اندر داخل ہو گیا۔ اس کھینچا تانی میں وسو کے بارے میں سوچنا بالکل ناممکن تھا۔ بے حس ہو کر بس کی ڈنڈی پکڑ کر کھڑا ہو گیا۔ ایک دوبار نزدیک کی سیٹ خالی ہو گئی لیکن اس پر میری توجہ نہیں تھی۔ میرے پیچھے کے آدمی نے تیزی سے وہ سیٹ پکڑ لی۔

تیسری بار سیٹ خالی ہوتے ہی فوراً میری توجہ گئی۔ کون کون سے واقعات پیش آئے، اس کے بارے میں سنجیدگی سے سوچنے لگا۔ دس بارہ دن وسو اسپتال میں تھا لیکن میں جا نہیں سکا۔ چھ بجے سے قبل آفس سے نکل ہی نہیں سکا۔ آفس کام کی وجہ سے کتنے کام ادھورہ جاتے ہیں! آنکھوں کا معائنہ کرالینا چاہئے۔ کبھی کبھار سینے میں درد ہوتا ہے۔ بیوی نے کہا، "یہ تو تمہارا وہم ہے۔ اس عمر میں اس قسم کی بیماری کیسے ممکن ہے؟" لیکن کیوں ممکن نہیں؟ وسو میری ہی عمر کا تھا۔ وہ اچانک مرا نہیں کیا؟ شاید میں بھی۔۔۔ وہ کچھ بھی نہیں۔ اب بلا کسی تامل کے رخصت لی جائے اور اپنا چیک اپ کرایا جائے۔ صاحب کو غصہ آیا تب بھی کچھ حرج نہیں۔ انہیں اطلاع دیے بغیر حاضر نہ رہوں۔ آخر ان کا غصہ زیادہ اہم ہے یا میری صحت؟

ایک اسٹاپ پر بس رک گئی۔ کچھ لوگ اترے کچھ لوگ سوار ہوئے۔ میرے سامنے والی سیٹ پر ایک آدمی آکر بیٹھ گیا۔ میں اپنے خیالات میں مگن تھا، لیکن اس آدمی کے آکر بیٹھ جانے کے بعد خاموشی سے سوچتے رہنا مشکل ہو گیا کیونکہ وہ سیٹ پر بیٹھنے کے بعد کھڑکی کی جانب منہ کر کے تھوکا۔ اس کا تھوک میرے جسم پر آپڑا۔ عام دنوں میں جھگڑا ہو چکا ہوتا لیکن اب اتنی سکت باقی نہیں تھی سوچا، تھوکنے دو، وہ اس کا سوال ہے۔

میں کیوں مداخلت کروں؟ مجھے کیا حق ہے؟ بس چل رہی تھی اور وہ آدمی بار بار تھوک رہا تھا۔ میں صرف وہی دیکھ رہا تھا۔ اپنے بارے میں یا کسی اور کے بارے میں سوچنا ناممکن سا تھا۔

صرف وہ آدمی۔۔۔ اور اس کا تھوکنا۔۔۔ کم از کم وہ آدمی چالیس بار تھوکا۔ ایک بار بس ٹریفک سگنل کے پاس رک گئی۔ قریب ہی ایک پرائیویٹ ایمبولینس کھڑی تھی۔ سفید دودھیا جیسی۔ اس بار وہ پھر تھوکا۔ اس سفید گاڑی پر لال چھینٹے اڑ گئے۔ ایک بار۔۔۔ دوبار۔۔۔ آخر سگنل ملا۔ بس شروع ہوگئی۔ میری توجہ اس ایمبولینس کی طرف گئی۔ اس پر لکھا تھا۔ یورس ٹو یوز اینڈ پروٹیکٹ (Yours to use and Protect) مجھے جانے کیوں وہ معنی خیز لگا۔ مجھے ایسا محسوس ہوا کہ اپنی زندگی ایک عظیم ایمبولینس کی طرح ہے۔ ہم اسے استعمال کرتے ہیں۔ کبھی اس پر تھوکتے ہیں۔ لیکن تھوکتے ہیں یعنی کیا واقعی کام کرتے ہیں؟ کیا اس پر احتجاج کرتے ہیں؟ کیا اسے کمتر سمجھتے ہیں؟ کیسے معلوم! کسی ادیب سے پوچھنا چاہیے۔

بے ساختہ یہ تجویز دل میں آئی۔ لیکن اس تجویز کو دل میں زیادہ دیر تک رچ بس جانے کے لیے ماحول میں سکوت کہاں تھا؟ سامنے کے مناظر ہی بڑے بڑے دکھائی دے رہے تھے۔ میرے سامنے کا ماحول وسیع تر ہوتا جارہا تھا۔ وہ آدمی اور اس کا تھوکنا۔۔۔ اتنے میں میرا اسٹاپ آگیا۔ میں اترا۔ گھڑی میں دیکھا ساڑھے تین بجے تھے۔ وسوا بھی تک گھر میں ہی ہوگا یا اسے لے جایا گیا ہوگا؟ اس کا گھر بس اسٹاپ کے قریب تھا۔ سوچا کہ وہاں جاکر خلاصہ کرلوں اور اسے لے جایا گیا ہوگا تو سیدھے ٹیکسی سے شمشان چلا جاؤں۔

گھر پہنچا۔ سب کچھ پر سکوت تھا۔ کسی نے دھیمی آواز سے کہا، "ابھی لے جایا گیا۔" میں ویسے ہی نیچے اترا۔ شمشان۔۔۔ سمندر قریب ہوتے ہوئے بھی ویران دکھائی دینے

والا شمشان۔۔۔ چھوٹے چھوٹے حلقے۔۔۔ ایک دوسرے سے چہ میگوئیاں کرنے والے لوگ۔۔۔ ان میں سے اپنے لوگ کون سے ؟ شروع میں تو پہچانتے نہیں بن پڑا۔ آخر میں کاکا دکھائی دیے۔ وہ جس گروپ میں کھڑے تھے، اسی گروپ میں جاکر کھڑا ہو گیا۔

"تمہیں کب معلوم ہوا؟"

"ایک بجے، لیکن کام پورے کر کے نکلنے تک دو بج گئے۔"

"میرے ساتھ بھی وہی ہوا۔ تم اسپتال گئے تھے کیا؟"

"نہیں۔ وہ بھی ممکن نہ ہو سکا۔"

"بے چارہ اچانک مر گیا۔۔۔"

"اس طرح ہماری عمر کے لوگ سدھارنے لگیں تو ڈر لگتا ہے نا؟"

"ڈر لگتا ہے یہ تو سچ ہے۔ لیکن ڈر کی وجہ س اس قسم کے واقعات تھوڑے ٹالے جاسکتے ہیں؟"

"تمہاری صحت ٹھیک ہے نا؟ کچھ عرصہ پہلے سنا تھا کہ تمہاری طبیعت ٹھیک نہیں تھی۔"

"ہاں!"

"بھئی خود کو سنبھالو۔۔۔"

"ڈاکٹر کیا کہتے ہیں؟"

مکالمے کا ایک اور حصہ۔ اس شمشان میں ہر ایک آدمی ایک دوسرے کی فکر میں مبتلا تھا۔ عام حالات میں ایک دوسرے سے الگ رہنے والے لوگ ایک دوسرے کے قریب آگئے تھے۔ ایک دوسرے کی حفاظت کر رہے تھے۔ دوسری گپیں بھی جاری تھیں، وہ بھی ذہنی تناؤ دور کرنے کے لیے۔۔۔ یعنی حفاظت کے لیے ہی۔۔۔ جیسے کہ

موت سامنے ہو، اس سے لڑنے کا ارادہ ہو۔ اس ماحول میں میں بے چین تھا۔ وسو سدھار ایعنی کیا ہوا؟ وہ اس لمحے ذہن میں آرہا تھا۔ موت اس وقت ایک ٹھوس حقیقت محسوس ہو رہی تھی۔ خود کو سنبھالنا ہی چاہیئے۔ کام وغیرہ کی اہمیت ضمنی ہے۔ کل ہی سب چیک اپ کرالیں۔"

"ایسا لگتا ہے سب کچھ ہو گیا ہے۔"

"تم نے ہار پہنایا؟"

بکھرے ہوئے آدمی یکجا ہوئے۔ وسو کی سفید کپڑوں میں لپٹی ہوئی لاش چتا پر رکھی جانے والی تھی اور جب دوسرے لمحے ہی شعلے وسو کو بھسم کر ڈالیں گے، اس کی حفاظت کون کرے گا؟ کوئی بھی نہیں۔۔۔ ایسا ہی ہو گا۔ یہ اٹل ہے، پھر فکر کس لیے؟ جتنا اس جسم کا استعمال کیا جا سکے اتنا کرلیں اور پھر۔۔۔ کبھی کسی وقت موت کی آگ کے حوالے کر دیں، یہ خیال دل میں آتے ہی پتہ نہیں کیوں ہمت بندھی اور وہ تھوکنے والا آدمی متواتر دکھائی دینے لگا۔ مجھے لگا میں بھی تھوکوں، بار بار تھوکوں۔

Yours to use and protect

اپنے جسم کے ان دیکھے الفاظ پر تھوکتے رہوں۔

***

دو ٹکے کے لوگ

وسنت پروشوتم کالے / ترجمہ: انجم عباسی

میرے ذہن میں اچانک ایک خیال آیا کہ دوڑ کر اس بوٹ پالش والے لڑکے سے کہا جائے کہ، "بابارے، اس جگہ تم دھندہ کرنے کے لیے مت بیٹھو۔ یہ جگہ بہت خطرناک ہے۔ بہت سالوں پہلے اس جگہ پر ایک بوڑھا آدمی۔۔۔"

"بہت زیادہ سوچتے رہتے ہو تم! اس پالش والے کی طرف کیا دیکھتے رہے؟" گوگٹے نے میری پیٹھ پر تھپکی لگاتے ہوئے کہا۔ لیکن اسی خیال میں محو رہنے کی وجہ سے میں نے گوگٹے کو کوئی جواب نہیں دیا۔ دوبارہ چڑھ کر گوگٹے نے مجھ سے پوچھا، "کس خیال میں گم ہو؟" میں نے آہستہ سے جواب دیا، "ویسے کسی اہم بات کے خیال میں غرق نہیں تھا لیکن اس بوٹ پالش کرنے والے لڑکے کو اسی جگہ دیکھ کر ایسا لگا کہ جا کر اس سے کہوں کہ اس جگہ مت بیٹھو۔ کچھ سال پہلے اسی جگہ پر ایک بوڑھا آدمی بیٹھا کرتا تھا لیکن راستہ چھوڑ کر ایک موٹر کار کے فٹ پاتھ پر چڑھنے سے وہ ہلاک ہو گیا۔ اس لیے۔۔۔"

"تم بھی اس جگہ پر مت بیٹھو یہی نا! بے وقوف ہی ہو! کیوں کہ ویسا ہی حادثہ پیش آئے گا؟ اس طرح کے واقعات کیا بار بار ہوتے ہیں؟ تمہارے کہنے پر اس نے جگہ بدل دی اور وہ دوسری جگہ پر بیٹھا اور ٹھیک اسی مقام پر حادثہ وقوع پذیر ہوا تو تم پر کیا ردعمل ہو گا؟"

میں خاموش ہو گیا تھا کہ میرے دل میں آیا ہوا وہ خیال بالکل دور نہیں ہوا تھا۔ لیکن

گوگٹے نے اندازہ لگایا کہ مجھے اس کا خیال مناسب معلوم ہو رہا ہے اور اسی لیے میں چپ ہوں۔ وہ پھر دیر تک ادھر ادھر کی گپ ہانکتا رہا۔ آخر میں اس نے مجھ سے اپنا ہمیشہ کا سوال پوچھا، "لیکن دَشا! اس نے تم سے لیے ہوئے دو روپئے آخر دیے ہی نہیں نا!"

آدمی کا مزاج بھی دیکھئے نا کیسا رہتا ہے! گوگٹے اول نمبر کا حسابی آدمی۔ خود تو پیسے خرچ کرتا ہی نہیں لیکن میں نے ذرا سے پیسے خرچ کیے تو بھی اس کا کلیجہ منہ کو آتا ہے۔ ہر معاملے میں اس کا حساب جاری رہتا ہے۔ میرے گھر کبھی کھانے کے لیے آتا تو اس کھانے کا ہی حساب کرے گا۔ باہر ہوٹل میں کھانا بارہ آنے میں ملتا ہے گھر کا اناج۔ اس لیے وہ اس کھانے کے سوا روپیہ لگاتا ہے اور اپنے دل میں عہد کرتا ہے کہ دشا کو چھ سات بار اسپیشل چائے پلائی جائے تو معاملہ ختم۔ اتنا حساب رکھنے والے شخص سے میرے ایک چمار کو دیے ہوئے دو روپے کس طرح برداشت ہوتے؟

تقریباً آٹھ سال پہلے کی بات ہے کہ میں اور گوگٹے آفس چھٹتے ہی باہر نکلے۔ میں بوٹ پالش کرانے کے لیے سامنے بیٹھے ہوئے بوڑھے کی جانب گیا اور اس کی صندوقچی پر پاؤں رکھ دیا۔ بغیر کچھ کہے سنے اس کا کہنہ مشق ہاتھ کسی مشین کی طرح تیزی سے میرے بوٹ پر چلنے لگا۔ تین چار منٹوں میں اس نے بوٹ پالش کر کے دیے۔ مجھے دو روپے کا نوٹ نکالتے دیکھ کر وہ بوڑھا بولا، "صاحب! میرے پاس چھٹے پیسے نہیں ہیں۔ صرف چھ آنے ہی ہیں میرے پاس۔"

"ارے رہنے دو تمہارے پاس، باقی پیسے کل واپس کر دو۔ میں روزانہ اس آفس میں آتا ہوں۔"

"نہیں صاحب ایسا نہیں! میں غریب آدمی ہوں۔ میرے پاس اخراجات کی مدیں بھی زیادہ ہیں۔ آپ کے پاس میرے دو آنے رہنے دیجئے۔"

"اور میں آج رات ہی کو مر گیا تو تم کیا کروں گا؟"

"صاحب آپ کے مقابلے میں مجھے یہ دو آنے زیادہ قیمتی لگتے ہیں کیا؟ خوش رہیے بابا! میں بھی کہاں ہمیشہ زندہ رہنے والا ہوں۔"

یہ اس نے کچھ ایسی نرمی سے کہا کہ مجھے خود شرم محسوس ہوئی اور میں نے اس سے کہا، "دیکھو! کل میں رخصت پر جارہا ہوں، اس لیے یہ دو روپے تم اپنے پاس رکھو۔" اس کے ہاتھ میں نوٹ تقریباً ٹھونستے ہوئے میں نے راہ لی۔ ہمیشہ خود کی پوزیشن اور ڈگری کا خیال کرنے والے گوگٹے کو میری اور اس بوڑھے کی گفتگو پسند نہیں آئی۔ حقارت کے لہجے میں بولا، "چمار کی طرح ڈیڑھ پیسے کے آدمی کے ساتھ تم ایسی دوستی سے کیوں پیش آتے ہو؟"

میں نے سنجیدگی سے کہا، "کیوں بابا! فٹ پاتھ پر بیٹھتا ہے اس لیے نا؟ معمولی دھندا کیوں نہ ہو، مگر ایمانداری سے کرتا ہے اور اس لیے وہ ڈیڑھ دمڑی کا ہوا کیا؟ وہ بھی ایک آدمی ہے۔ اس کے بھی احساسات ہیں۔ خلوص نیّت سے بولنے والے آدمیوں کی اسے بھی پیاس ہے۔ آدمیت کے زینے پر سے اسے دیکھو اور کہو اس میں اور ہم میں کیا فرق ہے؟ ہم تم جیسے تعلیم یافتہ مغرور آدمیوں میں جس فضیلت کا شائبہ تک نظر نہیں آئے گا، اس کا صحیح روپ ایسے لوگوں میں انجانے طور پر کبھی بھی دکھائی دیتا ہے۔ اس فضیلت کے وجود کا بھی احساس ان لوگوں کو نہیں ہوتا۔ اکثر اوقات یہی لوگ مجھے قریبی لگتے ہیں۔"

گوگٹے خاموش ہو گیا۔

البتہ DIGNITY کی گپ ہانکنے والے گوگٹے نے کبھی اپنے دو آنے نہیں لیے۔ کیوں کہ میں اس کا دوست ہوں، اس لیے اسے دو آنے مانگتے وقت شاید شرم محسوس ہوئی لیکن اس نے یہ بات سمجھی نہیں کہ ایسے حسابی آدمی کے پیسے میں نے کبھی بھی نہیں رکھے

ہوتے۔ یہی تو بات ہوتی ہے حسابی آدمیوں کی۔

دوسرے دن میں رخصت پر گیا۔ پندرہ دن گھر پر رہ کر، بمبئی کی مشینی زندگی میں میرے اندر کی انسانیت تو مر نہیں گئی، یہ مجھے دیکھنا تھا۔ لیکن میری رخصت ہنسی خوشی گزرے ایسی قدرت کی مرضی نہ تھی۔ دوروز میں ہی اخبار میں چھپی ہوئی وہ بھیانک خبر نظر سے گذری، "بمبئی فلورافاؤنٹین پر کل صبح ایک موٹر کار راستہ چھوڑ کر فٹ پاتھ پر چڑھ گئی اور وہاں بیٹھنے والا چمار شدید زخمی ہو جانے کی وجہ سے شام کو جے جے اسپتال میں موت کا شکار ہو گیا۔۔"

مجھے ملا ہوا وہی بوڑھا تھا، اس کے بارے میں یقین ہو گیا اور مجھے رہ رہ کر اس کے الفاظ یاد آنے لگے، "میں بھی کہاں ہمیشہ زندہ رہنے والا ہوں۔" اسی روز شام کو گوگٹے گھر آیا اور اس نے آتے ہی اگر کوئی پہلا سوال کیا ہو گا، تو یہ تھا، "کیوں دشا! گئے نا تمہارے دو روپے؟ اور پندرہ بار ہوا ہوتا پالش ان پیسوں میں۔"

"ہاں ہو گیا ہوتا لیکن اس بوڑھے سے نہیں ہوتا۔ بھلے مانس میرے اپنے دوست کہلانے والے لوگوں نے پلک جھپکتے ہی مجھے دھوکا دیا ہے۔ اس بوڑھے کی قابلیت کس قسم کی تھی، اس پر جب تک میرا بھروسہ ہے تب تک ان دو روپیوں کا مجھے کبھی ملال نہ ہو گا۔" خفا ہوتے ہوئے بھی میں نے بہت نرم روی سے کہا۔

لیکن اس وقت سے جب جب ہم لوگ اس چمار کی جگہ پر آتے تھے، تب تب گوگٹے کسی نہ کسی موضوع کا سہارا لے کر ان دو روپیوں کے متعلق پوچھا کرتا تھا۔۔۔

اس نے آج بھی مجھ سے پوچھا تو میں نے صرف گردن ہلا کر انکار کر دیا۔ مجھے حقیقت میں اس لڑکے کو کہے بنا آگے بڑھنا دشوار محسوس ہوا۔ پالش کرانے کے بہانے میں اس کے پاس گیا۔ وہ پالش کر رہا تھا۔ اس وقت میں نے اس سے سادگی سے پوچھا، "تم

اس جگہ پر کیوں بیٹھتے ہو؟ اس جگہ کے مقابلے میں اس پار تمہیں زیادہ آمدنی ہو گی۔" اس نے بوٹ پر سے نظریں ہٹائے بغیر جواب دیا، "صاحب جگہ بدلنے سے تقدیر نہیں بدلتی۔ قسمت میں سے مجھے جتنا پیسہ ملنا ہو گا، اتنا اس جگہ پر بھی ملے گا۔"

میں چونکا۔

ایک جگہ گڈریوں کے بچے "راجا راجا" کھیل کھیل رہے تھے۔ ان میں سے ایک لڑکا راجہ بن کر مدعیوں کے مقدموں کا فیصلہ دیتا تھا۔ اور وہ راجہ بنا ہوا لڑکا جس جگہ بیٹھا تھا، اس جگہ کچھ ایسی فطری کرشمہ سازی تھی کہ عام حالات میں معمولی دکھائی دینے والا لڑکا اس جگہ پر بیٹھتے ہی بے خطا انصاف کیا کرتا تھا۔ لوگ کہتے تھے کہ اس جگہ گاؤں کے اصلی راجہ کو تخت مل گیا تھا۔ وہ بکرمادتیہ کا تھا۔ ایسے کہا جاتا ہے۔ اس طرح کی کہانی میرے بچپن میں میرے مطالعے میں آئی تھی۔ اس جگہ کی طرح اس جگہ پر بیٹھنے والی ہستی بھی غیر معمولی بول بولا کرتی ہو گی۔ اس قسم کا خیال میرے دل میں آنے لگا۔ اس لڑکے کا پالش کرنا ختم ہوا۔ میں نے دو آنے اس کے آگے پیش کیے۔ اس وقت وہ بولا، "صاحب! آپ وہ پیسے اپنے پاس ہی رکھئے۔ مجھے پیسے جمع کرنا ہیں۔ میرے پاس یہ خرچ ہو جائیں گے آپ کے پاس میرے ۴۔۵ روپے جمع ہو جائیں تو اس وقت وہ آپ مجھے دے دیں۔"

پہچان نہ ہوتے ہوئے بھی اس کے ظاہر کیے اعتماد سے مجھے تعجب ہوا ہی لیکن گو گٹے کا بے حس چہرہ بھی لمحہ بھر کے لیے بدل گیا۔ میں نے کچھ نہ کہتے ہوئے پیسے جیب میں ڈالے اور جاتے جاتے دوبارہ اس لڑکے سے کہا، "بابا رے! تم کہیں بھی بیٹھو مگر اس جگہ پر مت بیٹھو۔ کچھ سال پہلے اس جگہ ایک بوڑھا آدمی بیٹھا کرتا تھا۔ وہ موٹر کار کے نیچے آگیا، اس لیے تم سے کہتا ہوں کہ یہ اچھی جگہ نہیں ہے۔" اس پر اس لڑکے نے اپنی پیشانی پر دو انگلیاں لگانے کا عمل کیا۔ میری اور اس لڑکے کی دوستی بڑھنے لگی۔ روز جاتے

جاتے بلاناغہ وہ مجھے ادب سے سلام کرنے لگا۔ اس کا سلام جب گوگٹے دیکھتا تو بول اٹھتا، "تمہارے پاس پیسے ہیں نا اس کے، اس لیے تو یہ سلام ہے۔"

اس دوران وہ وقتاً فوقتاً مجھے بلاکر پالش کر دیا کرتا تھا۔ میرے کھاتے پر گوگٹے نے بھی چار پانچ بار پالش کرالیا۔ اس کے میرے پاس لگ بھگ پانچ روپے جمع ہونے کے بعد میں نے اس سے کہا، "تمہارے اب میرے پاس پانچ روپے جمع ہو گئے ہیں، وہ نہیں چاہئیں؟"

تھوڑی دیر سوچتے ہوئے وہ خاموش ہو گیا اور بعد میں کھڑے ہو کر سہمی ہوئی آواز میں بولا، "صاحب! پیسوں میں سے دو روپیے آپ ہی کے ہیں۔"

میں سکتے میں آگیا۔

"صاحب کچھ سال پہلے حادثے میں مر جانے والا وہ بوڑھا۔۔۔ وہ۔۔۔ وہ۔۔۔ میرے پتا جی تھے۔ مرتے وقت انہوں نے میرے اور ماں کے پاس آپ کے اور آپ کے دوست کی ہو بہو تفصیل بیان کی اور کہا، "زندگی بھر میں نے ایمان داری سے زندگی گذاری، ویسے تو بھی گذارے گا تو تجھے کبھی بھی تکلیف نہیں ہو گی۔ ہم پر کسی کا قرض نہیں ہے، صرف ان کا قرض دینا ہے، اس لیے میرے بیان کیے ہوئے حلیے کا اگر کوئی آدمی دکھائی دے تو تو، اس کی تصدیق کر لے، ان کے دو روپے واپس کر، صاحب! پہلے ہی دن میں نے آپ کو پہچانا تھا اور اب تو مجھے یقین ہو گیا ہے، کہ آپ وہی ہیں نا؟"

میں خاموش ہو گیا۔ میں نے اس لڑکے کو اس کے پتا جی کی قسم دلا کر سارے پیسے لینے پر مجبور کیا۔ میں نے گوگٹے کی طرف دیکھا، اس کا پر وقار چہرہ اترا ہوا تھا۔

***